獣王様のメインディッシュ

山野辺りり

イースト・プレス

contents

プロローグ

最初は毛玉が転がっているのかとヴィオレットは思った。艶(つや)のある黒色が、暖かな日差しの下でモフモフと動いている。

しばらく遠目から観察していたら、小さな手足に三角の耳、それにふっさりとした尻尾(しっぽ)が生えているのが見てとれた。まだ成獣(せいじゅう)には程遠いのだろう。しなやかとは言いがたい身体つきに大きな頭が不格好(ぶかっこう)で、柔らかそうな毛がヒゲと共に揺れている。

——なんて愛らしい犬なの。

王女である自分には、動物へ不用意に近づくことは許されていない。ヴィオレットは平静を装(よそお)ったまま、誰も自分に気を配っていないのを確認した。

いつもは鬱陶(うっとう)しいほどに侍女たちがヴィオレットの周りを取り囲んでいるが、ついさっき二つ年下の妹、イノセンシアがぐずって泣き出してしまったので、皆そちらにかかりきりになっている。天気がいいからと外に出たがったイノセンシアのために庭園でお茶会を開いたのだが、当の本人は供されたお菓子が気に入らなかったらしい。突然不機嫌になり、どれだけ乳母があやしても聞き入れようとしていない。むしろ泣き声は大きくなるばかり。

そこで、その場にいる大人は、こぞって彼女の機嫌をとろうと試みているところだ。そもそも、湖まで遊びにいきたかった彼女にとっては、庭園でごまかされたことがお気に召さなかったのだろう。

「申し訳ありません。ヴィオレット様。しばらくお待ちいただけますか？」

まだ僅か六歳だが、普段からわがままを言わないヴィオレットは手がかからないと侍女からみなされている。そのことにヴィオレット自身不満はないし、クロワサンスの第一王女として、そうでなくてはならないと己を律していた。自分はいずれこの国を支えてゆく者。王位は兄が継ぐが、片腕として役立たねばならないと常々教えられていたし、幼い頃から聡いヴィオレットは自分に求められている役割を正確に把握していた。そもそも、生まれつきどこか冷めているせいか、思い切り怒ったり笑ったりするのも理解できない。感情が波立つのは彼女の好むところではなく、常に冷静さを保つことこそが美徳であると信じている。

だからこそ年の近い姉妹でありながら、甘やかされ自由奔放に育ったイノセンシアとは正反対に成長していた。

ヴィオレットとイノセンシアは見た目こそ同じ白金の髪に深い緑の瞳、子供ながらに整った顔立ちと似通っていたが、受ける印象はまるで違う。

すでにヴィオレットの眼には意志の強さが宿り、桜色の唇はいつも厳しく引き結ばれている。それが綻ぶことは滅多になく、心からの笑顔など本人さえも忘れてしまっていた。楽しいことがないわけではないけれど、上手く表情を動かせないいし、その必要性を感じないからだ。

対して、イノセンシアは常に笑みを浮かべ、感情表現も豊かで人を魅了する。他愛無いわがままも微笑ましく、どちらがより子供として魅力的かなど、問うまでもない。自然、イノセンシアの周りには目尻をさげた大人が集まり、ヴィオレットの周りには彼女を子供扱いしない大人たちが集っていた。

「私は一人でも大丈夫よ。貴女も早くイノセンシアを慰めてあげて」

あの手この手で妹の気を惹こうとする侍女たちを眺め、ヴィオレットは優雅にお茶を飲んだ。その仕草はすっかり堂に入っていて、立派な淑女にも引けをとらない。付き従っていた侍女も安心したのか、未だベソをかいているイノセンシアのもとへと向かっていった。

「うわぁぁん」

けれど大勢の大人に取り囲まれたことに驚いてしまったのか、イノセンシアの泣き声はますます甲高くなり、切羽詰まったものとなる。もはやお茶会どころの雰囲気ではなく、ヴィオレットは小さく溜め息を吐き出しつつ、遠くを眺めた。

慰めてやりたいと思うけれども、どうすれば妹がご機嫌になるのかさっぱり分からず憂鬱になる。結局は、乳母や侍女に任せた方が解決するし、所詮自分も誰かに守ってもらわねばならない子供なのだ。一刻も早く大人になりたい——そう何度願ったことか。

イノセンシアの子供らしい素直さは、ヴィオレットにとって好ましい。時にはうるさいと思わなくもないけれど、それでもやはりたった一人の妹に変わりはなく、相容れない面があろうとも、愛しいという気持ちに偽りはない。それに、薄暗い部屋に籠っているよりも、屋外に出た方が気分のいいのも真実だ。爽やかな風を浴び、季節の花々を愛でていると、多少なりともヴィオレットの気持ちが浮き立つのはごまかしきれない。

「……」

そんな中、ヴィオレットは何気なく彷徨わせた視界の先で、黒い毛玉が揺れているのに気がついていた。

それは風もないのに左右にコロコロと転がっている。どうにも気になって、誰も自分に注意を払っていないのを確認してから、そっと立ち上がり、そちらへ近づいた。

「……犬、よね？」

正直、本物の犬を間近で眼にしたのは初めてだ。これまで図鑑や豆粒ほどにしか見えない遠くから眺めたことはあっても、はっきり毛並みが確認できるほど接近したことは一度もない。ましてや触れたことなどあるはずもない。艶のある尾が誘うように揺れ、ヴィオレットはあっという間に釘付けになった。

「……!!」

体勢を崩したそれがコロリと腹を見せ、もがくさまに問答無用で胸を打ち抜かれた。先の尖った三角形の耳がピクピクと動き、短い手足で懸命に追っていたのは一羽の蝶。おそらくそれを追いかけるのに夢中になって、城内の庭園へ迷い込んでしまったのだろう。成犬ならばいざ知らず、まだ子犬だから見逃されてしまったのかもしれない。

普段、あまり動揺したり興奮したりすることの少ないヴィオレットだが、この時ばかりは胸の高鳴りを抑えきれなかった。どうしても、アレに触りたい。許されるならば、抱き上げて撫で繰り回したい。それは、ヴィオレットの抱く数少ない夢だった。想像でしか知らない毛並みの感触が、期待と共に妄想として迫ってくる。

——何？　何なの？　あの赤い舌は私を誘っているの？　丸々としたお腹、ピンク色の肉球……人を堕落させるために存在しているとしか、思えないじゃないの……！

驚かせては、逃げてしまうかもしれないと思い、足音を忍ばせて背後からそっと子犬に近づく。そのとき、横の茂みから別の低い唸り声が耳に届いた。

「グルル……」

威嚇の込められた響きに振り返ったヴィオレットは、そこに子犬よりも一まわり大きな犬を見つけた。まだ成犬ではないだろうに、纏う雰囲気は凛々しく勇壮なそれは、低く保った姿勢で歯を剝き出しにしている。全身から迸らせているのは、強い警戒心だった。

「ウゥウ……」

鼻の頭にしわを寄せ、瞳には獰猛な光が浮かび、今にも飛びかかってきそうだ。けれども、ヴィオレットは怖いとは思わなかった。

何故なら、その犬の瞳には、知性の光が宿っていたからだ。

以前、眠れない夜に部屋の窓から一度だけ眼にした、暗闇で黄金に光る獣の瞳。それは月光を映して、この上なく気高く美しかった。切り立った崖の先端で、天に向かい遠吠えをしていたのを偶然見たとき、ヴィオレットの心が幼いながらに激しく震えたのを鮮明に思い出す。距離があったのと、夜の帳がおりていたせいでシルエットしか分からなかったけれど、それ故に輝く双眸が鮮やかに記憶へ刻み込まれていた。

今、ヴィオレットを睨みつける瞳の強さは、あのときの感覚を呼び覚ます。

「……その子犬は、貴方の兄弟?」

毛色が似ていたので、そう思った。声をかけられた黒犬は、まるで言葉を理解したかのように子犬とヴィオレットの間に身を滑らせる。『近づくな』とでも言いたげに毛を逆立たせたまま。

「あの、勝手に触ろうとしてごめんなさい。でも少しだけ撫でさせてもらえないかしら?」

犬に人間の言葉など分かるはずがないけれど、眼前の獣には伝わっている気がした。眼を眇め後ずさりながらもヴィオレットから視線を逸らさない犬は、注意深くこちらを観察している。だが、むやみやたらに襲ってくるような荒々しさはないらしい。

「ウゥ」

ヴィオレットが一歩足を踏み出せば、緊張感を漲らせて尾を揺らした。そのとき――

「……あら？　貴方、怪我をしているの？」

　見れば、犬は右の前脚から血を滴(したた)らせていた。よほど痛むのか、ひょこりと浮かせた脚には体重がかけられていない。不自由そうにしながらも、犬は臆(おく)することなく背後の子犬を守ろうと立ちはだかっていた。

「大変、手当てしなくちゃ。ちょっと見せてご覧なさい」

　だが、ヴィオレットが近づけば、その分後ろにさがってしまう。そして、出血は更(さら)に酷くなり地面に赤い雫(しずく)が滴り落ちた。

「動いては駄目よ！」

「ワゥッ」

　幻聴に決まっているけれど、ヴィオレットの耳にその鳴き声は『構うな！』と確かに聞こえた。誇(ほこ)り高さを漂(ただよ)わせた眼差しが、全身全霊で拒絶を示す。それ以上近づけば、容赦(ようしゃ)なく喉笛(のどぶえ)を噛(か)み切ってやる――そんな決意を湛(たた)えて。

「大人しくなさい！」

　並の子供ならば、恐怖で泣きじゃくっていたかもしれない。けれども、ヴィオレットは違った。たとえ噛まれる可能性があっても、それ以上に眼の前で生き物が傷つき弱っていくのが嫌だ。ただの自己満足にすぎなくても、できるものなら助けたい。

　ヴィオレットの叱責(しっせき)に一瞬身を竦(すく)ませた犬は、不満げにこちらを睨みつけてきた。けれど、先ほどまでよりも攻撃性は薄れ、反応を窺(うかが)っている節(ふし)がある。

「そのままでは、悪化させてしまうでしょう？　お願いだから、傷を見せて」

心を込めて訴(うった)えれば、僅かに迷う素振(そぶ)りを見せたあと、黒犬は綺麗な黄金の瞳でヴィオレットを見つめ返した。

1　冬の姫

縺れた髪を後ろに引かれ、ヴィオレットは微かに顔を顰めた。苦痛の声こそ出さなかったけれども、僅かに顎があがる。鏡の中に十八歳になったばかりの美しい女が無表情で映っており、その後ろにはブラシを握り締めた侍女が立っていた。

「も、申し訳ありません……っ！　ヴィオレット様！」

ヴィオレットの背後に立ち髪を梳いていた侍女は、蒼白になって頭をさげた。そして顔をあげることなく、腰を折ったまま震えている。

年若い娘の部屋とは思えぬ、実用一辺倒で纏められた室内は、部屋の主の気性をそのまま表していた。好きな色である清廉な白で纏められ、過剰な装飾が排された家具。フリルもレースもない。無駄なことを嫌うヴィオレットにとっては、質素ともいえるこの部屋こそが好ましい。そして、不毛な会話も好まない。

「……問題ないわ。それよりも早く結ってちょうだい」

「は、はい。以後、気をつけますので、どうかお許しくださいませ……っ」

涙目で訴えてくる侍女を一瞥し、ヴィオレットは緩く鼻から息を吐いた。完全に畏縮してしまった彼女の手つきは覚束なく、どうにも不安があるが仕方ないと我慢する。もしもここで別の誰かに任せると告げれば、ショックで卒倒しかねない勢いなのだから。

――噂というのは、本当に厄介ね。

もう慣れたことだけれども、悪いものほど広まるのが早い。それも、より大袈裟に面白おかしくなっているからタチが悪い。きっと今も侍女たちの間では、ヴィオレットの悪評がまことしやかに囁かれているのだろう。たとえば、小さなミスも許さず無慈悲に処刑を命じた――とか。

実際には、数日前ヴィオレット愛用のカップを割ってしまった侍女のそそっかしさを咎めただけなのだが。それも問題の彼女は、この失敗が初めてではなく、その件で三回目だった。だからこそ、ヴィオレットももっと落ち着いて仕事にあたるようにと告げたのだ。勿論、怒鳴り散らすなど感情的にはなっていない。あくまでも、ごく冷静に淡々と。だが、それが逆によくなかったらしい。

注意された侍女はヴィオレットの静かな怒りに触れたと思ったのか、すっかり怯えてしまい、その日のうちに暇を申し出て実家に戻ってしまった。下級貴族の娘であった彼女は、以来すっかり屋敷に引き籠っているという。

残されたのは、ある日突然ヴィオレット付きの侍女が一人消えてしまったという事実だけ。そうでなくとも、日頃から表情に乏しく自分にも他人にも厳しいヴィオレットは恐れられている。彼女自身がそういった行動をとったことはないにもかかわらず、いつの間にか冷酷無比な姫君としての立ち位置が確立されていた。

　きっかけは本当に些細なことだ。まだ子供の頃、イノセンシアに陰で嫌がらせをする貴族令嬢をこてんぱんに言い負かしたことがある。大人には気取られぬよう巧妙に悪意をぶつけてくる彼女が、どうしても許せなかった。だからヴィオレットは、彼女の非を公衆の面前で堂々と非難したのだ。それが公平であり正しいことだと当時は信じていたのだが、そう単純な話でもなかったらしい。

　完璧な外面を持つ彼女は周囲の大人に泣きつき、華麗な演技でもってヴィオレットを悪者に仕立て上げた。災難だったのは、当のイノセンシアに虐められているという意識がなかったことだ。真実を確かめる術もなく、結局その場ではうやむやにされてしまったわけだが、数日後、事態は思わぬ方向に転がった。

　諸悪の根源である娘の親が、不正により失脚したのだ。それは当然ながらヴィオレットには関わりのないことだったが、周囲はそうは捉えず『ヴィオレット様に逆らったが故に親子共々報復された』という噂がまことしやかに流れてしまった。以来、そんな悪評を助長する噂ばかりが流布されている。

　特に訂正しようとしなかったことも、ここまで根も葉もない噂が広がってしまった原因だろう。いつか自然に消えるだろうと鷹揚に構えていたことが今では悔やまれるが、後の祭りだ。

――――まぁ、でもいいわ。多少恐れられている位の方が丁度いいのかもしれないし。

人々に愛される役割は、妹のイノセンシアに任せればいい。何事にも向き不向きがある。皆に敬愛される王家も悪くはないけれど、それだけでは民の代表者としては弱い。親しまれるだけでなく、憎まれ役というのも必要だろう。適材適所というやつだ。

ヴィオレットは、自分が周囲に『冬の姫』と呼ばれているのを知っていた。対してイノセンシアは『春の姫』だ。言い得て妙だと思う。そこに込められたのが良い意味でないのは明白だが、別に腹も立たないし、名付けた者のセンスには逆に感嘆(かんたん)していた。

「こ、これでいかがでしょうか？」

無難(ぶなん)な形に纏められた髪型を鏡越しに確認し、ヴィオレットは無言で頷(うなず)いた。あまり派手なものは好きではないし、自分に似合わないことは知っている。顔立ちはイノセンシアと似ていても、彼女のような華やかさに欠けると思い込んでいるヴィオレットは、万事(ばんじ)において地味(じみ)な装いを好んでいた。

「ええ。さがっていいわ」

ヴィオレットの許しを得た侍女は、あからさまにほっとして逃げるように退出してゆく。それを横目で見送って、ひっそりと息を吐いた。一人きりになると、肩の力が抜けるのだから、自分はどこまでも人づきあいが苦手なのだろう。その点だけは、社交的な妹を羨(うらや)ましく思う。

「さて、これからもっと憂鬱な時間の始まりだわ」

鏡の中の自分を見据え、誰にも見られていないからこそ、ヴィオレットは己を奮い立たせた。


ヴィオレットと同様にサロンに集められたイノセンシア、それから兄と王妃である母は、皆言葉を失っていた。たった今王から聞かされた内容に驚いて思考停止になっていたからだ。――ある程度こうなることを予測していたヴィオレットを除いて。

「あの……お父様、もう一度おっしゃっていただける……？」

イノセンシアのか細い声が凍りついた空気を揺らした。直前まで母親と楽しげに話していた様子は見る影もない。本日の彼女の装いは、ヴィオレットが身につけている地味な青紫色のドレスとは対照的に、淡い薔薇色にふんだんなレースがあしらわれた可愛らしいデザインで、実際の年齢よりも幼く見える。

「――彼らと休戦協定を結んでいるのは、お前たちも知っているな？」

父の言う『彼ら』が何を指すのか、この場にいる誰にも説明はいらなかった。

ヴィオレットが生まれるずっと前から、この世界には二つの種族が君臨している。人間と獣人。それは非常に近しい姿かたちをしているけれど、根本的に生態も考え方もまったく違う。そして両者は、長らく対立関係にあった。

互いの勢力は拮抗しているが、身体的な能力だけを見れば人間に勝ち目などなく、場合によっては捕食される対象ともなり得る。獣の特性を持つ獣人は、腕力・体力・戦闘力全てにおいて人間を凌駕しており、脅威そのものだ。けれども異なる種族と連携をとれない彼らは、組織的な戦闘という意味では人間に後れをとった。人間が自らを守るため協力して砦を築き、知恵を絞り合って新たな武器の開発などの対抗策をとるようになったのは、自然な流れといえる。更に、個々の生命力が強い獣人に対し、人間は繁殖力が高い。故に人間は個体数としては獣人に勝っている。だが、両者は互いに認め合わず殺し合い、次第に数を減らしていったのだ。

このままではどちらも滅びるのみと悟ったヴィオレットの父と先代の獣王は、不毛な戦いに終止符を打つことを決め、それぞれの生息域を分けることで仮初めの平和を構築した。極力顔を合わせなければ、争い合うこともないのではないかという考えのもとで。

だが、それでも長い年月の間に刷り込まれた憎しみや恐怖を、完全に払拭することなどできるはずがない。

今でも各地で小競り合いは絶えず、不幸な出来事は毎日のように起こっている。そのたびに再び戦をしかけようという声は大きくなっていき、人々の中には不満も募っていった。

だからこそ――

「我々人間の王族と、獣人の王族が率先して婚姻を結び、和平の象徴とならねばならない」

「……っ！」

「お母様！」

ヴィオレットとイノセンシアたちの母である正妃が、ショックのあまり白目を剝いて後ろに倒れた。幸い、傍らに控えていた侍女たちに支えられたため大事には至らなかったが、元々あまり丈夫ではない彼女には精神的な衝撃が大きすぎるとして、そのまま退場を余儀なくされる。

「で、でも……！」

動揺のあまり、それ以上言葉を継げないイノセンシアは大きな瞳を潤ませた。

「父上、それはあまりに酷い……イノセンシアを獣たちに差し出すおつもりですかっ!?」

椅子を後方に蹴倒しながら立ち上がった長兄リヴァイスは、普段の穏やかさをかなぐり捨ててテーブルを叩いた。バァンッという音が、部屋中に響き渡る。

「口を慎め。彼らは獣ではない。獣人だ」

「同じことです！　我々人間の資質を半分しか持たない不完全な生き物ではないですか！」

兄の決めつけた言い方にヴィオレットは眉を顰めたが、正直なところ自分自身の知識も彼とたいして変わらないほど薄っぺらい。

獣人とは、その名の通り半分人で半分獣。その姿かたちは様々で、一見人間と変わりない者もいるが、より獣の性質を色濃く反映している者も少なくない。たとえば両手の代わりに翼を持つ者、全身を鱗に覆われた者まで多岐にわたり、その生態は謎に包まれている。『知らない』ということは恐怖に繋がり、そして偏見を生み出すのが世の常だ。

「そもそも、どうしてイノセンシアでなくてはならないのですか!?」

「では、お前には他に妙案があるというのか？　まさか民に集団見合いでもしろとでも？それとも他に適任者をあげられるのか？」

リヴァイスの言葉をきっかけにして、王を中心とした皆が顔を見合った。そしてそれぞれが気まずげに視線を逸らす。発言した兄自身さえ、矛の収めどころが分からないのか、拳を握り締めて下を向いていた。

——当然といえば、当然の結果よね。

ヴィオレットは冷静に事の成り行きを見守っていた。すっかり消沈してしまった重い空気に、もはや率先して口を開こうとする猛者はいない。

国の上層部で話し合いの場を設け、仲良く暮らしましょうと決めたところで、それを民の末端まで行き渡らせるのは容易なことではなく、それよりも分かりやすい象徴が掲げられた方が理解が進むのは当然だと思う。むしろ、もっと早い段階でこういった案が出されなかったのが、不思議でならない。

——それだけ、根が深い問題なのでしょうけれども。

人間は獣人を半端な存在として蔑み、時に家畜と同列に扱ってきた。対して獣人は、こちらを餌として捕食することもある。いわば天敵関係が長く続けば、今更過去を忘れて手を取り合いましょうと訴えても、無理なのかもしれない。家族を奪われた者にとっては、綺麗事など聞きたくもないだろう。だが、国の未来を見つめる者が、そのままで良いはずがない。

ヴィオレットは近いうちに、王族同士の婚姻が提案されるのを予想していた。数年前、獣王がまだ年若い青年に代替わりしたと聞き及んでいたからだ。それは新たな関係を築くよい機会を意味する。そして、普段ならば執務中である父が家族全員をサロンに集めたことで、確信に至った。だから、他の皆よりは衝撃が少なくて済んだといえる。まったく戸惑わなかったと言えば、嘘になるが。

――イノセンシアが選ばれるのは、順当な選択よね。むしろそれ以外に考えられないわ。

まず、長子であるリヴァイスはいずれ国王となる身なのだからありえない。兄にはまだ他に妃がおらず万が一獣人から妃を迎えたとなれば、生まれた子供に王位継承権が渡りかねないからだ。それでは流石に様々な軋轢を生むだろう。

更に、イノセンシアより下には年の離れた異母妹しかおらず、彼女はまだ僅か三つだった。輿入れをするにはあまりに早すぎる。そしてヴィオレットには、間もなく結婚を控えた婚約者がいる。となれば、現在適齢期にあって、決まった相手が存在しないのはイノセンシアしかいないということになる。単純な消去法だ。

「わ、私……」

イノセンシアも、いつまでも子供ではない。嫌だと泣き喚（わめ）いたところで、解決しない問題があることぐらいとうに分かっている。だから、流石にみっともなく取り乱したりはしていないが、その顔色は倒れた母よりも悪かった。

本音では、絶対に嫌だと言いたいのだろう。人間にとって獣人は得体の知れない生き物であり、長らく敵対していた憎い相手でもある。なんとか堪（こら）えようとしていたが、見る間に大粒の涙が零れ出していった。緑色の瞳は充血（じゅうけつ）し、痛々しく細められる。健気にそれを隠そうとする様は、その場にいる全員の胸を痛ませた。ヴィオレットにとっても、それは例外ではない。

「――お父様、そのお話、私がお受けいたしますわ」

ツンと顎をあげたまま、ヴィオレットはいつも通りの平板（へいばん）な声を出した。それは静まり返っていた室内の隅々（すみずみ）まで届き、当然、聞こえなかった者などいるはずもない。

「は？」

だが、誰もが意味が分からぬと言いたげに首を傾（かし）げた。その角度があまりに全員揃（そろ）っていたのでヴィオレットは内心おかしかったのだけれど、長年培（つちか）った無表情で難なく乗り切る。

「ですから、私がイノセンシアの代わりに彼の国へ嫁（とつ）ぎますと、申し上げたのです」

噛んで言い含めるように、一言一句ゆっくりと発音してやったが、全員口を半開きにしたままヴィオレットを見つめるばかりだった。ある意味素晴らしい一体感だ。

「別に、あちらはイノセンシアを指名しているのではないのでしょう？　でしたら、私でも問題ないはずですわ」

「いや、それはそうだが……むしろ先方はまずお前を……だが、何故……」

呆然とした顔を連ねる中から、いち早く立ち直った父王は、眉間にしわを寄せて尋ねてきた。それは当然の疑問だろう。誰が好き好んで獣のもとへいくのだと、その眼が物語っている。

「和平のためとおっしゃるのであれば、それなりの肩書きをもった者が嫁ぐのが礼儀というものではないですか。あちらは王自らが迎えてくださるのでしょう？　向こうでもきっと反対があったでしょうに。ならば、こちらも相応の犠牲を払うのが、常識だと思います。まだ成人したばかりの未熟な第二王女などでは、馬鹿にされたと思われても、仕方ないのではありませんか」

　イノセンシアは、そこにいるだけで他者を笑顔にする魅力を備えてはいるが、あまり勉強が得意ではない。王族としてはいささか力不足の感が否めないのが事実だ。その上身体が弱く小柄なせいで、年齢よりも幼く見える。

「正妃待遇で迎えてくださるというのであれば、尚更ではありませんか。それに先ほどのおっしゃりようでは、先方は第一王女である私を指名されていたのですよね」

「そ、それは……確かにお前の言うことはもっともだが、オネストはどうするつもりなのだ」

先日、自分と正式に婚約を結んだばかりの男の名を出され、ヴィオレットは物憂げな溜め息を吐いた。オネストはクロワサンス国の宰相の息子であり、ヴィオレットとは兄妹同然に育った。身分も釣り合うことから決まった政略婚姻で、そこに個人的な感情は何もない。

「そんなもの……どうとでもなるでしょう。何でしたら、彼とイノセンシアの婚約を新たに発表すればよろしいわ」

もとより利害関係で結ばれた縁だ。同じ利益が得られるのであれば、相手が誰であろうとたいした問題ではないだろう。少なくとも国や親たちにとっては。だが、当人たちにとっては、まったく事態が変わってくる。

「お、お姉様……でも、そんなわけには……」

申し訳ないとばかりに涙を流すイノセンシアの瞳には、心の底から姉を案じる想いが浮かんでいる。けれども同時に、隠しきれないほどの安堵が滲んでいた。

——まったく、素直で憎みきれない子ね。

そんな単純さも可愛いと思わせてしまうのだから、イノセンシアの愛らしさは才能に近いと思う。庇護欲を誘われるのは自分だけではないだろう。

きっと、だからこそ彼も——

「私の方が相応しいとお思いになりませんか？　聞けば、獣人の王が住まわれる地は、随分北の方だというではないですか。すぐに体調を崩すイノセンシアでは、寒さに負けてあっという間に寝付いてしまいますわ。それでは何のために嫁いだのか、無意味になってしまいます」

「お前、そんな言い方は……っ」

「あら、リヴァイスお兄様。違うとおっしゃるの？　ではいかがいたしましょうか」

ちらりと視線を向ければ、兄は口ごもった。批判は代替案を提示できないのであれば、ただの文句だ。

「誰かが行かねばならないのは、もう覆りませんわ。それならば、より結果を残せるよう計らうのが、我々王族の務めではなくて？」

「ふん、そんな殊勝なことを言っても、本当は王位に色気があるだけじゃないのか」

静まり返った室内で、下品な男の嘲笑が響いた。そんな意見も予想の範囲内だったので、ヴィオレットは声のあがった方向へ頭を巡らせる。そこには案の定、細い眼を更に眇めた痩せぎすの男が顎をそびやかしていた。

「アナンドロスお兄様、どういう意味でしょう？」

声だけは単調に、それでも瞳に威嚇と侮蔑を乗せれば、それだけでアナンドロスはヴィオレットの気迫に気圧され眼を泳がせた。毎回勝ち目などないのに、何故この異母兄は毎度毎度ヴィオレットに絡んでくるのか。

王の側妃が産んだアナンドロスは、何かにつけて嫌がらせめいたことを仕掛けてくる。内容など問題ではなく、とにかく反対意見を言えば、己の価値を上げられると勘違いしている節があった。

「お、お前の魂胆は分かっているぞ。どうせこの国に残ったところで王位が転がり込む可能性はほとんどない。兄上は勿論、この僕がいるのだからな！　だったら、獣人の国へ乗り込んで、あちらで成り上がろうと思っているのだろう⁉」

「……くだらない」

そんなことを言っている場合ではない。だいたい、リヴァイスに万が一の事態があったとしても、貴方にだけは国を任せはしないだろう――という言葉は流石にヴィオレットも呑み込んだ。無駄な言い争いをするのも馬鹿馬鹿しいし、それこそヴィオレットの嫌う『無駄』である。

思いっきり鼻から息を吐き出せば、顔を真っ赤にしたアナンドロスが地団駄を踏んで隣の側妃である母親に同意を求めた。

「母上！　貴女もそう思われますよね⁉　ヴィオレットは良からぬことを企てているのですよっ！」

「では、代わりにアナンドロスお兄様があちらへ婿入りなさいますか？」

あまりに子供っぽい態度にうんざりしつつも、苛立ちを押し殺してヴィオレットは冷えた視線を彼らに向けた。

「ぼ、僕が……⁉　い、いやそれは……っ」

「なんでも、あちらの適齢期の姫君は蛇の獣人でいらっしゃるそうですわよ。暑がりなアナンドロスお兄様にはぴったりなお相手かもしれませんわね」

　ヴィオレットは獣人について詳しくは知らないから、それは完全なるでまかせだった。閉鎖的な彼の国の情報は乏しく、実際には王が何の獣の性を持っているのかも知りはしない。だが、その脅し(おど)は充分にアナンドロスを震え上がらせたようだ。

「いいいいや、そんな恐ろ……もとい、僕にはこの国でリヴァイス兄上を支えるという大切な役目があるしな!!　仕方ないからお前くらいが丁度いいだろう！」

「可哀想に、私の僕ちゃんをそんな野蛮な場所へは行かせられませんわ！　この子は貴女のように冷血ではありませんのよ！」

　暇ならばしばらく相手をしてやるのも構わないが、今は残念ながら忙しい。だが、それをこの二人に説いても、徒労(とろう)に終わる気配しかなく、ヴィオレットは一方的に彼らとの会話を打ち切ることに決めた。

「お父様、そういうわけですから、どうぞ私をあちらに送ってくださいませ。あわよくば獣人の国も手に入れてまいりましょう」

　最後の台詞(せりふ)は、くだらない言いがかりをつけてきたアナンドロスへの痛烈な皮肉だ。けれども嫌みというのは、同等の理解力がなければ、正しく伝わることはない。

「ほ、ほら！　父上やっぱりそういう魂胆なのですよ!!」

　勝ち誇った顔で喚き散らすアナンドロスを可哀想なものを見る瞳で見遣(みや)り、ヴィオレットは完全に彼らに背を向けた。

——同じ愚かさでも、こうも受ける印象が違うものかしら？

イノセンシアに抱く、憎めないという愛情を伴うものとはまったく別だ。アナンドロス親子のように、こちらを煩わせるだけの存在には心底うんざりさせられる。

——彼らが特に私を目の敵にしているのは薄々感じていたけれど……まさか今までの悪評もアナンドロスお兄様たちが犯人ではないわよね？

ちらりと過った可能性に緩く頭を振る。

これまで根も葉もない——とは言い切れないかもしれないが、数々の歪曲され誇張されたヴィオレットに関する噂は、城ばかりか国中にまで広まっていた。

気に入らない侍女をクビにしたなどというのは可愛いもので、鞭が折れるほどに失敗した者を打ち据えたとか、戯れに裸に剝いた女を冬空の下へ放り出したなどという非人道的なものまである。それらのどれもが、いったいどうしてそんな話が？　という根拠のないものだ。しいて原因をあげるとすれば、前者は侍女に狼藉を働こうとした不届き者をたまたま見かけ、持っていた乗馬鞭で撃退したこと。後者は女装をしてイノセンシアの寝室に入り込み、既成事実をつくろうとした貴族の馬鹿息子の企みを妨害し、身ぐるみ剝いで追い出したことだろうか。あれは確か、雪の降る真冬だった。

思い返してみれば、どちらもアナンドロスの取り巻きだった気がする。

「ヴィオレット……お前は、本当にそれで良いのか？」

「私は一番合理的で、かつ利益の多い方策を提案しただけですわ」

申し訳なさそうに眉根を寄せる父は、それでも乗り気であるのが見てとれる。誰だって、母に似てか弱いイノセンシアを獣人へ嫁がせるのに不安がなかったわけではない。それよりも、丈夫で精神的にも逞しいヴィオレットならば、犠牲を押しつけるという罪悪感も多少は薄まるというものだ。

「……すまない、ヴィオレット」

「謝らないでくださいませ、お父様。娘の輿入れが決まったのですよ？　ここはおめでとうとおっしゃってくださらなければ」

「お姉様！　いけませんわ。泣いたりしてごめんなさい。予定通り、私が参りますから……」

胸の前で両手を組んだイノセンシアがヴィオレットのもとへ駆け寄ってきた。白金の髪がふわりと揺れ、そこに可憐な花々が咲き誇るような光が溢れる。涙の筋が描かれた頬は、ふっくらと滑らかでも、痛々しかった。

「イノセンシア……」

「お姉様は私のためにそのようなことをおっしゃっているのでしょう？　どうか心配なさらないで。私、頑張(がんば)りますから」

「馬鹿な子ね。世の中には努力だけではどうにもならないことが沢山あるのよ？　むしろ頑張ればなんとかなるなんて幻想、早く捨てておしまいなさいな」

努力は尊い。だが、だからといって報われることが確約されるのでは決してない。あくまでも、望む未来を引き寄せる可能性を僅かにあげるだけだ。心苦しいけれど、自分がこの国からいなくなるのだとすれば、他者を疑うことを知らない妹にも世の現実を少しでも分からせておかねばならない。もう傍らで守ってやることはできないのだから。

「これからはオネストに頼りなさい。そして貴女も彼を支えるのよ」

「オネスト様……」

彼の名前を出した瞬間、青ざめていたイノセンシアの頬が薄紅に染まった。瞳には夢見る乙女が顔を覗かせ、柔らかそうな唇が綻ぶ。分かりやすい反応にヴィオレットは苦笑して、彼女の肩に手を置いた。

「ええ、そうよ。私との婚約は破棄となってしまうのだから、貴女が彼へ嫁ぐのが一番角(かど)の立たない解決策だわ」

そして、誰も傷つかずに済む。

ヴィオレットはイノセンシアとオネストが恋仲にあるのを知っていた。と言っても、彼らが人目を忍んで逢瀬(おうせ)を重ねていたなどという事実はまったくない。それどころか、二人きりで話をしたことさえないだろう。善良な彼らは適切な距離を保ち、あくまで主従の関係、またはいずれ義理の兄妹となる以上の接触をしようとはしなかった。これは二人の名誉のためにも声を大にして言いたいぐらいだ。だが、ヴィオレットがこの秘密を口にする日は生涯(しょうがい)ないだろう。

何故なら、イノセンシアもオネストも互いを想い合う感情を完璧に隠そうとしていたから。残念ながら、イノセンシアは成功しているとは言いにくいが、それでも表に出すのは年上の見目麗しい男性への憧れの範疇を逸脱するものではない。見ているだけ。それもひっそりと。

オネストに至っては、義妹への気遣いに溢れる理想的な婚約者を演じきっていた。けれども、幼い頃から三人で共に過ごすことの多かったヴィオレットにはすぐに分かった。

いつでも穏やかな灰色の彼の瞳に、不思議な熱が宿ったのはいつからか。打ち消そうとするたびにその炎は更に火力を増していったようにヴィオレットには見えた。その焔が、誰も気づかぬのが疑問なほどに大きくなり、やがて苦しそうに歪められるのを、ずっと傍らで見守っていた日々。そして、自分には決して向けられない視線の意味を悟ったとき、ほんの微かにヴィオレットの胸は軋む音をあげた。

――ああ、オネストはイノセンシアが好きなのね。

恋とは甘くて、同時に苦しいものだという。ヴィオレットはまだその感情を知らないけれど、オネストの姿を見れば理解できる気がした。

いくら意識を逸らそうとしても、全身全霊で相手の気配を探ってしまう。声を聞けば姿が見たくなる。近くにいれば触れてしまいたくなる。それが罪だと分かっていても、止められない。

きっとヴィオレットとオネストならば、互いを尊重し合うよい夫婦になれるだろう。共に国を支える仲間にはなれるはずだ。けれども、そこに熱い感情は一つも存在しない。あるのは、凪いだ協力関係だけ。

王族としてそれで正しいと思うし、それまでヴィオレットは何の不都合も感じてこなかった。むしろ判断を狂わせる愛や恋など、不要なものだと捉えていた。だが、一瞬の絡み合う眼差しで切ない会話を交わす彼らを、羨ましいと思ってしまったのだ。そして、その先に異物として紛れ込む自分の未来に失望してしまった。

きっと想いを告げさえしない彼らは、それ故に終わらせることもできないだろう。たとえイノセンシアが別の誰かに嫁いだとしても、消えることのない思慕はどこへゆくのか。永遠に降り積もり続けて、固まり純度を増してゆくのかもしれない。表向きは、それぞれの伴侶に尽くしながら——

それはあまりに不毛で、滑稽すぎる。

誰一人幸福にはなれはしない。いっそ不貞でも働いてくれた方が怒りの行き場ができるというものだが、手さえ握らない二人を罵ることなどできようはずもない。ずっと、これから先、死ぬまでそんな光景を見せ続けられるのかと思うと、流石のヴィオレットも眼の前が暗くなってしまった。

妹の悲しい顔をこれ以上眼にするのは嫌だ。異性としては何の感情も抱いていなくても、オネストのことだって嫌いではない。むしろ幸せになって欲しいと願うほどには大切に思っている。

だからこそ、今回の件は好都合でもあったのだ。

正直なところ、ヴィオレットだってよく知らない獣人などには嫁ぎたくはない。歓迎されるなどという楽観的な考えは持てないし、一歩間違えれば餌になりかねない。そんな場所に誰が好き好んで行きたいものか。けれども、この国に留まったところで、別の苦しみを味わうだけだとヴィオレットは分かっている。

――それならば、いっそ新天地で生き抜いてみせるわ。

身体の丈夫さには自信がある。それに、多少ならば腕に覚えもあるつもりだ。こう言っては何だが、そう醜くもないから簡単に殺すのは惜しいと思ってもらえるかもしれない。もしかしたら――自分を知る者がいない場所でなら、この国ではできない別の生き方ができるのではないか。

人知れず固めた決意を、瞬き一つで覆い隠し、ヴィオレットは嫣然と笑みを形作った。

「私が人と獣人の懸け橋になってみせましょう」

そう宣言して初めて、自分が嫁ぐ相手の名前さえ知らないことに気がついた。

「お父様、私の伴侶となる方について教えてくださいませ」

「名はデュミナス様だ。彼らに姓はない。種族については、私にも分からない……すまない。獣人は不用意に我々へ生態を明かしたりはしないからな」

つまりは、何も知らないのと同義だ。

あまりに情報の少ない心許なさが、ヴィオレットの背筋を震わせた。

2　防寒具という名の抱擁（ほうよう）

　どんよりと曇った空が、今後の行く末を象徴するかのように湿った空気を運んでくる。見送りのために城の外へ立ち並んだ誰もが口数少なく、さながら国葬（こくそう）のようだとヴィオレットは深い溜め息を吐いた。

　城の前、庭園にずらりと立ち並んだ家族と衛兵、無数の侍女たちは皆陰鬱（いんうつ）な顔をしている。おそらくもう、ヴィオレットがこの国の大地を踏むことはないだろう。家族に会えるのもこれが最後になる。それは皆が分かっていた。

　ヴィオレットが獣人の王へ嫁ぐのが決定してから三か月。慌ただしく婚礼の準備は進められた。本来であればもっと長い婚約期間が設けられるべきだが、お互い金銭的にも情勢的にも、そんな余裕は持ちあわせていなかった。そこであらゆる手続きをすっ飛ばして、最低限の嫁入り道具と共に、本日ヴィオレットは獣人たちが住む国へと旅立つことになったのだ。

「お姉様……っ！　やっぱり駄目！　今からでも遅くはないわ。最初の予定通り私が……っ!!」

突然ヴィオレットに抱きついてきたイノセンシアが、ぐりぐりと胸に顔を埋めてくる。ヴィオレットは妹の後頭部を撫でてやった。

「遅いわよ。正式な使者をたてたのはいつだと思っているの？　今更花嫁が交代しますなんて、侮辱以外の何ものでもないじゃない。本当に馬鹿な子ね」

イノセンシアは、この数か月で随分痩せた。その理由は充分すぎるほどに伝わっている。だからこそ、ヴィオレットは自分の決意が間違ってはいなかったのだと確信できた。この優しく愛らしい妹の幸せのためなら、多少の苦労も我慢できる。

「イノセンシア、いつまでもべそべそと泣いていないで。私を困らせたいのかしら？」

一向に泣き止まない彼女に慣れない笑顔を向ければ、イノセンシアは勢いよく頭を振った。

「いいえ！　私……もう、お姉様を煩わせてご心配をかけたりしないわ。ちゃんと一人で……」

一人ではないでしょう、と言葉にはしないままヴィオレットは妹の後方に控える青年へと目を遣った。そこにはかつての婚約者であるオネストが控えている。

——妹を泣かせたら承知しないわよ。

視線だけで告げれば、彼は深々と頭をさげた。

「……では、お父様。長い間お世話になりました」

「ああ……くれぐれも、無理はするな」

最後に父である王へと挨拶し、ヴィオレットは用意された馬車へと乗り込んだ。これからひと月余りをかけて、獣人の住む地へと向かう。元々は居住地をめぐって争い合っていたが、和平が結ばれた今では、両者は遠く離れて暮らしていた。人間は気候が温暖ではあるが、ごく一部の地域で。広大ではあるけれど、北の厳しい大地は獣人の住み処とされた。そうして居住区を分けて、表向き大きな争いは格段に減ったけれど、互いの間には越えられない負の歴史と感情の壁がある。その懸け橋になるために自分が向かうのだと思うと、ヴィオレットは身が引き締まる心地がした。

やがて動き始めた馬車の小窓から、遠ざかる家族を見つめる。いつまでも手を振るイノセンシアへ、ヴィオレットも小さく振り返す。その姿が完全に見えなくなってしまうまで。

「――貴女も災難ね。私に付き従わなければならないなんて」

「……!? めめめ滅相もない！ ここここ光栄でございます！ 力不足とは思いますが、私、精一杯ヴィオレット様をお守りしたいと思っております!!」

ヒィッという悲鳴は聞こえなかったことにして、ヴィオレットは向かいに座る侍女のネルシュに視線を向けた。

まだ面差しにあどけなさを残す彼女は、気弱で真面目だ。二年前からヴィオレット付きの侍女として仕えるようになり、年齢も身分も数人いるうちの一番下になる。そばかすの浮いた頬は滑らかで、張りのある赤毛が愛らしい。本人はそれが気に入らないのか、俯きがちなことが多いけれども。

だがヴィオレットはそんな彼女を信頼していた。ネルシュが噂話や悪口に加わっているのは見たことがないし、彼女を悪く言う声も聞かない。目立たないが、仕事は正確で丁寧だ。だからこそ傍に置くことが増えていたのだが……それがネルシュにとっては皮肉な結果になってしまったらしい。

誰もがヴィオレットについて獣人の国へなど行きたくないと牽制し合う中、おそらくは断り切れずに押しつけられたネルシュだけが了承してくれた。正直、嬉しくなかったといえば嘘になる。

一人で向かう覚悟は固めていたが、ヴィオレットだって不安がなかったのでは決してないのだ。むしろ眠れなくなるくらいには毎夜心を揺らしていた。それを誰に打ち明けることもできなかったのが、また苦痛だった。だから理由はどうあれ、心許せる相手が傍にいてくれるのはありがたい。

ヴィオレットの道中を守る騎士たちは、無事彼女を送り届ければお役御免となり国へ帰るが、ネルシュだけはヴィオレットと共に見知らぬ大地に骨を埋めることとなるだろう。そして高い確率で、二度と家族には会えないし、慣れ親しんだ地を踏みしめることもない。

「無理をしなくてもいいのよ。私、自分の身は守れるし、貴女一人くらいならば増えてもどうにかなるわ」

誰かのためと思えば、背筋が伸びる気がする。ヴィオレットは毅然と告げた。

「そんな……恐れ多い。むしろそれは私の役目です。私では心許ないでしょうけれど、頑張ってヴィオレット様にお仕えいたしますので……」

「……」

涙を浮かべながらも真摯なネルシュの言葉に、ヴィオレットは感激で声を失った。だが下々の者へ軽々しく礼を述べることは、王女としては好ましくない。心の中でだけ感謝を述べて、ヴィオレットは馬車の小窓から外へ眼を向けた。街道にはヴィオレットの花嫁行列を一目見ようと、大勢の人々が立ち並んでいる。だがそこにあるのは、称賛や祝意ではない。白けた視線に晒されながら、聞こえるはずもない噂話にヴィオレットは耳を塞いだ。

──無能な者にも、何らかの才能はあるということね。

今まで役立たずと侮っていたアナンドロスには、尾ひれをふんだんに取り付けた悪意ある情報を拡散するという特殊能力があったらしい。それも最初の内容が下火になる頃には、新たに刺激的な話題を提供するという手際の良さだ。おかげで今やヴィオレットは、元婚約者のオネストを手酷く袖にし、獣人の王へ色仕掛けで迫った上に、その玉座を狙うため人間へ後足で砂をかけた稀代の悪女だ。いずれは皇太子であるリヴァイスを亡き者とし、この国をも乗っ取るつもりに違いないとまことしやかに囁かれている。

──最新の噂では、すでに私の胎の中には獣が宿っている……だったかしら。それも山の中で見知らぬ獣人に種付けされたから、それをごまかすために獣王への輿入れを焦っているだとか……下世話な話ほど、人々は嬉々として語りたがるのね。まったくアナンドロスお兄様ったら、情報操作で才能を発揮した方がいいのではないかしら？

残念ながら悪意の源がアナンドロスであるというのは、その挙動不審な態度からバレバレという底の浅さだが、手腕自体は見事だと思う。もう少し人として深みがあれば、この上ない武器にもなろうというのに。

――まぁ、いいわ。この程度の嫌がらせで溜飲をさげてくれるのならば、安いもの……イノセンシアへ手出しができないように、しっかりオネストへは任せてきたし、この噂話のおかげで国民がそれなりに楽しそうなのも事実だもの。

ぼんやりとそんなことを考えながら、ヴィオレットは手元の本を開いた。

「ヴィオレット様……馬車の中でそのようなものを読まれては、ご気分が悪くなってしまいますわ」

「ああ、平気よ。私、丈夫だから。それにもう内容は諳んじられるほど頭に入っているの。開いたのは、なんとなくよ」

膝に載せた古びたそれは、表紙が擦り切れ紙の色も変わり始めている。さほど大きくもなく、ページ数も少ない。けれど、クロワサンス国において唯一手に入れられた獣人に関する書物だった。

閉鎖的な彼らに関する情報は酷く少ない。長く続いた戦乱で研究は進まず、その上数少ない資料のほとんどは戦火で失われてしまった。ヴィオレット自ら王宮内の図書を漁り、ようやく見つけた貴重な一冊がこの本だ。

「私だって、丸腰で敵地に乗り込む気はないわ。せめて少しでも知恵をつけておかないと」

とは言っても、中に書かれているのはたいしたものではなく、一言に『獣人』といっても様々な種族が存在することと、そのいくつかの外見や性質を絵付きで解説しているのみだった。そして彼らの王は世襲制ではなく、最も強い者がその座に就くという。だが、その決定方法など細かなことに触れている項はない。

「殺し合いでもするのかしら……野蛮だわ」

戦いとなれば、どうしたって身体の大きな者や肉食獣の性を持つ者が有利になってしまうのではないだろうか。だとしたら、とても歪で不公平なやり方に思える。人間の立場から考えると、極端な弱肉強食の考え方は受け入れがたい。

ヴィオレットは乱暴に扱えば破れてしまいそうなページを慎重に捲り、描かれた筋骨隆々の男たちに視線を落とした。その姿はほとんど人と変わらないが身長三メートルという注釈が付けられていたり、もはや手足があるくらいの共通点しか見つけられないものまでいたりと千差万別だった。ただし誰もかれもが恐ろしげな風貌をしている。城に仕える歴戦の騎士たちや凶悪な犯罪者でさえ、これほどの威圧感は放っていない。人間を喰い殺した数を自慢し合っていると言われても、さもありなんと頷いてしまう。

――単純にこの絵が上手すぎるという可能性もあるけれど、獣人の男性は皆こんなふうなのかしら。……怖いわ。

　ネルシュには気づかれないように、そっと息を呑んだ。何度見ても、見慣れるということがない。むしろ、この本を開くたびに恐怖が募るから厄介だ。それならば見なければいいと思うところもあるけれど、現実問題としてこれからこんな男たちが闊歩するところへ嫁ぐのだから、無視を決め込むわけにもいかないだろう。ましてそれらの頂点に立つ者が、自分の夫となるのだから。

　――イノセンシアが選ばれなくて本当によかったわ……あの子じゃ、これを見ただけで卒倒してしまいそうよ。

　贅沢は言わない。せめて、人間に近い姿かたちであって欲しい。鱗や羽毛に全身が覆われているのは勘弁してくれないだろうか。だが、主食が人間などという猛獣でも困る。更に言うなら、物理的に子づくりが可能な体格差でなければ辛い。

　――もしも願いが叶うならば、可愛らしいモフモフがいいけれど……昔、庭園で出会ったあの子犬のような……でも、無理よね。――いいえ、私はどんな方であってもデュミナス様を受け入れるわ。人間と違うのが何だというの？　そんなもの、人間の中でだって、誰一人同じ存在なんてありはしないじゃない。いわば個性よ。

　自分を鼓舞して前を向く。それでも胸に巣くう暗雲は完全には消え去ってはくれない。

　この先に待つ己の未来を思い、ヴィオレットは束の間現実から逃れるように瞳を閉じた。

何度か月が昇り、そして夜が明けて――少しずつ気温が下がってゆくのをヴィオレットは感じていた。肌寒さに身じろげば、ネルシュが手際よくショールを肩にかけてくれる。国を後にしてすでに五日。馬車の外には、荒廃した大地と打ち捨てられた建物がまばらに広がるばかりだ。

「貴女も何か羽織りなさいな」

「ありがとうございます、ヴィオレット様。それにしても、こうも座ってばかりというのも、応えますわね……」

連日狭い馬車の中で向き合っているせいか、ヴィオレットとネルシュは少しずつ打ち解け始めていた。以前よりも僅かながら緩んだ空気の中で、ネルシュが軽く体勢を変える。

「そうね。でも私はまだ平気よ」

正直言えば、腰が痛い。だがそれを口にできるほど、ヴィオレットの矜持は低くなかった。

「流石はヴィオレット様です。私などあちこち固まってしまったようで辛くて……」

素直に上半身を屈めながら腰を摩る彼女をどこか羨ましく見守りながら、ヴィオレットはむしろ姿勢をただした。ピンと伸ばした背筋が攣りそうになるが、王女として絶対にだらしない姿など他者には見せられない。

ネルシュの荷物は他の馬車に積まれているので手元に何もないのか、寒そうに首を竦めていた。行程的にはまだ六分の一も進んでおらず、先は長い。今からこの調子では、遠からず風邪をひいてしまうだろう。

「私の侍女は貴女しかいないのよ？　身体でも壊したらどうするの？　私が休みたいと言っていると御者に伝えて馬車を止めてちょうだい。その間に何か羽織るものを取ってきなさいな」

そう言って、ヴィオレットが小窓から外を覗こうとした瞬間、ガクリと馬車が揺れた。

「!?」

「ヴィオレット様！」

体勢を崩しかけたヴィオレットを、ネルシュが慌てて支えようと両手を伸ばしてきた。けれども、急に馬車が停車したのか立て続けに襲った衝撃で、彼女は後ろへひっくり返り、したたかに背中を打ち付ける。

「ネルシュ！」

「い、痛い……」

沢山のクッションに埋もれてもがいているネルシュを助け起こしてやれば、外が騒がしいのにヴィオレットは気がついた。何人もの男の声が入り乱れ、馬の興奮した嘶きが聞こえてくる。

「な、何……？」

まさか賊の類だろうか。護衛には手練れの者を選りすぐっているから問題ないとは思うが、人間と獣人との婚姻を良く思わない輩も少なくない。むしろ多い。どんな手を使ってでも、妨害しようとする荒くれ者が現れても、不思議はなかった。人間相手であれば心配の必要は感じないけれど、もしも獣人の賊であれば厄介だ。更に目的が金銭ではなく、ヴィオレットの命だとしたら……

――先方からは、襲撃などさせないから安心して構わないと通達があったけれども……まさか罠だった?

ヴィオレットは息を凝らして外を窺った。切り取られた小窓から見えるのは、ごく狭い範囲だけで状況は窺い知れない。ただ、緊張を孕んだ空気をヒシヒシと感じる。

「ヴィオレット様……」

「シッ、静かになさい」

耳をそばだて周囲を探る。怯えたような男の声とざわめきにヴィオレットの背筋が冷えた。不安げに震えるネルシュを宥めながら、せめて武器になるものをと片手を彷徨わせた瞬間、唐突に馬車の扉が押し開かれた。

「!!」

「……」

大きな体躯を折り曲げるようにしてこちらを覗き込むのは、褐色の肌が印象的な男だった。無造作に伸ばされた黒髪の襟足を一本に縛り、黄金の瞳が眇むように眇められている。顔立ちは整っているのだろう。薄い唇にすっと通った鼻筋、切れ長の眼には得も言われぬ色気があり、耳の形さえ美しい。だが、男の放つ重い威圧感が全てを台無しにしていた。
触れれば切れそうな鋭さがヴィオレットの肌を刺し、身動き一つできやしない。呼吸さえ忘れて、黄金と深緑の視線が絡まり合った。

「……お前が、ヴィオレットだな」

ヒィッという悲鳴が傍らであがった。それでも腰が抜けたまま這（は）いずって主人を庇おうとするネルシュを制し、ヴィオレットは傲然と顎をそびやかす。

「狼藉（ろうぜき）者に名乗る名前などありません。人に名を問うならば、まずはご自分から明かすのが礼儀ではありませんか」

男の身なりは実用性を重視した簡素なものではあったが、布地や細部に施された刺繍（ししゅう）を見れば、高価なものだというのがすぐに分かった。立ち居振る舞いも優雅とは言いにくいが、どことなく品がある。つまりは、ただの賊とも思えなかった。

「……噂には聞いていたが、一般的な姫君とはかけ離れているようだな。――面倒な」

眉間にしわを寄せた彼は、僅かに鼻を鳴らした。険のある顔立ちが、より一層凶悪なものに変わり、ネルシュが卒倒せんばかりにのけぞる。

ヴィオレットは震えそうになる拳を握り締め、渾身（こんしん）の力で男の視線を受け止めた。逸らせば喰われる――そんな恐怖が駆け巡るほどに彼の放つ雰囲気は、捕食者のそれだった。

「俺の名は、デュミナス。お前の夫となる者の顔も知らないのか」

「――！」

　滅多に動揺などしないヴィオレットでさえ、流石に唖然（あぜん）と固まった。では眼前にいるこの男が、という想いと、何故獣王自らがこんな場所に赴（おもむ）いているのかという疑問が頭の中いっぱいに広がる。

「この先は人にとっては厳しい地形が続く。まだ雪深い場所もあるし、群れをはぐれた荒くれ者も少なくない。お前たちだけでは到底無事では済まないだろうと、迎えに来た」

　とても心配や気配りとは思えない仏頂面（ぶっちょうづら）で言われると、言外に『仕方なく』とか『本当は嫌で堪らないけれど』と語られている気がする。そしてそれはおそらくヴィオレットの勘違いではない。歓迎の意思など欠片（かけら）も見えない様子で、デュミナスはヴィオレットの腕を強引に引き寄せた。

「何をなさいます!?」

「こんな大きなものに乗ったままでは、断崖（だんがい）絶壁を無事に越えられるはずがないだろう。お前は俺の馬に一緒に乗ってもらう。必要な荷物は分割して運ばせよう」

「きゃ……っ」

　右腕がもげるかというほどの力で引っ張られ、ヴィオレットは小さく悲鳴をあげた。突然の痛みに、思わず顔も歪んでしまう。デュミナスの力は強すぎて、彼にとっては軽く握っただけのつもりのようだが、ヴィオレットにとっては、摑まれた場所が締め上げられたように軋んだ。

「痛……っ」

「……っち、人間は脆弱だな」

――舌打ち……!? 今、この方舌打ちをなさったの……!?

あまりのショックにヴィオレットは彼の顔を至近距離で見上げた。今まで皮肉や悪意に晒されたことはあっても、こんな扱いを受けたことはない。まして直接的な暴力などもってのほかだ。

間近で見つめるデュミナスの顔は、悔しいけれどやはり端正だった。造形は繊細に整っているのに男性的な荒々しさもあり、黒で統一されたかのような風貌の中で、双眸だけが金色に煌めいている。その胸にくっつきそうなほど接近したせいで、黒衣に包まれた肉体は、見える以上に筋肉質で逞しいことを知った。ヴィオレットを捉える手の甲に浮いた筋さえ艶めかしく、顰められた眉が官能的に映る。

「……放してくださいませ！」

「口の減らない生意気な女だ」

デュミナスの圧力を増す視線に、怒らせたのかとヴィオレットは一瞬焦った。けれどもその割に彼の瞳には怒気が見当たらない。むしろ別の熱が宿ったように思えるのは気のせいだろうか。

デュミナスは再び鼻を鳴らして息を吸い込み、そしてヴィオレットの首筋へと形の良い唇を寄せた。

「デュ、デュミナス様…!?」

これには流石のヴィオレットも戸惑いの声をあげた。これほど近くに、異性を感じたことはない。いくら虚勢を張ってもヴィオレットはまだ十八になったばかりで、結婚に際して男女の営みについて教えは受けたけれど、知識と実技はまるで違う。すぐ脇にはネルシュもいる。まさかこんなところで襲うつもりかという心配と、噛み付かれるのかという恐怖で身を竦ませた。だが彼は数度息を吸い込むと、ヴィオレットを捕らえる腕から力を抜く。

「……ひどい匂いだな」

「は……!?」

ときめきなのか緊張なのか分からぬものに固まっていたヴィオレットは目を見開いて声をあげた。未だかつてないくらい、低い声音が腹から出たかもしれない。

「くそ……っ、なんて忌々しい匂いだ。こんな場所に籠っているから、余計にきつくてかなわない」

「な……な……」

経験したことのない侮辱で、頬に血がのぼるのが分かる。旅の道中、湯浴みだってちゃんとしていた。汚いなどと罵られるいわれはないはずだ。

「ぶ、無礼な……っ！　私は……、え？　おろしなさい!!」

抗議しようとした刹那、ヴィオレットの身体は軽々とデュミナスに担ぎ上げられていた。横抱きなどという甘やかなものではなく、まさしく荷物のように肩の上へ持ち上げられて、馬車の外へと連れ出される。

「ちょ……っ!?」

「暴れるな、落とされたいのか」

くの字になったヴィオレットの腹に、大柄な彼の肩が食い込んだ。はっきり言って、とても苦しい。長旅だからと、コルセットを巻いていなかったのが悔やまれる。やはり誰に見られなくても手抜きはしてはならないと、今更ながらヴィオレットは後悔していた。その上、下になった頭に血がのぼるから堪ったものではない。

――何なの!? これは、拷問(ごうもん)……!? まさか和平のための婚姻など嘘で、本当は私は生贄(いけにえ)にでもなる運命なのかしら……!?

ならば一矢報いねばと、眼前に逆さに広がるデュミナスの背中を渾身の力で叩いてみた。だが分厚い筋肉に阻(はば)まれ、ペチペチという間抜けな音しか響かせられない。

「何だ？ 虫でも止まっていたのか」

まったく応えた様子のない男の声にヴィオレットは苛立ち、今度ははしたなくも足での攻撃を試みた。一度振り上げた爪先を、デュミナスの腹めがけて勢いよく落とす。もはや頭の中には、この敵を倒さねばという考えしか浮かんでいなかった。けれど――

「……え」

「見かけによらず、随分活発なのだな」

上手くいった、という確信はあっけなく破られ、ドレスの裾(すそ)に覆われて軌道が読めなかったはずのヴィオレットの足首は、がっちりデュミナスに摑まれていた。

「こ、これは」

「ふん。気位が高い女だと知ってはいたが……」

彼の声がどこか楽しげに聞こえるのは気のせいか。そのままヴィオレットが運ばれた先は、毛並みのよい栗毛の馬上だった。

「さて、出発だ。今度こそ大人しくしていろ。出会ってすぐに転がり落ちて死なれたりしては、こちらの手落ちになるからな」

冷たく睨まれ身が竦むが、ヴィオレットは咄嗟に周囲を見渡した。御者も、護衛も、誰も怪我を負ってはいないようで安心する。皆真っ青な顔でこちらを見ているが、取り敢えずは無事らしい。そして、彼ら以外にも見慣れぬ男たちが数人馬に跨っていた。誰もかれもが大柄で、いかにも戦場が似合う重苦しい空気を纏っている。

「彼らは俺の仲間だ。おい、人間ども。ヴィオレット姫は確かにこの俺がもらい受けた。一刻も早く城に戻り、そう報告するがいい」

驚きか恐怖のためか、動けなかった兵たちが顔を見合わせ、あからさまに安堵の表情を浮かべた。本音では、このまま獣人の国へ足を踏み入れるのが嫌だったに違いない。そわそわと別の誰かが口火を切ってくれるのを待っている。

「そ、そうですか？　いやぁ、王自らがお出迎えくださるとは……恐悦ですな！」

などと吐きながら、卑屈な笑みを張り付けて早くも後ずさり始める者までいる始末に、ヴィオレットは軽い眩暈を覚えた。この場にいる凛々しい獣人たちとは大違いだ。

「で、ですが最後までヴィオレット様を送り届けるのが、我らの役目……全面的に任せるなど――」

それでも多少は気骨のある者がいたらしい。一歩前に進み出ながら、震え声で訴えるのは、まだ年若い騎士の一人だ。

「――それは、我々が信用ならないという意味か？」

一段と低くなったデュミナスの声に、その場は一斉に凍りついた。中には覇気に呑まれて、蒼白のまま倒れ込みそうな者までいる。

「ち、違います……、そのような意味では……!!」

「ならば去れ！　これより先は我ら獣人の国だ。貴様らに踏み入れさせるつもりはない！」

地を震わすような咆哮に、全員が縮み上がった。無論、ヴィオレットも固まった。まして音源であるデュミナスに、背後から抱き締められる形で馬に乗っているのだ。耳元で炸裂した大声で、当然ながら耳はキーンという耳鳴りと共に一瞬使用不可能となる。

「ひ、ひぃ！　ではヴィオレット様、これにて失礼いたします!!」

逃げる、という形容がこれほど似合う立ち去り方が他にあるだろうか。まさしく脱兎の勢いで、護衛たちは我先にと背を向けた。哀れにも残されたのは、馬車を操る御者たちだけだ。

「貴様等は帰らないのか？」

「いえ、あの……ヴィオレット様の花嫁道具が……お願いします、助けてください。俺は喰っても美味しくないですよ」

もはや魂が半分抜けかかった彼らは、涙ながらに手をあわせた。

「……人肉など、俺は好まん。おい、お前たち早く荷物をこちらに移せ」

デュミナスが周囲の男たちに指示を出せば、皆無駄のない動きで従う。次々とヴィオレットの衣装やら化粧道具やらを運び出し、各々の馬に括り付けていった。

「家財などはこちらで用意している。持ってゆくにも限界があるから、諦めろ」

「あ、お待ちください。ネルシュ……！」

有無を言わせぬ調子で切り捨てられたが、正直、花嫁道具など母が仕立ててくれたあのドレスがあれば充分だ。それよりも、人のいい侍女を案じてヴィオレットは手を伸ばした。

「ヴィ、ヴィオレット様ぁ……っ」

生まれたての小鹿のように足を戦慄かせながら、ネルシュは馬車を降りてヴィオレットの傍までやってきた。蒼白を通り越して死人のような顔色になった彼女は涙や涎でぐちゃぐちゃになりながらも、他の男たちのように逃げ出すつもりはないらしい。

「……お前も国へ帰りなさい。ここまで付き従ってくれて……ありがとう」

これが最後かもしれないと思い、ヴィオレットは淡く微笑んだ。ネルシュには感謝している。これまで示してくれた忠誠で、もう充分だ。これ以上は、望まない。

「そ、そんな。私は最後までヴィオレット様についてゆきますわ！」

「馬鹿ね。これが最後の機会よ。早く馬車にお戻りなさい」

縋り付いてくるネルシュを追い払おうとするが、彼女は必死にヴィオレットへ食い下がる。

「いいえ！　私はヴィオレット様に一生を捧げると心に決めたのです。皆勝手な噂をしていますが、本当の姫様はお優しい方です。この数日で更に確信いたしました。だから、私は……」

「私と共にきても何も得などないのよ。それくらいも分からないの？」

「私にとっては、ヴィオレット様にお仕えすることこそが！」

帰れ、いや帰らないと押し問答を続ける二人に、痺れを切らしたのは一人の獣人だった。

「うるさいなぁ。埒があかないよ。ねぇ、もう僕が彼女を連れていくってことでいいよね？」

「ヒ、ヒイイイ……ッ!?」

ひょいっと片手で馬上に持ち上げられたネルシュは、泡を吹いて失神した。彼女を抱き上げた男は、ふわふわとした黒色の髪とデュミナスと同じ金の瞳を持っていた。

「あれ、寝ちゃったの？　まぁ丁度いいか。ヴィオレット様がいらないなら僕がもらってもいい？」

「ネ、ネルシュをお放しなさい！」

「フレール、ふざけるのも大概にしろ」

ちぇ、と唇を尖らせた男は、ヴィオレットと同じくらいの年に見えたが、どこか子供っぽい天真爛漫さがある。人好きのする垂れ目と柔和な表情のせいかもしれない。身体つきはデュミナスに負けず劣らず逞しいが、放つ雰囲気は柔らかかった。

「本気なんだけどなぁ……僕は人間、嫌いじゃないし。――――ああ、それにしても、いい匂いだなぁ。懐かしいや」

不意にヴィオレットの方へ身を乗り出したフレールは、先ほどのデュミナスと同じように鼻をうごめかせた。

「……!?」

また匂いを嗅がれているのかと戦慄し、ヴィオレットは大きくのけぞる。そうすると、必然的にデュミナスに背中を押しつける形となった。

「……っ」

背後に陣取る彼の身体が強張ったような気がしたが、この際細かいことは無視を決め込む。それよりも問題はネルシュだ。

「彼女をお放しなさい！　この無礼者！」

「えー？　だってヴィオレット様、この娘はいらないんでしょ？　だったら僕がもらっても構わないと思いませんか？」

気安い口調でのほほんと語りかけられると、毒気が抜かれてしまう。フレールのどこか憎めない雰囲気は、イノセンシアに通じるものがあった。

「だ、駄目よ！　ネルシュは私の侍女ですもの。貴方には渡せないわ！」

もしも彼女を置いていこうとすれば、本気でフレールの所有物にされかねないとヴィオレットは焦って言い募った。こんなにも動揺して必死になるのは生まれて初めてかもしれない。慣れない興奮で疲労感がのしかかってくる。

「じゃあ、彼女も連れていくってことでいいんですよね？」

「そ、それとこれとは！」

「……煩い女だ。それ以上騒ぐな」

「煩いですって……!?」

ぼそっと呟かれたデュミナスの言葉にヴィオレットは唖然とした。今まで静かにするようたしなめられたことなど一度もない。それどころか、自分は誰より静寂をよしとしている自負がある。にもかかわらず、何故こんなことを言われねばならないのか。

「とにかくもう出発するぞ。日暮れまでには峠を越えたい。これ以上時間を無駄にしてたまるか」

そのデュミナスの言葉をきっかけに、男たちは一斉に馬を繰り始めた。

「お、お待ちなさい！　止めて、馬を止めなさい！」

だが、ヴィオレットの命令に再び全員が静止する。馬も、驚いたようにこちらを見ている。

――あ、あら？　私そんなに大きな声を出してしまったかしら？

図らずもその場にいる全員の視線を集める形となったヴィオレットは、ここで引いては今後に関わると察して、いつも以上に背筋を伸ばした。ネルシュを休ませてやらねば、本格的に体調を崩してしまいそうだ。それに本音を言えば、ヴィオレットだって休みたい。さっきはネルシュに強がってみせたが、実際とても疲れているのだ。まして、ヴィオレットは乗馬が得意だが、ネルシュには経験がないと思われる。初めての者に、長時間の騎乗は辛いだろう。

「休憩をとらせてちょうだい。もうクタクタなのよ。これ以上の無理をしては身体を壊しかねないわ」

「……お前たち、馬車の中で座っていただけだろう。何が疲れるというんだ」

呆れたようなデュミナスの物言いを睨みつけ、気圧されてたまるかと息を吸う。初端から負けてしまえば、これから先の力関係にも暗雲がさすに違いない。そうでなくとも、すでにデュミナスの勢いに呑まれ気味だというのに。

「そうはおっしゃっても、私、遠出というものはこれが初めてなのですわ。それにまだ見ぬ伴侶への緊張感でろくに眠れていないのです。ご理解いただけるかしら？　本格的な病に倒れれば、快復にも時間がかかりますし、何より外聞が悪いとお思いにならない？」

花嫁らしい恥じらいを織り交ぜつつ、言外に無理をさせれば大変なことになるぞと圧力をかける。表情は優美な笑みを浮かべてやった。勿論、計算ずくだが。

「……」

「今帰った彼らも、私が国を出て以来本調子でないことは知っていますもの。父に心配をかけたくありませんわ。ねぇ、貴方たち、私はデュミナス様から丁重に扱われていたと証言してくれるでしょう?」

後半は、まだその場で困り果てている御者たちへと放った台詞だ。彼らは真っ青な顔のままこくこくと頷いた。

「ですから、私に今一番必要なのは、ゆっくり休むことですわ」

畳みかけるように言葉を繋げば、デュミナスの眉間のしわがぐっと深くなる。人など簡単に縊り殺せそうな迫力がヴィオレットの全身に降り注いだが、意志の強さで撥ね返した。

「見た目よりも、随分弁が立つらしい」

黙っていれば、『冬の姫』以外に月の女神にもたとえられるヴィオレットの容姿だ。白金の髪は神秘的に艶やかだし、怜悧な美貌は侵しがたい高潔さを漂わせている。大抵の男ならば初めて彼女を眼にすると、その美しさに言葉を忘れた。けれども、デュミナスにはそれが通用しないらしい。

「……よく喋る女はお嫌いかしら」

「いや……」

彼の真意を探ろうと、ヴィオレットはじっとデュミナスを見つめた。そこには苛立ちも不快感も見当たらない。あるのは、興味深げな色だけだ。けれども、それもすぐに横へ逸らされてしまった。

「ふん、死なれて困るのは事実だ。だが、その分休憩の後は急がせてもらう。――お前たち、今夜はここに野営するぞ」

「は!!」

デュミナスの号令に従って、あっという間に場が整えられる。一切無駄がない、あまりに見事な手際の良さに、ヴィオレットはただただ感心するしかなかった。

――すごいわ。短時間でこんなに……よく訓練されている。そして見るからに癖のありそうな男たちを纏め上げているのが獣人の王……この方なのね。

それだけの力を持っているということか、と畏怖と尊敬がごちゃ混ぜになる。自分はこれから、彼の妻として生きていかねばならないのだ。比喩などではなく、まさに生き延びねばならない。

――私にできるかしら……？　いいえ、上手くやらねば命はないものと覚悟しなければ……！

ヴィオレットがぐっと奥歯を噛み締めている間に、寛げそうな天幕が組まれていた。内部は大人三、四人が横になれるほどの広さはある。

「よろしければ、少し中でお話でもしませんこと？」

「いや、結構だ」

「え？」

夫婦になるのだからとヴィオレットはデュミナスと親交を深めようと提案したが、それはあっさりと切り捨てられた。まさか断られるとは思わなかったので、口を開けたまま固まってしまう。

「俺たちは別のテントで休ませてもらう」

そう捨て置いた彼は、馬からヴィオレットを下ろしネルシュと共に天幕へと押し込んだ。引き留める隙もなく、さっさと踵(きびす)を返されて、取り残される形になったヴィオレットは数秒真顔のまま無言になってしまった。

——これは、人間風情などと馴れ合うつもりはない……という意思表示なのかしら？だとすれば死活問題だ。早急に解決しなければならないだろう。だが、どうすれば？

——いいえ。ひょっとしたら、彼らは婚前に男女が共に過ごすのを良しとしていないのかもしれない……でも、だったら不用意に抱え上げたりしないわよね。とすれば、私から誘ってはいけなかったのかしら？　ああ、もう何が正解で何が間違いなのか誰か教えて欲しいわ！

よい方法はないものかと考えを巡らせるが疲れもあってか何も浮かばず、外からは男たちの話し声が聞こえてきて、集中が途切れさせられる。

——何もかも、想定外よ……っ!!

傍らのネルシュは未だうなされたまま、意識を取り戻す気配はない。ヴィオレットは頭を抱えて俯いた。

その夜。ヴィオレットは一時の休息を求めただけであったが、結局はそのまま同じ場所に一泊することになった。このまま無理に進んでも、次に天幕を張れる場所には辿り着けないらしい。山の日は暮れるのが早く、一度下り始めた太陽は駆け足で去ってしまう。そのことを、ヴィオレットは身をもって知った。そして、そんな夜が酷く冷え込むことも。

「……寒いわ」

「どうぞ、ヴィオレット様。こちらも羽織ってください」

そう言いながらネルシュは、自身が包まっていた毛布をこちらに渡してきた。

「何を言っているの？　私はもう充分よ。貴女がお使いなさい。風邪でもひいたらどうするの？」

すでにヴィオレットの周りにはありったけの布が集められている。大半の荷物を御者共々国へ帰してしまったため、必要最低限になった衣類は少ない。できる限り着込んでも、たかが知れている。それに、みっともなく着膨(きぶく)れるなど冗談ではない。

ここに至るまではまだ人間の領土であったから、小さいながらも村があり、なんとか宿に泊まれていた。完全なる野宿はヴィオレットにとってこれが生まれて初めての経験だ。

「ですが、これ以上は……私ならば大丈夫ですから、ご心配なく」

「結構よ。それよりも、デュミナス様は火を焚(た)かれているでしょう。何か暖を取れるものがないか聞いてくるわ」

中央にたき火を据えて、その周囲に天幕が張られていた。分厚い布越しには、赤い光が揺れている。不規則な炎のダンスを見ていると、心が安らぐのは何故だろう。

「それでしたら、私が！」

「お前、彼らの真ん中に一人で入ってゆけるの？」

「そ、それは……っ」

出会ってすぐ腰を抜かし失神していたネルシュにそんな交渉を押しつけるなど可哀想だ。尻込みする侍女にもう一度大丈夫だと告げると、ヴィオレットは自ら行動することを選んだ。

周囲はすっかり暗闇だが、時間的にはそう遅い刻限でもない。まだ眠ってはいないだろう。それに――先ほどから聞こえてくる会話の中には、確かにデュミナスの声が交ざっていた。

――他の声はまだ聞き分けられないのに、あの方のものだけはすぐに分かるわ。まだそう何度も話をしたわけではないけれど……不思議ね。私を怒らせた忌々しい相手だからかしら。

たっぷりとしたガウンの襟元をただして、ヴィオレットは外へと踏み出した。鋭い刃となった冷気が足元から一斉に侵入してきて肌を粟立（あわだ）たせる。

向かうは火を取り囲んで座る男たちのもと。円座になるその中で、一際存在感を放つデュミナスに自然と眼が引き寄せられた。

「……どうした」

いち早く気がついた彼の問いに反応して、その場の全員の視線がヴィオレットへ集中した。闇夜の中で、金色に煌めく瞳が妖しい光を放つ。

「……っ！」

野生の獣を暗闇の中で見たのは、過去に一度だけだ。あのときも、両の眼が月の光を宿したように光っていた。とても綺麗で、気高くさえあった。けれど、今のそれは、そんな生やさしいものではない。

――喰われる……っ！

反射的に感じた恐怖は、本能からの警告だった。獲物を狙う肉食獣の鋭さが研ぎ澄まされ、ヴィオレットの呼吸さえ奪い去る。

「こんな夜半に何の用だ？　まさか腹が減って眠れないのか？」

「……違います。あの、寒くて堪らないので、何か暖を取れるものを貸していただけないかしら」

確かに夕飯は干し肉のスープという貧相なものだった。量だけは充分にあったが、流石に気持ちが動揺していたのか、食は進まずヴィオレットは大半を残してしまっていた。

「寒い？　これで？」

心底不思議だと言いたげな彼らを見遣れば、皆、ヴィオレットにとっては信じられない薄着をしている。中には半袖の者までいる始末だ。体感温度がまったく違うのだろう。どうりで毛布などの防寒具の大半を帰してしまったはずだ。

「人間は、体温調節が下手だと聞いてはいたが——仕方ない。フレール貴様もこい」

「はぁい」

間延びした返事をした彼は、いそいそと立ち上がった。何か暖かな服か懐炉でも貸してもらえればと思っていたのだが、どうも様子が違う。二人は何も持たぬままヴィオレットたちの天幕へと入って行った。

「あの……？」

「何をしている。早くお前もこい」

「え、ええ」

呼ばれるままにヴィオレットが入口の布を潜ろうとした瞬間、絶叫が辺りに響き渡った。

「ギャアアアアアッ!!」

「ネルシュ!?」

断末魔か、という可憐さの欠片もない悲鳴に思わずのけぞる。だが、侍女の一大事と慌てててヴィオレットが内部を確認すれば、そこにはある意味修羅場が待ち構えていた。

「ネルシュー!?」

女二人であれば充分な広さであった天幕内は、図体の大きな男が二人増えたせいで狭苦しいことこの上なかった。そして泡を吹いて横たわるネルシュに覆い被さりながら、がっちり四肢を絡めたフレール。その横で何事もなかったように無表情のまま寝床を整えているデュミナス。まったく状況が呑み込めない。

「こっ、この不届き者―――っ!!」

ヴィオレットは、もしものために持たされていた懐剣を取り出すと、猛然と彼らに突っ込んでいった。もはや和平の同盟など頭からすっ飛んで、こんな不埒で下種な真似をする男は去勢しなければならないという信念に突き動かされる。元来、ヴィオレットは力で弱者を従わせようとする輩が、反吐が出るほど大嫌いだった。特に女を蹂躙しようとする男は絶対に許せないし、自分だけならまだしも、ネルシュにまで手をかけるとは許しがたい。

けれど、ヴィオレット渾身の一撃は、あっさりとデュミナスに遮られてしまった。

「物騒なものを持っているな。だが弱い者が武器を手にしたからといって、実力差を見誤らない方がいい。無駄な怪我を負う羽目になるぞ」

まるで大人が赤子の手を捻るごとく簡単に剣は奪われ、その上ヴィオレットもデュミナスに抱き締められ横たえられてしまった。

「!?」

硬く広い胸板に押しつけられて、身体中の血が一気に沸騰する。耳鳴りがしそうなほどに鼓動が暴れ、冷えていたはずの指先までが燃えるほどに熱くなった。

叫ぼうとして大きく息を吸ったせいで、鼻腔いっぱいにデュミナスの男性的な香りが広がる。

「……ほら、朝までこうしていてやるから、早く眠れ」

――眠れるわけがないでしょう!!

家族とさえ、同じベッドで眠った記憶はない。まして、これほど近くに異性を感じながらなど、あろうはずがなかった。

抗議して抵抗しなければ、と頭では理解しているのに、実際のヴィオレットは完全に硬直してしまっていた。僅かでも身じろげば、それだけで互いの身体を生々しく感じてしまう。女よりも硬い肌、背中に回された逞しい腕、筋肉の描く芸術的な凹凸。そのどれもが、ヴィオレットには持ちえないものだ。意識すればするほどに、思考は拡散して纏まらなくなってしまう。このままでは心臓が破裂して死んでしまうのでは――というほどに高まった鼓動のせいで、ぐらぐらと眩暈がした。

「ほら、寝ろ。ああ、このガウンは脱ぐのか?」

「ひ……っ」

無造作に襟元を開かれて、ヴィオレットの肩口が露出した。刹那、僅かにデュミナスの瞳孔が開いた気がする。

「放しなさい! 無礼者!」

「……またそれか」

デュミナスはうんざりとした表情を隠そうともしなかったが、だからといって気分を害した様子もなかった。

「気温はこれからもっと下がるぞ。俺たちはどうということはないが、今でこれならお前たち人間には厳しいだろう。まして鍛えてもいない身体では、到底この先耐えられないと思うぞ。凍死したくなければ、黙って従え」

「そうだよぅ。もしかしてヴィオレット様、僕のことを強姦魔だとでも思っています？　酷いなぁ。言っちゃなんだけど、嫌がる女の子をどうこうするほど、僕飢えてないし不自由してませんよ」

のほほんとしたフレールの声が聞こえるが、デュミナスの大きな身体に阻まれて、何も見えない。だが、相変わらずネルシュの気配がしないのは、彼女が完全に気を失っているからだろう。できるならば、ヴィオレットも意識を手放してしまいたかった。

「フレールはあんな軽さだが、信用はできる。侍女の貞操を案じているなら、問題ない」

では、私の貞操は!?　と口にしかけて、ヴィオレットは危うく呑み込んだ。下手に藪を突きたくないし、何より怖くて確かめられない。それに、一応彼は自分の夫となる相手なのだから。

——ま、まさかこんな狭っ苦しい場所で契りを結ぼうなどとはなさらないわよね!?

同じ空間にはネルシュとフレール。更に外には沢山の獣人。

そんな状況で万が一があれば、もう立ち直れない。もしも獣人の作法ではそれが自然などとのたまわれたら、いったいどうすればいいのだろうか。

ヴィオレットの真っ赤に染まっていた頬はたちまち蒼白に変わった。

可能な限り、彼らの風習に沿うつもりで嫁いできた。違いはそれとして呑み込み、獣王の妻として生きる覚悟は固めたはずだ。けれども、物事には限度というものがある。

だが、そんな内心の嵐を知ってか知らずか、デュミナスの手は単調なリズムでヴィオレットの背を撫でた。幼子にするかのような穏やかさが、次第に身体の強張りを解いてゆく。

結婚前に不埒な真似をすれば、即刻寝首を掻いてやろうと心に決めたけれども、拍子抜けするほどデュミナスは素っ気なかった。何の反応も示さず、無言のまま抱えられれば、さながら自分が抱き枕になったかのような心地がする。そこには甘さも危うさも何もない。あるのは、『暖をとる』という実用一辺倒の目的だけだ。

――それはそれで悔しいのは何故かしら？　好都合のはずなのに、お前に興味はないと全力で告げられている気がするわ……

婚前交渉などもってのほかだが、まったく意識されないというのも先々を考えれば大問題だ。やはり結婚自体、表向きのものでしかないのか、という不安に苛まれたが、口に出すのも憚られる。そんな女々しいこと、ヴィオレットには死んでもできそうもない。

それに、本当に何もしないのかと確認するなど、抱いてくれと自ら訴えているのと同じではないか。はしたない妄想を振り払うため、ヴィオレットはデュミナスの腕の中で緩く頭を振った。

「……どうした。まだ寒いか」

抱き寄せられる力が増し、更にヴィオレットとデュミナスの隙間は失われた。共に包

まった毛布の中で、体温が混じり合い互いの境界線をなくしてゆく。

「いえ……暖かいわ」

渋々答えて見上げた暗闇の先には、微かに和らいだ金の瞳があった。それは、いつか見た気高い月のようだった。

3　結婚式？

予定していたひと月余りよりもずっと短い日数で、ヴィオレットたちは目的地へと辿り着いた。いくつかの山や谷を越え、今目の前には堅牢な城がそそり立っている。庭園や彫像など、いわゆる目を楽しませるようなものは一切ない。それどころか、険しい山の頂に、岩と一体化するようにして建つそれは、城というよりも要塞の言葉の方がしっくりくる。

「……」

あまりの威圧感に、ヴィオレットは息を呑んだ。どこからどう見ても、歓迎されているという空気はない。むしろ全身全霊で拒絶されている。誰も出迎えになど出てこないし、飾り付けられたふうでもない。そして一番驚いたのは、『町』と言えるものが城の周囲には見当たらないことだ。

途中には村らしきものがたまにあったけれど、どれも小さな集落だった。精々、数家族が寄り集まっている程度で、とても国と呼べる体裁は整っていない。不思議に思いつつ、誰にも問いかける機会がないまま過ぎてしまった。ともあれ、そんなふうに冷静に観察する余力があったのも、この旅が短く済んだおかげかもしれない。

だがその旅は強行軍には違いなかった。

当初のデュミナスの発言通り、断崖絶壁を登り、標高が上がれば雪も残っていた。その中をほとんど休憩なしで突き進む。当然全て野宿だ。食べ物は干し肉がメイン。というか、それしかない。スープだ、焼き物だ、蒸し物だと趣向を凝らしても、結局は干し肉。たまに通りかかった哀れな兎などの獲物。新鮮かそうでないかの違いはあれど、やっぱり肉。

ヴィオレットは、自身を逞しいと思っていたけれども、それはあくまで人間の女としては……の程度に過ぎなかったらしい。獣人の彼らはそれでもヴィオレットたちに気を遣っていたようだが、いかんせん体力差が半端ない。ネルシュなどは、日に何度も意識を飛ばしていた。無論それは、目覚めるたびに背後からフレールに抱えられているという現実を拒絶するためでもあっただろうが。

ヴィオレットも、一日の大半をデュミナスと密着して過ごすこととなり、移動の間は勿論、眠るときさえ抱え込まれるのが習慣になった。

最初の頃はとんでもないと断固拒否したが、実際問題山の夜は酷く冷える。獣人の男たちには当たり前のことでも、ヴィオレットたちにとっては命の危険があった。屈辱的ながら渋々受け入れるほかなく、そして順応力の高いヴィオレットは次第に慣れた。正確に表現するならば、感覚が麻痺(まひ)した。そうでなければこの異常な状況下で正常な精神を保っていられなかったから。

しかしそうなると、冷静さを取り戻したヴィオレットは色々なことが気になり始めた。これから向かう国のこと。獣人について。知りたいことは山ほどある。何日目のことだったか、いつも通りの馬上で聞いてみた。

「獣人の方は、同種族でかたまって生活なさるのですか？」

肉食獣もいれば草食獣だっているだろう。彼らがどうやって共存しているのかには非常に興味がある。それは、人間と獣人の関係性にも応用できる話だから。

「……そういう者もいるし、違う者もいる」

「そうですか。他種族の獣人同士で争うことはないのですか？」

「昔はあったようだが、最近は少ないな。でもそれは、お前たちだって同じだろう。肌や眼の色で無意識に区分けはしていないのか」

「確かに、その通りですわ……申し訳ありません。愚かな質問をして」

人間の数が減ってからは聞かなくなったいざこざだが、何百年も前には、そんな争いも絶えなかったと聞いている。そういう意味では人間も獣人も変わらない。

「……いや、実際、数代前の獣王までは側近を同族で固めるのが普通だったらしい」

「では獣王を決める要因は何ですか？」

「……お前が気にすることではない」

会話を続けようという意思がないのか、デュミナスの反応は鈍かった。背後から彼に抱えられているヴィオレットは振り返ろうとしたが、屈強な腕に阻まれてしまう。まるで振り返るなと言わんばかりの拘束が、物理的には勿論精神的にも息苦しさを助長する。

「私は、貴方に嫁ぐのです。無関係ではありませんわ」

半ば意地になって教えろと迫ると、デュミナスの溜め息でヴィオレットのつむじがくすぐられた。

「……先代が次の王を指名する。それを、各種族の長が承認すれば正式に決定する」

「種族ごとに長がいらっしゃるのですね？　では、デュミナス様はおいくつの時に指名されたのですか？」

見たところ、彼は若い。獣王が交代したのは数年前。それだけずば抜けてデュミナスは優秀だったということだろうか。

「……もういいだろう。黙れ。舌を噛むぞ」

「え、あの、もう少し教えてくださっても」

「煩い。俺は無駄話が苦手だ。暇なら寝ていろ。お前、昨夜は眠りが浅かっただろう」

後はもう、何を聞いても『早く寝ろ』の一点張りだ。取り付く島もない。

「……よく分かりました。では後で他の方にお聞きします」

きっとフレールならばお喋りにも付き合ってくれるだろう。素っ気ないデュミナスへの苛立ちを滾（たぎ）らせつつ、ヴィオレットは諦めて無理やり目を閉じた。

「何だと？　お前は……俺の前で他の雄に話しかける気か？」

だが、一気に冷え込んだ空気がヴィオレットを眠らせてはくれなかった。相変わらず絡みつく腕も逞しい胸板も熱いくらいなのに、ゾッと肌が粟立つ。

「そんなことをすれば、相手の雄をただではおかない」

「は？　わけが分からないわ……だったら、デュミナス様が教えてくださるの？」

「いい加減、黙れ。――くそっ……お前の声を聞いているだけで、おかしくなりそうだ……っ」

「な……っ」

ぐいっと引き寄せられたヴィオレットの首筋に彼の鼻が埋められた。もがけばその分だけ、デュミナスとの密着度は増してゆく。深く息を吸っているのか、呼吸されるたびにぞくぞくとしてしまうのが悔しい。

その後も、何日も同じような遣り取りは繰り返された。ぴったりと抱かれたままヴィオレットが質問して、デュミナスにはぐらかされる。他者に話しかけようとすれば、殺気の籠った瞳で睨みつけられた。彼はよっぽど獣人の情報をヴィオレットに渡したくないらしい。それだけ信頼されていないのだと思えば口惜しくて堪らない。

物理的には一足飛びにデュミナスと距離を縮めた気がするが、心はまったく追いついていなかった。むしろ初めて会ったときよりも酷いのではないかという分厚い壁をヴィオレットは彼からヒシヒシと感じる。その上デュミナスはヴィオレットの方をろくに見ようともしないから腹立たしい。

結果として会話もなく、きちんと顔を見合わせたのは、馬車から引き摺りだされたあの初対面の時だけ。

「……なんだか、貧相な身体つきになったな」

「……！」

ようやく城へ到着したと安堵したのも束の間、ヴィオレットを馬から下ろすため、無遠慮に腰を摑んだデュミナスが呟いた。その手は彼女の胴を挟んだまま、円周を確かめている。

「触らないでくださる!?」

ピシャリと彼の手を振り払い、ヴィオレットは自力で馬から下りた。頭の中は煮えたぎりそうになっているが、表面上は極めて冷静を装う。鼻息だけが乱れてしまったのは、この際仕方ない。

干し肉ばかりの食事が合わなかったのと、そもそも未だかつてない環境から、ヴィオレットは食欲が落ちていた。ドレスが緩くなっているのは誰よりも自分が分かっているが、それを指摘されたのが屈辱で堪らない。己の軟弱さを晒されたようだ。しかも、この無礼な男にと思うと全身の血が沸騰しそうになってしまう。もとより豊満ではなかった胸が、更に控えめになった現実など直視したくはないのに。

「ヴィ、ヴィオレット様……」

だが、幽鬼のように痩せ細ってしまったネルシュよりはよっぽどマシだ。やはり何があっても彼女は追い返すべきだったと後悔せずにはいられない。

「しっかりなさい、ネルシュ。気をしっかり持つのよ」

ヴィオレットは倒れ込みそうなネルシュの身体を慌てて支えた。

二人とも旅の合間に身体を拭いたり着替えはしていたが、当然ながら風呂には入れず、薄汚れているのは否めない。全身埃っぽいし、髪もベタついていた。おそらくデュミナスの言うところの『匂い』も強くなっていることだろう。そう考えると、暴れ出したくなるほどの羞恥にヴィオレットは襲われていた。

「……人間は弱くて面倒だな」

溜め息交じりに吐き出されたデュミナスの言葉は、聞き逃してしまいそうなほど小さかったけれど、しっかりとヴィオレットの耳には届いた。一気に毛穴が開きそうなほど、体温があがり、眼の前が怒りで真っ赤に染まる。

「……申し訳ありません。私たち、貴方たちのように雑にできてはおりませんの」

普段であれば、こんな棘のある言い方はしない。わざわざ波風を立てるのは得策ではないし、嫌みにしても、もっと気の利いた言い回しを好む。けれどデュミナスが相手だと、どうにも調子が狂ってしまう。まるで子供のようにムキになって、真っ向勝負を挑みたくなるから始末が悪い。自分をきちんと見ようとしない彼が不愉快なのかもしれなかった。

「貴様……っ」

デュミナスと共にヴィオレットを迎えにきていた獣人の一人が、気色ばんでこちらに詰め寄ろうとした。彼は人間に好感情を持っていないのを隠そうともせず、道中もヴィオレットには冷たい視線を投げかけていたので、ずっと警戒していた相手だ。

「やめろ。俺のつがいに牙を剝くつもりか」

「……ひっ、も、申し訳ありません……！」

視線一つで男を退けたデュミナスは、一瞬だけヴィオレットを見た。

――え、今のはもしかして助けてくれたのかしら……

叱責もやむなしの礼儀を欠いた発言だったと思う。ましてここは敵の本拠地真っ只中。だが、デュミナスはヴィオレットを守るように周囲を睨みつけ、その背に庇った。『つがい』という聞き慣れない単語に、ヴィオレットの鼓動が微かに跳ねる。

――饒舌ではないだけで、本当は優しい方なのかもしれないわ。

思い返してみれば、旅の間中も彼はヴィオレットを気遣ってくれていた。不器用ではあったけれども、好意的に捉えられないこともない。

ほんの少し見直した気持ちで、ヴィオレットはデュミナスの広い背を見上げた。そして振り返った金の瞳に射貫かれて、刹那、息を吞む。

「お前、匂いがきつくてかなわん。とっとと風呂に入って身を清めてこい」

「――――っ!!」

絡まったと思った視線はすぐに解かれ、あっさりと背を向けられた。残されたのは、満身創痍のネルシュと、怒りで呼吸も忘れたヴィオレットだけだ。

――今すぐ、張り倒してやりたいわ……！

それは叶わぬ願いと知りつつも、握り締めたヴィオレットの拳はプルプル震えた。傍らにネルシュを抱えていなければ、飛びかかっていたかもしれない。

「……ヴィオレット様。どうぞ、湯浴みの準備は整っております」

「え？」

波立った感情を平静に戻すため、脳内で羊を数えていたヴィオレットが振り返れば、そこには黒いお仕着せに白いエプロンという典型的な侍女姿の女性が立っていた。だがその頭上には見慣れないものが乗っている。

「み、耳……？」

真っ白い毛に覆われた細長いものが二本、彼女の頭上で揺れている。ピクピクと動く様は、それがただの飾りなどではなく、神経の通ったものであるからなのだろう。どこかで見た覚えのあるそれは――

「私はヴィオレット様つきの侍女になるヘレンです。お察しの通り兎の獣人です。どうぞよろしくお願いいたします」

ぺこりと頭がさげられた瞬間、長細い耳もピョコンと倒れた。ヘレンと名乗った彼女は、つぶらな赤い眼にふっくらとした頬を持ち、少しだけ大きな前歯が愛らしく、ヴィオレットの眼を釘付けにする。

――かっ、可愛……っ！

「ああ、そう。よろしくお願いするわ」

興味なさそうに言いつつも、ヴィオレットの眼は終始ヘレンの耳を追っていた。ふわふわとした毛並みが柔らかそうで、内側がピンク色であるのも触りたいという衝動を掻きたてる。わきわきと動きそうになる指を押さえ込むのが一苦労だった。

「ではこちらにいらしてください。一緒に来られた侍女の方も」

小柄なヘレンに促されて城に足を踏み入れれば、遠巻きにこちらを見るいくつもの眼を感じた。それは柱の陰からであったり、沢山並んだ扉の奥からであったりだ。ひそひそと囁き交わされるのは、友好的なものではない。刺さるような視線に背中を押され、それでもヴィオレットは表情を崩さなかった。

——最初が肝心。侮られるわけにはいかないわ。

気後れを悟られないよう前を向き、やがて広い浴場へと案内された。その中央に置かれた浴槽はくるりと丸まった猫足で支えられ、中にはたっぷりと湯が張られている。香油でも混ぜられているのか、香しい芳香が温かな蒸気と共に浴室内に充満していた。高い位置から差し込む光は柔らかく、所々配置されたランプが程よい陰影を作っている。

「うわぁ……素敵ですね、ヴィオレット様」

「え、ええ」

城の外観からして、これほど見事で可愛らしい浴室が設えられているとは思わなかった。獣人は随分風呂にこだわりがあるらしい。

「こちらはヴィオレット様専用の浴室ですわ。侍女の方は、私たち下働きのものと同じ場所に後でご案内いたします。ヴィオレット様、ではお手伝いいたします」

「いいえ、ネルシュに任せるから結構よ」

ヴィオレットはドレスを脱がそうとするヘレンを断った。今日初めて出会った相手に肌を見せる気にはなれないし、いくら可愛らしい外見でも、彼女は獣人だ。まだそこまで信頼するのは難しい。自分の身は自分で守らねばならないのだから、用心に越したことはない。それに、不安げなネルシュを独り放り出すことは躊躇われる。

「そうですか……では着替えをご用意して、外で待機しております。湯浴みを済ませたら、お食事にご案内いたします」

深く頭をさげて立ち去ったヘレンを見送り、ヴィオレットは背筋を伸ばした。パキリと背中が鳴った音で、想像以上に疲弊していたのを実感する。

「ではネルシュ、疲れているだろうけれどお願いできるかしら？」

「ええ、勿論ですとも、ヴィオレット様！」

頼られたことが嬉しかったのか、先ほどよりも顔色が戻ったネルシュは大きく頷いた。

湯浴みを終えたヴィオレットは、ヘレンに連れられて食堂へと案内された。そこには大量の料理が所狭しと並べられている。旅の途中は地べたに座り込む形だったので心配していたが、きちんとテーブルと椅子が用意されているのに安堵した。だが器に盛られた品々は、どれも眼にするだけで胃がもたれそうなものばかりで、その上ヴィオレットの皿は、明らかに大盛りになっている。

——何の嫌がらせなの……!?

薄々予想はしていたが、野菜や果物などはほとんどない。メインは肉。ひたすら肉。右を向いても左を向いても、どうだといわんばかりに豪快な料理が湯気をたてている。

「どうした？　早く食え」

大きなテーブルを前に並んで座るデュミナスがヴィオレットを促す。

「……いただくわ」

どこから手をつければいいのかも分からない肉の塊を前に、ヴィオレットは覚悟を決めた。

空腹だったのではない。けれど城に到着した際デュミナスに吐かれた暴言が頭にこびりつき、意地でも残すまいと必死に胃へ収めてゆく。

「……美味いか？」

「勿論ですわ」

「そうか、もっと食え。これも悪くないぞ」

ようやく底が見え始めた皿に、再び厚切り肉がのせられた。

——く、苦しい……

味など、よく分からない。一口ごとに、そのままお腹に石が溜まるような重さが加わってゆく。胃腸の丈夫さには自信があったのだが、約二週間ろくに食べていなかった直後に肉三昧は、流石に厳しかったらしい。けれども、この程度で食欲をなくすなど、軟弱ととられてしまうかもしれない。そんな有様では、他の者にも侮られる恐れがある。ヴィオレットは何でもないとアピールするために、いつも以上に酒も嗜んだ。本音を言えば、水分でさえ余計なものを入れる余地はなかったのだが。

しかも、デュミナスが監視するように厳しい目つきで、チラチラとヴィオレットを窺ってくるのだから、負けられない気持ちになって口に運ぶ速度を速めた。ちなみに彼の皿は、瞬く間に空になってゆく。

――貧相ですって……!?　悪かったわね、私これでも平均にほんの少しだけ欠ける程度のサイズの胸よ。そりゃイノセンシアに比べればささやかなものかもしれないけれど……!

思い出すだけで、悔しくて身悶えしそうになる。だからこそ、意趣返しの意味を込めて、無心に腹に収めたのだけれども……

「ぐふぅっ」

「何だ、今の音は？」

危うく逆流をしそうになって、ヴィオレットは慌てて布巾で口元を覆った。不思議そうに周囲を見回すデュミナスは、まったく気がついていないらしい。それだけがせめてもの救いだ。

僅かに俯きつつ呼吸を整え、ヴィオレットは忌まわしい吐き気の波が引くのをじっと待つ。よく焼かれた油の匂いが、これほど凶器に感じるのは生まれて初めてのことだった。

「――何かありまして？　気のせいじゃありませんこと？」

自分の皿のものを食べ終えて、ようやく恐ろしい戦いに勝利した後、視界にはこれ以上食べ物が入らぬようにしつつヴィオレットは水で唇を湿らせた。もう、肉は見たくない。ただの冷たい水が、極上の甘露(かんろ)に思えたことが未だかつてあっただろうか。

「そうか？　何か鶏が絞められる瞬間のような声が……」

「お疲れなんじゃありません？　そのような物音、私は一切聞こえませんでした。それより流石に疲れが溜まっておりますので、今日はさがらせていただいてよろしいでしょうか？」

スッと背を伸ばし、ヴィオレットは優雅に立ち上がった。このタイミングならば、不自然ではないだろう。充分皿も片付いている。

「もう？　それっぽっちしか食べないなんて、本当に疲れているのだな」

――自分の限界に挑戦する量を食べたわよ！

内心では絶叫しつつ無表情を装い、ヴィオレットは背筋を伸ばして食堂を後にした。

「気持ちが悪い……馬鹿な意地を張ったわ……」

こんな子供じみた対抗意識など、自分は持ちあわせていないと思っていた。本当に、何をムキになっているのか、我ながら呆れてしまう。

それでも腹痛で苦しむところなどネルシュにも見せられなくて、一人部屋の中で丸まって過ごす。ヴィオレットだけが横になるには大きすぎるベッドの片隅で、右側を下にし安静を保つなど、幼いときにだってこんな失態を演じたことはない。ここまで無理をしたのは、およそ歓迎ムードからはかけ離れた晩餐であったとしても、せっかく作ってくれたものを残すのが心苦しかったせいもある。

ヴィオレットへあてがわれたこの居室は、広さこそ目を見張るものがあったが、調度品はどれも優美さを欠いた武骨なものばかりだった。ものは悪くないのだろう。重ねた年月が飴色に変わり、重厚感は感じさせられるし、使い勝手もよい。大切に受け継がれてきたのがよく分かり、所々に施された修復の跡はどれも丁寧な仕事だ。だがそれだけだ。若い女が好むものというよりは、老齢になり、そろそろ人生の終わりを見据えた紳士が選びそうな代物ばかりである。

ネルシュなどは、「実家の曽祖父を思い出します……」と真顔で呟いた。まったく同感だったが、ヴィオレットは実はそれなりに気に入っている。

派手で見た目だけが可愛くて使いにくいものよりも、こういう素朴な家具の方が好ましい。別人並みにすまし顔で描かれた家族の絵画に壁を覆い尽くされるより、シンプルな壁紙が見える方が落ち着くし、飾る以外の用途がない高価な置物で棚が占拠されるよりも、本を置いてくれた方がありがたい。

だから、内心では喜んでいたのだ。もしもこれが、気に入らない花嫁に対する地味な嫌がらせの一種だとしても、構わなかった。

――しばらくこうしてゆっくり横になっていれば、何とかなりそうね……

先ほどよりはマシになりつつあるお腹をさすり、ヴィオレットは苦痛から閉じていた目蓋を押しあげた。――そのとき。

「失礼いたします、ヴィオレット様。デュミナス様がいらっしゃいました」

「え⁉」

ヘレンの声がしたと思った時には、もう扉は開け放たれていた。驚いて上半身を起こせば、すでにデュミナスがまっすぐこちらへ近づいてきている。湯浴みをしたばかりなのか彼の黒髪はまだ湿っており、身に着けているのは黒いズボンと白のガウン。その袷からは褐色の逞しい胸板が覗いていた。

「あ、あの？　何かご用かしら」

食事の間中、彼の視線を感じていた。けれども、いざヴィオレットが目線をあげると、デュミナスはたちまちその瞳を逸らしてしまう。だから言いたいことがあるのならば、さっさと口にして欲しいという苛立ちも伴って、ついつい食が進んでしまったのもあった。

「用があるのかだと……？　お前、俺を馬鹿にしているのか？」

低い唸り声が男らしい喉から漏れ、部屋の空気は一気に下降し冷えきった。ヴィオレットにはわけが分からず、答えを求めるようにヘレンを見る。

「デュミナス様、僭越ながら申し上げますと、ヴィオレット様は緊張してらっしゃるだけかと存じます。女にとって、初夜とはそれなりに重い意味を持ちますから」

「……!?」

結婚の次には初夜がある。子づくりはこの婚姻での大切な目的の一つだ。けれども、まだ肝心要の結婚式が執り行われていないのだから、今夜はそういうことにはなり得ないと、ヴィオレットは油断しきっていた。それに、まだ到着して間もない。そんな体力がいったいどこに残っているというのか。

「あ、あの……?　ネルシュ！　ネルシュはどこに!?」

「あの方でしたら、私の同僚が屋敷内の案内や仕事の説明をしておりますわ。明日の朝になれば、またお傍に仕えることができると存じます」

仕事は終えたとばかりに、ヘレンの兎耳がピョコリと倒れた。そそくさと立ち去る後ろ姿を呆然と見送って、ヴィオレットは扉の閉まる音でようやく我に返る。

「……デュミナス、様」

「まさか本当に獣人と契る羽目になるとは考えもしなかった、という顔だな。形ばかりの婚姻だとでも思っていたのか」

「それは――」

貴方の方だろうと零してしまいそうになる唇を引き結ぶ。そんなヴィオレットの態度をどう解釈したのか、ますます機嫌を下降させたデュミナスはベッドのすぐ脇まで近づいてきた。

「ふん……まぁ、いい。お前がどう思っていようと、結果は同じだ。俺たちはつがいになる。それは変わらん」

「……」

やけっぱちとも違う何かをデュミナスの声から感じ取って、ヴィオレットは彼の顔をじっと見つめた。そうすると一瞬こちらへ向けられた金色の眼差しは、また明後日の方向へと逃げてしまう。

「……デュミナス様、何故、眼を逸らされるのですか」

「お前こそ、どうして俺をじっと見る。いったいどういうつもりだ」

「何をおっしゃっているのか、まったく意味が分かりません」

獣人特有のルールがあるのかもしれないが、ヴィオレットは未だにデュミナスがどんな獣の半身をもっているのか知らないので、彼の言葉は意味不明だ。問いかけていいものかどうかも計りかねる。これまでの彼の言動から、ヴィオレットについてデュミナスは多少の情報を得ているのだろうと推察はできたが、こちらには一枚もカードがないのが現状だ。いくらなんでも結婚しようという相手に対して何も知りませんでしたというのは失礼だろう。

互いに無言のまま、水面下では激しい攻防戦が繰り広げられているような緊張感が、二人の間に流れていた。

「……この部屋は気に入ったか」

その膠着状態を先に破ったのはデュミナスの方だった。

「え？　ええ。とても広くて、無駄のない使いやすそうなお部屋ですね」

「……そうか」

ほとんど表情は変わらなかったが、ヴィオレットには彼が喜んでいるのがなんとなく分かった。会話らしい会話も交わしていなかったけれど、昼夜問わず約二週間べったりくっついて過ごしていた成果かもしれない。

「ここには先人たちの息吹がそこかしこに残されている。いずれは子供用のベッドも持ち込んで、家族全員が一緒に眠れるようするつもりだ。子供が大きくなれば、順次個々の部屋を与えるが」

「……え、あの、ここは私一人の部屋ではないのですか……？」

ヴィオレットの常識では、父も母もそれぞれ別の個室を所有していた。子供たちも生まれたときから自分の部屋を持っていて、家族揃って同じ部屋で眠ったことなどない。皆が全員集まるのはサロンや食卓だけだ。四六時中一緒にいるかのようなデュミナスの発言に驚いてしまう。

「何を言っている？　つがいになれば同じ場所に寝泊まりする。常に傍にいる。当たり前のことだろう。どうして違う部屋で過ごさねばならないんだ」

さも当然と言い切られて、ヴィオレットは言葉を失った。改めて、種族の違いを感じずにはいられない。

「そ、そうなのですか。勉強不足で失礼いたしました」

謝罪しつつも、今後はずっとデュミナスと同じ部屋で過ごさねばならないのかと、軽く眩暈がした。それに幻聴でなければ、先ほど今から初夜だと言われなかったか。

「あの、結婚式の予定はどうなっているのでしょうか」

準備を進めている様子は一切見受けられなかったが、一国の王が正妃を娶（めと）るのだ。そこにどんな大人の事情があったとしても、盛大に祝うのが常識だろう。

「けっこんしき……？　ああ、人間はそんな儀式をするらしいな。俺たちには無縁のものだが」

「何ですって……!?」

想定外すぎる返事に、ヴィオレットは立ち上がった。消化不良の苦しさもどこかへ吹き飛んでしまう。

今、彼は何と言った？　意味するところは理解できるが、全力で脳内が拒否反応を示している。王族の結婚式は、国の威信をかけたものであると同時に自分の憧れだ。人より冷めている自覚のあるヴィオレットでさえ、結婚式には多少の夢を抱いていた。それが、ない——無縁のものだとデュミナスは告げたのか。

「俺たち獣人は互いがつがいと定めれば、それで婚姻成立だ。中には年ごとにパートナーを代える種もいるが、それは彼らの本能だから問題ない。そもそも人間のように、見せかけの約束や契約に縛られる必要は感じないからな」

ヴィオレットの荷物の中には、母が用意してくれた純白のドレスが入っている。物に執着しないヴィオレットだが、それだけは特別に運んできた。もう会うことは叶わないだろう母の最後の贈り物、それを着る機会を失ってしまった——

落胆は、大きかった。改めてデュミナスの言葉の意味を噛み締めて、かつてないほど心が地の底へ沈み込む。どんな逆境にも負けないつもりだったが、今何かがポキリと折れた気がする。

「そう……ですか」

「……何を気にしているのか分からないが、もう、いいか。そろそろこちらが限界だ。まったく忌々しいこの匂いのせいで……っ」

力なく項垂れたヴィオレットの上方から、余裕をなくしたデュミナスの声が降ってきた。

「!?　きちんと身体は洗いました。湯には香油も混ぜられていましたし、もう臭くはないと思いますが!?」

悲しみに浸ろうとしていた矢先に投げつけられた台詞に反応し、ヴィオレットは傲然とデュミナスを見上げた。いつの間にか間近に迫っていた距離に驚いたけれど、そんなことに構ってはいられない。臭い女だと認識されたままでは、屈辱感で憤死してしまう。

「身体を洗ったくらいでは、薄められないということか……むしろ体温があがったことで、更に強くなっているではないか……っ！」

「な、なんですって!?」

けんか腰で返した言葉は、それ以上続けられなかった。何故なら、ヴィオレットの唇はデュミナスのそれに塞がれていたからだ。

「……ふ、んんっ!?」

開いていた隙間から強引に入り込んだデュミナスの舌が、更にこじ開けようとでもするかのごとく我が物顔でヴィオレットの口内を蹂躙してゆく。戸惑い、逃げを打つ身体は、筋肉質な腕に固く拘束された。

「ん、んん――っ」

口づけという行為は勿論知っている。夫婦になった男女間の行為のことも、知識としてはちゃんとある。だが、実際の体験はこれが生まれて初めてだ。婚約者であったオネストとでさえ、手を握り合ったことしかない。だから感じたことのない息苦しさから抜け出そうと、ヴィオレットはがむしゃらに身を捩った。

「くそ……っ、暴れるな」

ここに至るまでの道中で、彼が性的な情動を見せたことは一度もなかった。いつでも冷静で、ひょっとして種族の違うヴィオレットをそういった対象として見ることができないのではないかと疑ったほどだ。

　だが今は、底光りする黄金の瞳も、荒い呼吸も、余裕をなくして絡みつく腕も、全てがただ一つの欲を表している。

「や、デュミナス様……！」

　ぞくりと背筋に走った震えは、得体の知れない恐怖からだった。眼を逸らすことも許されないまま、一度は解放されていた唇を再び奪われる。それも、先ほどより更に深く荒々しく。後頭部に添えられた掌は大きくて、ヴィオレットの小さな頭など簡単に押さえ込まれてしまう。

「う、……ぁ、んッ」

　酸素を求めて喘げば、ほんの一瞬呼吸を許された。だがまた歯列をなぞられ、奥に縮こまった舌を誘い出される。濡れた水音が、酷く淫靡にヴィオレットを混乱させた。何度も繰り返されるたび、次第に身体の力は抜けてゆき抵抗は弱まってゆく。

　両の膝が崩れるのに、時間はかからなかった。今や巻きつくデュミナスの腕に吊られているも同然の有様で、辛うじて立っている。

「……そんな顔もするのか」

　――そんな？　それはどういう意味？　ああ、でも、頬が熱くて堪らないわ。それに何故だか視界が霞む……

　暴れる心臓の音が、煩いほどに胸を叩いていた。その騒音の中で、妙にはっきりデュミナスの声は聞き取れる。

「この婚姻が、お前にとって不本意なものなのは知っているが、役目は果たしてもらうぞ」

甘さなど微塵（みじん）もない言葉をかけられたのと同時に、ヴィオレットはベッドに横たえられていた。その身体を跨いで膝立ちになったデュミナスが真上から見下ろしてくる。

そして――

――お、お腹が苦しいわ……っ！

体重をかけられているのではないが、それでもヴィオレットは圧迫感を思い出してしまった。仰向けになったことも悪かったのかもしれない。一度は忘れかけていた満腹感が、より一層の凶悪さをもって舞い戻ってきた。気づいてしまえば、耐えがたいほどに喉元までせりあがってくる気がする。

「お、おやめになってください、デュミナス様……！　き、気持ちが悪……っ」

――吐く。万が一のしかかられでもしたら、間違いなく大惨事だわ。

せめてもう少し待ってくれと言おうとしたが、その前にデュミナスの低い唸り声が響いた。

「……獣人には、触れられたくもないということか」

「!?　違……」

「黙れ！」

「痛……っ！」

見た目よりも柔らかな黒髪がヴィオレットの首筋を撫でた。そのくすぐったさに驚く間もなく、鋭い痛みが襲ってくる。鎖骨付近に噛み付かれたのだと気づくまでに少しの時間が必要だった。

「お前の肌は白いな。赤い痕がよく映える」

「……！」

ジンジンと熱を持ち始めるそこへ、デュミナスは再度唇を寄せた。また噛み付かれるのかとヴィオレットは身を強張らせたが、予想に反して与えられたのは生温（ぬる）く柔らかな愛撫だ。

肉厚の舌が、自ら傷つけた場所を宥めるように這う。先端で撫でられ、ねっとりと表面を押しあてられる。まるで味わうかのように執拗（しつよう）に、丹念に。おかしな感覚がヴィオレットの体内に燻（くすぶ）り始めた。

「いっそ噛み千切ってしまえたら、どんなにか清々するだろう」

「な……！」

冗談とも思えぬ声音で言われては、腹が苦しいなどという状況は恐怖で吹き飛んでしまった。デュミナスは動けなくなったヴィオレットを満足気に見遣り、その手が白金の髪を摑んでくる。軽く左に引っ張られた頭が傾いで、滑らかな首筋が晒された。

「細くて、脆（もろ）い。簡単に殺せそうだ」

自分の気のせいでなければ、そこには恍惚（こうこつ）が滲んでいたように思う。薄くて白いヴィオレットの首筋の皮膚を、硬いデュミナスの指先が辿っていった。自らがつけた歯形を弄び、意味深に爪を立てる。

「お、おやめになるのが得策かと思いますが。嫁いで早々私の身に何かあれば、大変なことになりますわよ」

「それを証明する者もいないのに？　一つ言っておくが、俺は裏切りは絶対に許さない。もしもお前が不貞を働くようであれば——この喉笛を噛み千切って殺してやる」

酷薄な笑みを浮かべたデュミナスは、凄絶に美しかった。研ぎ澄まされた刃物のような危うさに、ヴィオレットは吸い込まれそうになってしまう。そんな場合ではないと理解していても、見惚(みと)れそうになったのは否めない。

「ま、まさか私を……」

「だが、お前の言うことは正しい。この結婚は獣人と人間の和睦のためのものだ。お互い感情は押し殺して役目を果たすべきだと思わないか。そのためには、お前がこの政略結婚をどう感じていようと俺にはどうでもいい」

「……！」

やや小振りな乳房を大きな手で唐突に包まれ、ヴィオレットは目を見開いた。布越しに他者の熱をはっきり感じる。柔らかに形を変える自分の胸を、愕然と見つめていた。

「どうした……？　そのためにこんなところにまで乗り込んできたのだろう？」

嘲(あざけ)るように片眉をあげ、意地悪く歪められた唇からは、憎たらしい言葉ばかりが吐き出される。それは、わざとヴィオレットを怒らせようとしているかのようだった。

「……ええ、勿論そうですわ。どうぞ、ご随意に」

挑発には乗ってたまるかと、ヴィオレットは敢えて微笑んだ。まだウェディングドレスの件はショックが尾を引いていたけれど、それはもう仕方ないと割り切ることにする。せっかく用意してくれた母には申し訳ないが、自分に求められた役割はきちんとこなさなければならないし、本来の目的を忘れては、それこそ申し訳が立たない。

――何より私は、クロワサンス国の第一王女なのだから。

覚悟を宿して、ヴィオレットはデュミナスの瞳を見返した。

「……、ちっ」

さも不愉快といわんばかりなデュミナスは、もはや聞き慣れつつある舌打ちを繰り出した後、乱暴な仕草で自身のガウンを脱ぎ捨てた。その荒々しい動きと共に躍動する筋肉は一切の無駄がなく、まるで芸術品のようでヴィオレットの眼を釘付けにする。本に描かれていた筋骨隆々の男たちより細身ではあるが、決して見劣りするものではなかった。むしろ実用のために鍛え抜かれた身体には、研ぎ澄まされた鋭さがある。

浅黒い肌には無数の傷が刻まれ、それが彼の魅力を不思議と強調していた。古いものから新しいものまで、ほとんど消えかかっているところもあれば肉が盛り上がっているところもある。痛々しくはあるが、まるで勲章のようだとヴィオレットは見惚れた。

「……人間の女には気味が悪いか」

「え？」

僅かに声を落としたデュミナスは、視線を逸らしたまま呟いた。長い前髪に隠された瞳からは表情が窺えず、ヴィオレットは驚いて聞き返す。

「……くそっ、やはり慣れないことなどするべきじゃないな」

「あの、どういう意味……きゃあ⁉」

どこか悲しげな彼の様子に戸惑っているうちに、ヴィオレットはベッドの上でひっくり返されていた。先ほどまでは仰向けの状態で覆い被さるデュミナスを見上げていたはずが、今や俯せになって眼にするのは清潔なリネンだけだ。

「ん？」

しかもデュミナスによって腰を浮かされ、四つん這いの姿勢をとらされる。なんとも不格好で屈辱的な体勢に、ヴィオレットの中から怒りが湧いてきた。

――何なの⁉ 偉そうなことを口にしておいて、結局は人間の女など抱けないというわけ⁉

ヴィオレットの知る夫婦の営みとはお互いに向かい合ってなされるものだ。礼儀正しくベッドに横たわり、子づくりのために粛々と行われる。初めは痛いが、慣れればどんどんよくなると――いや、今はそんなことどうでもいい。とにかく、それ以外の形など、存在自体知らなかった。

「デュミナス様、お戯れも大概になさっていただけます？ 私、そういう冗談は好みませんの」

　たぶん、これも一種の嫌がらせなのだ。気に入らない人間の妻をからかって、慌てふためく様を見て溜飲をさげようとでもいうのだろう。器が小さい。

　先ほど思わずデュミナスに見惚れてしまった悔しさも手伝って、ヴィオレットの怒気は膨れ上がっていった。くだらない遊戯に付き合う気はないと意思表示するため、背後から密着してくる彼の身体の下から抜け出そうとする。

　けれども、デュミナスの大きな手でがっちりと摑まれた腰は、精々左右に揺する程度の動きしかできなかった。

「ちょっと、放していただけ……ひぃっ!?」

　足首までを覆う長さだった夜着はたくし上げられ、ふくらはぎは勿論、下着までが露出している。あともう少し捲られてしまえば、腹部が見えてしまうだろう。ただでさえデュミナスに向けて尻を突き出しているかのような姿勢なのに、恥辱であることこの上なかった。

「や……っ！」

「この体勢なら嫌なものを眼にしなくてすむだろう？　俺も、こちらの方が都合がいい」

「だから、さっきから何のお話をされているのですか？　貴方の話は端折られすぎていて、私には理解ができませんわ！」

　ヴィオレットは首を振って抗議しようとしたが、振り返るために肘をついたおかげで上半身とベッドの隙間が広くなった。それを見逃さなかったデュミナスは、素早く脇から腕を忍び込ませる。

「ひゃぁ……っ」

細い肩紐で吊られた夜着は、ゆったりとしたシルエットを描いており、元々身体との間に隙間がある。一応胸元にはギャザーが寄せられ、乳房が零れないデザインになってはいるが、引っ張れば容易に侵入を許してしまう。更に飾りリボンだと思っていた箇所は、解けば前が全開になってしまう作りだった。

――な、なんて卑猥(ひわい)な形状なの……！

この夜着の本領を初めて知って、ヴィオレットは羞恥で真っ赤になった。まったく守られている気がしない。むしろ、男の情欲を煽るばかりではないだろうか。どうりでこれを差し出してきたネルシュが微妙な表情を浮かべていたはずだ。さては今夜のことを知っていたのかと、明日問い詰めてやろうと思う。

「なんだ、難攻不落(なんこうふらく)の砦のように堅い女だと思ったが……案外従順な身体だな」

「ふ……!?」

直接触れられた胸からは生々しい感触が伝わってくる。布越しとはまったく違い、デュミナスの硬い指先や、傷、短く揃えられた爪までもが感じ取れてしまう。それが今、自分の身体を弄っているのかと思うと、クラクラと眩暈がした。

「もう尖ってきた」

「っ！」

どこが、と説明されるまでもない。痛みにも、むず痒さにも似た痺れが胸の頂から伝わってくる。デュミナスが親指の腹で撫で摩るたび、ヴィオレットは歯を喰いしばった。そうでなければ、おかしな声が鼻から抜けてしまいそうだったから。

「ああ……匂いが強くなってきた……くそっ、堪らない」

「ん、くぅ……ッ」

ヴィオレットの項に鼻を埋めたデュミナスは、大きく息を吸い込んだ。いつもこうだ。彼はヴィオレットを臭いと罵りつつ、匂いを吸い込むという謎の行為を繰り返す。嫌な臭いなのに、何故こんな真似をするのか分からない。気に入らないならば遠ざけておけばいいのに常に傍にいる。勿論、必然性があったからだが。

鼻先を擦りつけるようにデュミナスはヴィオレットの肌を愛撫して、時折舌も使って味わってくる。ヴィオレットの胸を嬲る手には容赦がなく、奥底に眠っていた感覚を瞬く間に呼び覚まされた。

「は……お前は、柔らかいな」

首筋へ軽く立てられた歯は今度は痛みをもたらさなかったけれども、先ほどの痛苦を覚えているヴィオレットは怯んだ。それをどう解釈したのか、デュミナスが喉奥で嗤う。

「そんなに俺が恐ろしいか」

「違……っ、ぁ、あッ」

胸の飾りを強めに摘まれ、ヴィオレットは思わずのけぞった。自分で触れてもなんともないのに、デュミナスの指によってどんどん体温があげられてゆく。引き摺りだされる官能の吐き出し口が分からなくて、混乱してしまった。

デュミナスのもう片方の手が、意味深にヴィオレットの脇腹や臍を撫で下へおりる。それと共に熱の塊が下腹部に溜まる気がした。彼が生み出す快楽に翻弄され、ひたすら耐えることしかできなかったヴィオレットは、デュミナスの手がドロワーズにかかったことさえも意識の外にあった。引き摺りおろされて初めて、果実のごとき真白な双丘が、冷たい外気に晒されて慄く。

「う、嘘……っ」

真後ろにはデュミナスが陣取っているのだから、ヴィオレットの秘められた園は丸見えになっているだろう。感じるはずのない視線の熱さに、身体中から火を噴く思いがした。

獣のような姿勢を強要され、半裸の状態。夜着はもう役目をなしておらず、辛うじて引っかかっているだけ。ドロワーズは、膝辺りに丸まっているのみだった。いっそ一糸纏わぬ姿の方がマシというほどの淫猥さだ。

「慎ましいな。まだここには誰も迎え入れたことがないのか？」

「あるわけないでしょう……！」

デュミナスの吐息が、ヴィオレットのぴったりと閉じられた場所へ吹きかかった。手足が震えて脱力してしまいそうになるのに、腰を捕らえられているために崩れ落ちることもできやしない。それどころか、ぐっと後ろに引き寄せられて、更に臀部を突き出すような姿勢をとらされた。

「こ、こんな……！」

嫌がらせにしても酷すぎる。ヴィオレットは眼前のリネンを握り締めて強く目を閉じた。

「いくら私が気に入らないといっても、これはあんまりではありませんこと!?」

ありったけの気迫を込めて、腹から声を出す。デュミナスから逃れることは、もう無理だと分かっている。無駄に暴れて怪我を負うよりも、できることをした方がいい。

「……それはお前の方だろう」

「え、や、ぁあッ!?」

ぬるりと生温かく柔らかい舌が、ありえない場所を舐めていた。衝撃で上へ逃れようとしたヴィオレットの身体は、逞しい腕に引き戻される。そして、咎めるように敏感な芽を指で嬲（なぶ）られた。

「あ、ぁあ……あっ」

暴力的な快楽が背筋を駆け上がっていった。神経の集中したようなその場所からは、抗いがたい悦が次々に生み出される。しかもそれらはどんどん膨れ上がってゆき、ヴィオレットを呑み込んだ。

「やめ、それは……いや、駄目ぇ……っ!!」

じりじりと何かが水位をあげてきて、溢れ出しそうになる。もしもそれが零れてしまえば、きっとこれまでのヴィオレットではいられない。そんな恐怖から、髪を振り乱して制止を訴えるけれども、デュミナスはますます執拗に淫芽を弄った。次第に、くちゅくちゅと濡れた音が奏でられる。

「この音、聞こえるか？　お前が俺に感じて喜んでいる証拠だ」

「か、感じる……？」

閨では夫になる相手に、全てお任せしなさいと教わってきた。貴女はただ仰向けに寝そべっていればいいと。夫が触れてくれれば拒んではならず、可能な限り声は慎むようにとも。

——でもこんなことされるなんて、誰も教えてくれなかったじゃないの！

国には、獣人の性行為を知る者など一人もいなかった。だから、きっと人間とそう変わらないのだろうと——信じ込もうとしていたのだ。

——私はいったいどうすればいいの？　正解が分からないわ……！

旦那様に従えと言うならば、ここは耐えねばならないのだろうか？　でもいつまで？

これでは子づくりなど到底できない。弄られ、辱められて終わっては、丸損ではないか。

「滴ってきた……」

「ひ、んっ」

耳を塞ぎたくなるような水音が、己の下肢から生まれているという現実に死んでしまいたいくらいの羞恥が募った。ヴィオレットの太腿を伝い落ちてゆく滴の感触も、誰か嘘だと言って欲しい。何より、デュミナスの動きにあわせてビクビクと震えてしまう身体は、きっと何かの間違いだ。自分がこんなにも淫らであったなど信じられなくて、無駄と知りつつヴィオレットは手足を動かした。

「暴れるなと言っただろう」

それが彼の怒りに火をつけたのか、それまでは入口付近を撫でるに留まっていた指先が、ぬかるみの中へ僅かに沈められた。やや性急な動きで、何ものをも受け入れたことのない壁を広げられる。

「い、ぁあッ」

「……痛いか？」

異物感は酷いが、痛みはなかった。それよりも、肌を炙るようなデュミナスの吐息の熱さにのぼせそうになってしまう。項に、肩に、背中に口づけられ、所々にチリッとした刺激を感じた。噛まれたのとはまた違う瞬間的な苦痛は、敏感な蕾から抉り出される快楽に押し流され、むしろ絶妙なスパイスになってゆく。

「……お前の中は熱いな……ああ、早く奥まで味わいたい」

掻きだされた蜜がとめどなく滴り落ちて、敷布に濃い染みを広げていた。もはや肘を立てていられなくなったヴィオレットは上半身だけぺたりと俯せ、リネンの海に顔を埋める。いくら口を閉じても、気を逸らそうとしても、ひっきりなしに甘く媚びる音が喉から漏れてしまった。

「ぁ、あ……、ふ、あっ」

粘着質な水音が大きくなる。恥ずかしい、と思えば思うほどにそれは主張を増した。浅い部分を出入りしていたデュミナスの指は、ゆっくり奥へと押し込まれる。引き攣れる感覚にも次第に慣れ、そうなればヴィオレットの意識は転がされ続ける淫らな芽に向かってしまった。

「っ、あぁ……ッ、いや……！」

「嘘を吐け……こんなに身体は喜んでいるくせに」

「はっ……、あ、あああっ」

デュミナスの尖らせた舌が、潤いを湛えた蜜壺の中へと侵入した。ぐるりと内側を舐められて、ギリギリの縁に留まっていたヴィオレットの意識は簡単に弾け飛ぶ。全身の毛穴が一気に開き、勝手に突っ張った身体は直後に弛緩した。

「あ……ぁ……」

凄まじい疲労感がのしかかり、ヴィオレットは虚脱していた。何が何だか分からないけれども、酸欠状態かのように激しく喘ぎ、頭はボンヤリと霞んでいる。心臓の音がいやにうるさく打ち鳴らされているのが、不思議でたまらなかった。

「……いやらしいな、雄を誘う……嫌な匂いだ」

もう抗う気力もないまま、ヴィオレットは肩越しに背後を振り返った。本調子であれば、絶対に反撃していたはずだ。でも、今は分が悪すぎる。

グズグズに蕩けてしまった場所を見られ、触れられ、舐められて、気持ちがいいと感じ

てしまっている。心のどこかでもっとと望んでいる。そんな欲が瞳に宿っていたのだろうか。眼があった瞬間、デュミナスは舌なめずりをした。彼の赤い舌が官能的に口の端を滑るのを、呼吸も忘れてヴィオレットは見入り、自身の中にも火を灯される。

「……力を抜け」

硬いものが、ヴィオレットの脚の付け根を前後した。膨れて顔を覗かせた蕾を掠め、飽和したと思っていた快楽が再びその濃度をあげてゆく。

「や、それ……ぁ、あッ」

捏ね回され引っかかれ、また多量の蜜が奥から吐き出された。ひくついているのがヴィオレット自身にも分かって、どうしようもなく涙が滲んできてしまう。それなのに、快感が迸り、無意識のまま腰をうごめかしていた。

「いい子だ。そのまま大人しくしていろ」

「ふ、ぐ……!?」

指などとは比べものにならない質量の何かが、隘路を引き裂いて侵入してきた。もしかして拳を入れられているのだろうかと疑うほどに限界まで広げられた入口から、軋むような痛みが伝わってくる。萎えた腕を叱咤して、ヴィオレットはその責め苦から逃れようともがいた。

「い……ッ」

「くそ……っ」

「痛……ぁ、やめ……っ」

とてもではないが、声も出さずに我慢などできそうにない。本当ならば大声で叫びたいのに、萎縮した喉からは掠れた悲鳴しか零れなかった。ぐっと全身を強張らせ、凄まじい激痛に耐えるが、灼熱の杭は容赦なく奥へと進んでくる。どう考えてもヴィオレットの身体に合わない太さのものが強引に収められようとしているとしか思えなかった。

「……キツイ……っ、呼吸を止めるな」

「そんな、こと言われても……っ、」

はくはくと口を開けるが、息の吸い方も忘れてしまった。結局、奥歯が鳴りそうなほどに噛み締め震える。握り締めたヴィオレットの拳は、関節が色を失い真っ白になっていた。

「う、う……」

――このまま引き裂かれて死ぬのかもしれない――なんて、冗談じゃないわ!!

ヴィオレットは、掻き集めた誇りで自己を保とうとした。やられっぱなしで屈服させられるなど御免だ。けれども、現実にはこんなにも弱い。せめて情けない泣き声は出すものかとますます息を詰めた。

「……っ、く……仕方ないな」

「……あッ!?」

デュミナスの片手が腹側から忍び込み、繋がり合う上部にある敏感な芽に触れた。指の腹で優しく撫ぜ、左右に弄る。親指と中指で摘まれたそこは、赤みと膨らみを大きくした。

「は……ア、あ……っ」

消えていたはずの快感へ再び薪をくべられ、先ほど散々与えられた快楽がじわじわと蘇ってくる。一度覚えた淫悦を身体は素直に享受した。痛みは未だなくならないけれども、それよりもデュミナスの指先から奏でられる気持ちよさを拾い上げてゆく。

「あっ、ん、あ……あ」

溢れた蜜を掬い上げ蕾に塗りたくられれば、堪らない愉悦が生まれた。燻る熱が理性を食い荒らし、瞬く間に火力をあげる。

「それ……駄目……っ」

「ここが好きか。なら、もっと弄ってやろう」

デュミナスの満足気な吐息がヴィオレットの耳に注がれ、肌だけでなく心まで撫でられた気がした。染み込むような低い彼の声が、余裕をなくして掠れている。そのことに、ヴィオレットは何故か満足感を覚えた。

——何よ、私だけじゃないのね。自分だって冷静ではないじゃないの。

そう考えると、どこか清々する。デュミナスだって溺れて流されそうになっているのだと言い聞かせ溜飲をさげる。だが——

「いっ——！」

なんとか気を紛らわせていられたのも、それまでだった。僅かにヴィオレットの強張りが解けた瞬間を見過ごさず、デュミナスは一息に腰を押し進めた。途中何かが突き破られる感覚と共に走った激痛は、筆舌に尽くしがたい。ヴィオレットの眼の前は真っ赤に染まり、今度こそ本当にあの世への扉を開いたと確信した。

「お前の最奥は……居心地がよすぎるな……っ」

唸りに似た響きが上から落とされ、密着した下肢が燃え上がりそうになっている。摑まれた腰と貫かれた場所で、辛うじて保っている体勢は苦しく、立てた太腿がプルプルと震えていた。内側から焼き尽くされそうな熱が燃え盛り、瞬く間に広がって何もかもを赤く染めあげる。

「ぁ、あ、ぅ」

ゆっくり引き抜かれた昂ぶりが、また沈められた。内臓が圧迫されて苦しいのに、腰を引かれれば喪失感に苛まれる。傷口を擦られる痛みは、淫猥な蕾への刺激で塗り替えられてゆく。デュミナスは最初ヴィオレットの反応を確かめるように動いていたが、次第にその速度も深さも激しいものへと変わっていった。

体内を搔き回される音が、飾り気のない部屋に反響している。互いの発する熱が立ち込めて、デュミナスの止まらない汗が雨のように降り注ぐ。壊れてしまうのではないかというほどにベッドが軋み、それにあわせてヴィオレットの視界も上下した。

——怖い。喰らい尽くされる……っ！

相手の姿は見えないのに、触れ合う感触だけが生々しい。何か縋るものが欲しくても、手が届く範囲にあるのは白いリネンと枕だけ。今、自分を貪り喰らうデュミナスがどんな表情を浮かべているのかも判然とせず、嵐のただ中にたった独りで放り出された心地がする。

誰かに手を握ってもらいたいなどと、考えることさえ軟弱なことだとヴィオレットは信じていた。しかし今だけは、誰かにこの手を掬い上げてもらいたい。

痛みを堪える呻き声を漏らすばかりのヴィオレットへ、デュミナスの口づけがつむじに落とされた。慰めるように腕を撫でられ、何度も耳や首を食まれる。荒い呼吸が混ざり合って、言葉は意味をなくしてゆく。

「……っ、お前も俺を感じてくれ……っ」

「あ……!?」

摘まれた快楽の芽は、さも彼の愛撫を待ち望むかのように膨れ上がっていた。待ち望んだ刺激を与えられて、これ以上ないというほどに硬くなる。僅かな誘因も逃さずに、消え去ったはずの快感を呼び覚ましていった。

「い……ぁ、あっ」

「……っ、そんなに締めるな」

「そんな……分からな……っぁアッ」

次第に大きくなる淫らな波に押し流されそうな自分を、大丈夫だと安心させて欲しい。向かい合って、互いの存在を確かめ合いたい。こんな、一方的な行為ではなく。

けれど願う先には、白い布だけが広がっている。その虚しさに、ヴィオレットの瞳には涙が浮かんだ。

「あ……怖い……っ」

女の柔らかな肌に男の硬い肌が叩きつけられ、打擲音が大きくなった。体内のデュミナスの屹立が、より一層の質量を増す。そして、不意に掠めた一点がヴィオレットの最後の砦を突き崩した。

「や、あああ――っ」

それまでとは比べものにならない快楽が湧き上がり、顎を反らせる。しなった背へ、デュミナスが口づけた気がするが、それも定かではなかった。全てが真っ白に塗り潰され、音も匂いも消え失せて、眩い世界に投げ込まれる。

「ああ……ここか」

「あッ、ぁ、ああ……んぁッ」

見つけたといわんばかりに、そこを捉えた切っ先がぐっと押しつけられた。そのまま腰を回されて、ヴィオレットの口の端から唾液が伝う。拭うことなど思いつきもしないまま、だらしなく開いた唇からは嬌声だけが垂れ流される。立て続けに与えられる感覚に翻弄され、もう何も考えられずに鳴き叫んだ。

「大丈夫だ、そのまま――」

「ふ、あ、あぁぁッ」

言葉の意味が理解できたのでは決してない。けれども導かれるままに、ヴィオレットは悦楽の階段を駆け上った。頂上と思っていた高みから、更なる上へと飛ばされる。

振り絞った声は、意味不明の音でしかなかった。悲鳴でさえもなく、喉を空気が通過する。そして、吐き出すものがなくなった後は、ヴィオレットに残されていたなけなしの体力も奪い去られていた。

「……っ」

息を詰まらせたデュミナスが深い場所で弾け、熱い飛沫(ひまつ)に奥底を叩かれた。最後の一滴までも強請ろうとするかのように収縮する内壁へ、彼は緩やかに腰を往復させる。その動きにさえ反応して、ヴィオレットは全身を戦慄かせた。

「……ぁ、あ……」

「これで……俺たちはつがいになった……」

抱き起こされた感覚を最後に、ヴィオレットの意識は闇に溶けていった――はずだった。

「まだ眠るな。もっとお前を味わわせろ」

「……ひ!?　な、何を……!?」

「まさかたった一度で終わりだとでも？　何の冗談だ」

体内に収まったままの彼の昂ぶりは、未だ雄々しい硬度を保っている。それが己の吐き出したものを掻きだすように再び動き出した。

「ま……ゃ、あ、あッ」

——ヴィオレットの長い夜は、まだまだ終わらない。


どこか遠くで、名を呼ばれている気がした。揺さぶられたり、頬や手足を撫でまわされたりしている気もする。必死な呼び声は、次第に切羽詰まったものへと変わってゆく。

——うるさいわ……疲れているの。放っておいてよ……

ヴィオレットは髪を梳く指を鬱陶しく思い、僅かに身じろいだ。身体中が軋むように痛い。特に、股の間には何か挟まっているのではないかという違和感が著しい。できればもっと休みたい。許されるなら、一日中でも眠っていたい。そう切に願うほど、疲労感が重くヴィオレットにのしかかっていた。

「——オレット……！」

「……ん？」

ようやく浮上した意識が、視界いっぱいに何かを捉えている。夜を思わせる黒髪に濃い肌の色。その中心にあるのは、月を模した黄金の瞳だ。

「デュミ……ナ、ス様……」

舌足らずな声が掠れた。ヴィオレットの働かない頭が、緩々(ゆるゆる)と動き出す。どうやら嫁いだばかりの夫に抱き潰されたのだという正解が出るまで、随分時間がかかってしまった。

「よ、よかった……目覚めたのだな？　あまりにも起きないから、死んだかと思ったではないか……っ」

「……？」

完全なる初心者のヴィオレットに、あれほどの無体を働いたデュミナスは何故か涙目だった。心底安堵したとでも言いたげに、詰めていたらしい息を一気に吐き出す。顔を覆った大きな手の隙間からは、深々と刻まれた眉間のしわが垣間見えた。

「人間は脆弱だと聞いてはいたが、まさかここまでとは……もっと手加減しなければならないということか」

「……申し訳、ありません……？」

よく分からないが、怒っているのかもしれない。ヴィオレットの身体では、期待に添えなかったということだろうか。だとしたら困る。それとも簡単に気絶してしまった脆弱さを罵られているのか。

「今、何時頃でしょう？」

「もうすぐ夕刻だ。お前は半日以上眠りっぱなしだったぞ」

「え⁉」

だから彼は機嫌が悪いのだと、ヴィオレットは納得した。いくら新婚だとはいえ、新妻が翌日の夕刻までグースカ寝ているとは外聞が悪すぎる。人間はなんて堕落した怠け者なのかと思われてしまう。その責任の大半は、デュミナスにあるのだが。

「た、大変だわ。いい加減起きなくては……ネルシュ！」

「!? 大人しく休んでいろ。いやそれよりも、お前は何故俺の許しもなしに他人を呼びつける!?」

いつものように身支度を侍女に任せようとしたヴィオレットはネルシュの名を呼んだ。一刻も早くきちんとした格好に着替えなければ。痛む身体を見下ろすと、素っ裸の肌には沢山の赤い痕が残っていて眩暈がしそうになる。こんなふしだらなままで転がっていたなんて、自分自身が許せなかった。

「当たり前ではないですか。私はこの国の王妃になったのですよ？ 民を守り導くのは私の仕事です。それがダラダラ過ごしていては、皆に示しがつかないわ！」

ヴィオレットは痛む腰を無理やり伸ばすと、気合いでベッドをおり足を踏ん張った。どうにか座り込まなかった己を褒め称えてやりたい。

「ネルシュ！ いないの？」

「は、はいっ、ここに控えておりますが……お部屋に入ってもよろしいのでしょうか？」

「？ 当たり前でしょう。今すぐ私の着替えを用意してちょうだい」

扉を隔てた外からネルシュの声が聞こえた。困り果てているかのような彼女へヴィオレットは命じる。

幸いにも身体はさっぱりしており入浴の必要は感じない。昨晩は色々なもので汚れた気がするが、思い過ごしだろうか。経験のないヴィオレットにはよく分からない。

「お前……まさか、部屋の外へいくつもりか……!?」

「城の外を歩き回るつもりはありませんわ。でも、内部の造りくらいは、私も早めに把握しておきたいですから」

ポカンと口を開けたデュミナスには背を向け、ヴィオレットはネルシュの準備したドレスへ袖を通した。太陽はすでに赤く熟れて沈み始めている。早くしなければ、二晩も部屋に籠りっぱなしの大馬鹿者のできあがりだ。頭が空っぽのお飾りの王妃として印象が定着してしまうではないか。

「ちょ、ちょっと待て！　お前、それがどういう意味か分かっているのか!?」

「勿論ですわ。ですから他の皆に顔だけでも見せておかないと」

デュミナスは渋々娶ったヴィオレットを閉じ込めておきたいのかもしれない。だがそうはいくかと彼を振り払う。勢いよく寝室の扉を開いたヴィオレットを見て、その場にいた他の侍女たちが信じられないものを眼にしたとばかりに硬直していた。

――きっとこんな時間まで寝こけていたのかと呆れられているんだわ……屈辱よ……！

羞恥で憤死しそうだったが、傲然と胸を張ってゆっくり歩いた。本当は膝に力が入らなくて生まれたての小鹿のように震えそうだったが、ヴィオレットの高い矜持は優雅な所作しか許さない。

「ヴィ、ヴィオレット様？」

「ヘレン、おはよう」

目を見開いたヘレンの耳は、両方ともピンと頭上に立っている。もうとっくに朝ではないけれども、そんなことは関係ない。ヴィオレットは貴婦人らしく微笑んでみせた。

後ろでひそひそ交わされる噂など耳に入らぬまま。

4　ほんの少し見直しました

「ヴィオレット様、今日はどういたしましょうか」

　ベッドの脇に立ったネルシュが、小首を傾げながら言った。

「そうね……ひとまず着替えるわ。手を貸してちょうだい」

「まぁ！　それはようございましたわ。本日は午前中から起き上がれる体力がおありなのですね！」

　嬉しそうな侍女を横目で睨みつつ、ヴィオレットは軋む身体をベッドから引き剥がした。忠実なネルシュがそんな発言をしてもおかしくないほどに、この数日は寝てばかりだったという自覚がある。

　初夜という名の戦いからすでに一週間。毎晩限界を突破して攻め立てられた肉体は、立ち上がることさえ困難になっていた。必然的に、食事もベッドでとることになり、着替える余裕さえ生まれてこない。そして再び巡ってくる夜には、せっかく昼間蓄えた体力を根こそぎ奪われ、気がつけば朝を迎えている——その繰り返しだ。それでも丸一日ベッドで過ごすなどヴィオレットの誇りが許さないので、午後や夕方の短い時間だけでも城内を出歩くことにしている。

なんと不健全で自堕落な生活なのだろう。まだヘレン以外の使用人とはろくに言葉も交わせていないが、獣人たちの間で自分がどんな噂をされているのかと思うと、恥ずかしくてのたうち回りたくなってしまう。

それもこれも元凶がデュミナスだと思うと恨めしく、ふつふつと怒りが湧いてきた。昼間は食事こそ一緒にとっても、ろくに言葉も交わさないくせに、夜はまるで獣そのものだ。会話もないまま肌を重ね——というか、ひたすらヴィオレットが翻弄され、その情欲を受け止める。相変わらず、四つん這いの体勢で後ろから貫かれて。

——屈辱だわ……！　でも、こんなこと誰にも相談はできない。あ、あんな獣のようにだなんて、軽んじられているとしか思えないじゃないの……！

そんな当の相手は、寝不足をものともせず仕事に励んでいるらしい。まったく化け物のごとき体力だ。デュミナスの言い方では夫婦となった者は四六時中一緒に過ごすのが当たり前といった感じであったが、そうではなかったようで安心した。少なくとも日の高いうちは一人になれる。もしかしたら、ヴィオレットが動けないせいかもしれないが。

——ああいうのを絶倫というのかしら……恐ろしいわ。底なしの性欲なんて、必要ないのよ。私はただの人間なの。獣人とは身体の構造からして違うのに！

このままいけば、腹上死なんてこともありえるかもしれない。いや、腹の上ではないから四つん這い死か？　と具体的に想像して、名前などどうでもいいと頭を振る。避けねばならないのは、そういうことではない。

しかし、関係改善を図らねばならないのも事実。良好とはいかないまでも、もう少しデュミナスと距離を縮める術はないものかとヴィオレットは思考を巡らせていた。

「ネルシュ、今日は——その、異変はなかったのかしら？」

ヴィオレットの後ろでコルセットを締め上げていたネルシュへ問いかければ、その手が一瞬止まってしまった。

「な、何もございません。本日は平和そのもので——」

「嘘はいらないわ。正直に答えなさい」

ビシッと言い付ければ、諦めたネルシュが背後で頭をさげた気配がした。

「……申し訳ございません。今朝は……その、豚の死骸が」

「……そう」

誰の悪戯かは分からないが、毎朝寝室の扉の前に何らかの死骸が置かれているという嫌がらせが続いている。始まったのは初夜の翌々日から。最初の朝など、ヴィオレットを起こしにきたネルシュが城中に響き渡る悲鳴をあげて卒倒してしまった。ちなみにそのときは、大型の鹿というなかなかの大物だったらしい。すぐにヘレンが無表情で撤去してくれたが、相変わらずその怪異は継続中だ。きっと、人間であるヴィオレットが気に入らない者の仕業なのだろう。

「気味が悪いのは勿論だけれども――それ以上に無駄な殺生はやめて欲しいわ」

ヘレンは調理に使うから平気だと言っていたが、そういう問題ではない。

不可思議なのは、血抜きなどの処理は完璧に行われているらしく、床や壁には一切の汚れが残されていないことだ。だからこそ犯人に繋がる証拠も摑めないのだが、そこまでの手間暇をかけての嫌がらせには、首を捻らずにはいられない。流石に連日となれば、ヴィオレットもネルシュも慣れつつあるというのに。

「それで今日はどうお過ごしになりますか？」

「そうね、外の空気を吸いたいわ」

とは言っても、ここにはヴィオレットの生まれ育った城とは違い、庭園もなければ湖を抱く森もない。城の周りには寒々しい景色が広がるばかりで、呑気にピクニックというのは無理だろう。

「では、屋上などいかがでしょうか？　日当たりがよくて、気持ちのいい場所でしたよ。昨日ヘレンさんに教えていただきました。ヴィオレット様もきっとお気に召しますわ」

「悪くないわね」

ネルシュの提案に頷き、ヴィオレットは靴を履き替えた。身なりを隙なく整えれば、僅かに気分も高揚してくる。やはり、何か目的をもってそれに向かう方が、自分には合っているのだと実感する。

「では早速参りましょう！」

張り切るネルシュに先導されて、ヴィオレットは屋上へと向かった。扉の前に置かれていた豚の処理を終えたヘレンも同行する。毎朝汚れ仕事を引き受けてくれている彼女へは内心とても感謝しているが、なかなかそれを示す機会がなかった。

石壁に包まれた長い螺旋階段を上ってゆくと、その先には気持ちのいい風の吹き抜ける明るい風景が広がっていた。遠くの山々までが見渡せ、その頂上はまだ雪を抱いており、春にしては冷たい空気が気分をしゃきっとさせてくれる。ひょっとしたら、あれらを越えてこの国へやってきたのかもしれない。だとすれば、その向こうに懐かしいクロワサンス国があるはずだ。

そう思うと、旅立って初めての郷愁に襲われそうになり、ヴィオレットは慌てて意識を切り替える。そして近くに視点を戻して「悪くないわね」と振り返り、ヴィオレットの眼は文字通り点になった。

屋上の一角は土が盛られ畑になっており、見慣れた野菜もいくつか植えられていた。だがどれも生育は今一つで、萎びた様子で元気はない。その脇には遊具と思しきものが設置され、武骨な城には似合わない朗らかさが展開されていた。どちらも唐突感がすさまじく、ものの見事に浮いている。

「あれは……？」

「ああ、あれは――」

「キャーッ！」

ヴィオレットの問いに答えようとしたヘレンの声は、子供たちの歓声に呑み込まれた。何事かと周囲を見回したヴィオレットの視界には、黒や白、灰色の毛玉が縺れ合いながら転がるように飛び込んでくる。

「……!?」

小さな前脚と後ろ脚を精一杯動かし、興奮に尻尾を振り回して、まだ生まれて間もないのだろう動物の群れは我先にとブランコや砂場へと突入した。置かれていた玩具（おもちゃ）を奪い合い、早くも争奪戦が起き始める。

「これ僕のー！」

「早い者勝ちだもんね！」

けれど聞こえてくるのは幼子の声だ。眼前にはもこもこした生き物しか見当たらないのに、どこからともなく子供たちの声が響き渡っている。ヴィオレットはくるりと視線を巡らせて、ブランコなどで遊ぶ彼らをまじまじと見た。

「こ、これはいったい……？」

毛玉の数は三十には足らないだろうか。よくよく見れば様々な生き物がおり、ヴィオレットが知っているだけでも犬や猫、鳥など様々で、毛色も大きさもばらばらだ。それらが互いにじゃれ合い、追いかけっこに興じている。大きな頭が重いのか、ひっくり返ってもがくものもいた。どちらにしろ、大騒ぎで――可愛らしい。

ヴィオレットは込みあげる欲求に従い、ふらりとそちらへ近づいた。

「喧嘩するんじゃありません!!」

「!?」

ビリビリと空気を震わす大声に幼い獣たちは一斉に動きを止めた。だが彼らは、またすぐ遊びへ夢中になってしまう。

――わ、私に言ったのではないわよね……!?

内心の動揺を押し隠し、ヴィオレットは声の発された方向へ身体を向けた。

「申し訳ございません、ヴィオレット様。まさかこちらにいらしているとは存じ上げず……でも、お部屋を出られてもよろしいのですか……?」

深く腰を折る女性は、ネルシュやヘレンと同じお仕着せを身に着けていた。この城で働いているのだろう。よく日に焼けた肌が健康的で、ふくよかな身体は母性を感じさせる。

敵意の感じられない応対にほっと息を吐き、ヴィオレットは鷹揚に頷いた。しかし部屋を出ても大丈夫なのかというのは、どういう意味だろう。体力のない軟弱者のくせにと思われているのかと不安になってしまう。

「いいのよ。それよりも、あの仔たちは……?」

「冬をこの城で越した子供たちですわ。ここから少し離れた場所はとても厳しい気候ですから、生まれて間もないものには越えられないことが少なくないのです。ですからデュミナス様が王位についてからは、生後五年目までの幼体を、希望すれば毎年冬の間こちらで預かることが決まっているのです。昨日は雨で鬱憤が溜まっていた分、今日のお天気で興奮しているのでしょう」

成る程と納得しつつ、ヴィオレットは首を傾げた。尊い命を大切に扱っているのは好感が持てる。あの不愛想の塊のような男だが、動物愛護には熱心なのだろうか。だとしたら――少し可愛い。だが、何故獣だけを集めるのだろう？

次々に浮かぶ疑問がそのまま表れていたのか、眼の前の女性は感じの良い笑みを浮かべた。

「申し遅れました。私フィラと申します。子供たちを預かるのが私の仕事ですわ」

「……このお姉ちゃん、誰ぇ？」

ドレスの裾を引っ張られ、ヴィオレットは視線を下に落とした。そこには茶色の子犬が行儀よく座っている。僅かに首を傾げ、出っぱなしになっている舌が愛らしい。

「……！」

思わずしゃがみ込んで抱き上げたい衝動に駆られたが、そんな行為は淑女に相応しくない。ヴィオレットはぐっと堪えて、素早く冷静な顔を装った。そして周囲も窺うが、他に言葉を発したと思われる相手がおらず、混乱してしまう。

「こら！　コビー！　このお方はヴィオレット様。デュミナス様のつがいになられた方よ」

「えー？　じゃあ、獣王様のお嫁さん!?」

コビーと呼ばれた子犬がパクパクと口を開くのに合わせて、子供特有の甲高い声が聞こえた。それに合わせて、他の毛玉たちが一斉に集まってくる。

「花嫁さんだ！　獣王様のお嫁さん！」

「うわぁ、じゃあこれが人間!?」

「綺麗だなー、それにとってもいい匂い！」

途中、わぅわぅピーピーという鳴き声も交えつつ、興奮した面持ちの彼らはヴィオレットの足に纏わりついた。中には熱心に匂いを嗅いでいるものもいる。

――この子犬たちが喋っているの……!?　もしかして獣人だから……？　そうよ、そうなのね？

驚きに固まっていると、一匹の子猫がヴィオレットのドレスをよじ登り始めた。あまりに一生懸命なので咎める気にもならず見守ってしまったが、焦ったのはネルシュとヘレンだ。

「こ、こら……っ！」

上質な布地はたちまち爪痕（つめあと）だらけになってしまった。けれども、そんなことは問題ではない。むしろ感動でヴィオレットは打ち震えていたが、そんな様子も傍から見れば、怒りに凍りついているとしか受け取られなかっただろう。ヘレンとネルシュが更に焦って、子猫を引き剝がそうと四苦八苦するが、無理に引っ張ればドレスは目も当てられなくなってしまう。

「お前たち、ヴィオレットが困っているだろう。いい子にしなさい」

二人が慌てて手を伸ばしかけたとき、低く落ち着いた声がかけられ子供たちはワァッと歓声をあげて、そちらへ走り出した。

「獣王様だー！」

「今ねぇ、王様のつがいとお喋りしてたの」

「遊んで、遊んでぇ！」

きゃあきゃあとはしゃぐ彼らの前で膝をついたデュミナスは、コピーを抱き上げると人差し指で顎先を撫でていた。うっとりとしたコピーを他の子らが羨ましそうに見上げ、自分も構ってもらおうとデュミナスの周りを歩き回る。

「デュミナス様……」

「……今日は顔色がいいな。だが、また出歩いているのか」

黒衣を纏った彼は、とても精悍に見えた。今日は正装なのか、袖や裾に控えめな刺繍が施された上衣を羽織っている。だがその繊細な装飾さえ黒で統一され、上品な色香を醸し出す一翼を担っていた。その中で煌めく黄金の瞳には、禁欲的な誠実さと、獣の荒々しさが絶妙な塩梅(あんばい)で混在している。見据えられた者は、囚われずにはいられない。

だが、じっと見つめるヴィオレットに反して、ちらりと横目でこちらを見た彼は、すぐに横を向いてしまった。その後はこちらを見ようともしない。それどころか会話を拒否しているような気配まである。子供たちに向ける眼差しはとても優しく温かいのに、随分な差だと思う。

「駄目だよ、そんな態度じゃますます嫌われるよ？　わざわざ仕事の手を休めてきたのにさ。どうも、ヴィオレット様。今日もお美しいですね」

デュミナスの後ろから顔を覗かせたフレールは、人懐こい笑みを浮かべながらヒラヒラと手を振った。

「ヒィ……ッ!?」

「久し振りー、ネルシュちゃん。嫌だなぁ、そんなに逃げなくても大丈夫だよ。僕、屋外な上に衆人環視のもと楽しめるような特殊な性癖は持ってないから」

まったく安心できないことをのたまい、ますますネルシュを怯えさせたフレールをデュミナスは睨みつけ、無言で追い払おうとした。だがまったく気にした素振りのない彼は、子供らと追いかけっこに興じ始め、元気いっぱいの子らと楽しそうに走り回っている。やがてフィラやヘレンも強引にその輪の中に引き込まれ、残されたのはヴィオレットとデュミナス、そして彼に抱かれたコビーだけになった。

「――この子たちは？　ここは保育所の役割も担っていらっしゃるの？」

相変わらずこちらを見ないデュミナスへ声をかけるが、返事はない。ピクリと肩が反応したから、聞こえていないということはないはずだ。むしろ気配を窺われている気はする。

――何よ、あくまで無視するつもり？

だが、そんな程度の拒絶ではヴィオレットは怯まない。半ば意地になって、逸らされた視線の先へ強引に入り込み、彼の視界に収まった。

「……冬は子供らの致死率が高いからな。安全で暖かい城内に保護している」

「そうですか。獣人の子供は……その、随分――け、毛深くていらっしゃるのね」

素直に可愛いと口に出すのに慣れていなくて、ヴィオレットは平板な声で言い放った。内心では、今すぐコビーを抱かせてくれと叫びたい。他にも自分の尻尾を追い回している子や、毛繕いをしている子を撫で繰り回したかった。

「ああ……、獣人は幼い間は獣の姿しかとれないんだ。ある程度成長すれば人型もとれるようになる」

「そうなのですか？　あの、ではデュミナス様も獣の姿になれるという意味ですか？」

彼らの生態をまったく知らないヴィオレットは、純粋に驚いて一歩彼へ近づいた。デュミナスの方から獣人について話してくれるのは珍しいし、このしなやかな身体が獣になると、いったいどんな姿なのだろう。できるならば、一度見てみたい。そして撫でさせてくれないか。

「ああ、勿論だ」

「――何故後ろにさがるのですか」

縮まった距離は、デュミナスが後ずさったせいで再び開いた。いや、むしろ先ほどよりも遠のいたかもしれない。ヴィオレットの歩幅よりもデュミナスの歩幅の方がずっと大きい。

「気のせいだ」

「馬鹿にしてらっしゃるの？　それとも私の目が節穴だとおっしゃりたいのかしら？」

怒気を滲ませれば、デュミナスの腕の中のコビーが居心地悪そうに「クゥ」と鳴いた。

――はっ、いけないわ、この程度で感情を波立たせるなんて……

困った表情を向けてくるコビーに焦り、緩く鼻から息を吐き出して、ヴィオレットは気持ちを切り替える。喧嘩をしたいのでは決してない。必死に頭を巡らせて、どうにか会話の接ぎ穂を探した。

「獣人の方は、どちらの姿もとることができるのですか？」

「個々の力によるな。より大きな力を持つ者ほど、自由にその姿を変えられる。だが最近では人型を維持できない者も増えてきている。完全には変化できず、不完全な形の者も少なくない……」

「そう……なのですか。だからヘレンは……」

耳だけが兎のままと思われる彼女を思い浮かべて、ヴィオレットは頷いた。この地で生きていくと決めたのだから、もっと色々教えて欲しい。その中でも獣人の生態を知るのは基本だ。

「いや、あれは自ら好んで変化を調整している。ヘレンは獣の姿に誇りを持っているからな。仕事の都合上、人型の方が便利だからあの姿をしているが、本音は全て獣のままでいたいのだろう」

「ああ……成る程。自分の姿に誇りを持つのは、とても素晴らしいことだわ」

あの魅力的な兎耳は財産だ。隠されてしまってはもったいない。いつか触れられる機会はあるだろうかと、ヴィオレットは夢想して幸せな気分になった。

けれども、デュミナスにとっては意外なことだったらしい。彼は驚き迷いつつ横目でヴィオレットを窺った。

「お前は……その、なんとも思わないのか？」

「何をですか？」

言い淀むデュミナスを見上げれば、彼はごまかすようにコビーを撫でている。少し力が入りすぎているのか、子犬はジタジタと暴れ唸り声をあげ始めていた。

「人と獣が交じっている状態が……」

「え？　別に。そういう種族ですから、自然な形なのではないですか」

流石に四足歩行のほぼ獣だったら厳しいと思ってはいたが、耳くらいならば何ら問題ない。そもそも会話が成立するならば、贅沢を言うつもりもなかった。

だからヴィオレットにはデュミナスのいわんとすることが理解できず、彼の眼をじっと見つめてしまう。すると眉間にしわを寄せたデュミナスは、完全に背中を向けてしまった。

「そ、そうか」

「それよりも、貴方はここで何をされているのですか？」

つれない態度をとり続けるデュミナスに恨めしい気持ちが膨れ上がって、冷ややかな視線を広い背中に送った。暇なの？　と口走りそうになる気持ちを抑えて唇を引き結ぶ。細々とだが会話が続いて、少しは関係が改善されたと感じたのは自分だけだったのだろうか。

「それはお前がここにいると聞いて……っ、いや、何でもない。明日にはこの子たちの親が迎えにくるから、様子を見にきただけだ」

前半は、声が小さすぎてまったく聞こえなかった。しかも我慢できなくなったコビーがデュミナスの腕から飛び降りてしまったので、尚更そちらにヴィオレットの意識は奪われてしまった。

「え？　申し訳ありません。何かおっしゃいましたか」

「――もういい。俺は戻る。おい、フレール！　いつまで遊んでいるつもりだ。とっとと帰るぞ！」

「はぁ？　自分で誘っておいて勝手だなぁ」

すっかり気分を害したかのようなデュミナスは、足元の子供たちを跨いで城内へ戻ろうと歩き始めた。急に何なのだ、と思いつつヴィオレットはその背中を追う。閨以外で会話ができたこの機会を、無駄にするのは惜しい。

「あ、お待ちになってください。せっかくですから一緒にお茶でもいたしませんか？」

気に入らない面は多々あれど、そんなことにこだわってはいられない。自分の立場が非常に不安定なことくらいヴィオレットは痛いほど理解していた。この地に根をおろすと決めたのだから、もっとデュミナスと分かり合いたい。夜にはほとんど意識が飛んでしまっているのだから、今が絶好のチャンスだと思ったのだ。ここで会ったのも、きっと何かの縁だろう。けれども、焦るあまり足が縺れてしまった。

「きゃ……！」

「危ない！」

転ぶ——と目を閉じたが覚悟した痛みには襲われず、気づけばデュミナスの腕に支えられていた。安定感のある逞しさに包まれて、鼻腔には彼の香りが広がる。

「あ……」

振り仰いだヴィオレットの眼の前に、デュミナスの顔があった。抱き締められている状態なのだから当然だが、正面からこれほど接近したことはあまりない。だから、心臓が止まるかというほどに驚いてしまった。

——支えてくださるなんて、意外だわ……いいえ、こんなふうに咄嗟に手を出してくれるのだもの、やっぱり本当は優しい方なのかも……

「あ、あの」

ヴィオレットの背中に回されていた彼の手に力が籠る。戦慄く唇が数度開閉し、そのまま引き結ばれてヴィオレットの首筋を掠めた。

「……？　丁度こちらでお会いしたのですから、私と一緒に休憩されませんこと？」

可愛い子供たちが周囲にいれば、場も和むに違いない。夫婦の睦まじさを皆に見せるのも、両国の未来のためにきっと良い結果を生んでくれる。我ながら名案だと、ヴィオレットは自画自賛した。だが――

「結構だ。お前と二人きりで向かい合って茶を飲むなど――無理だ。冗談ではない」

「!?」

あんまりな言い草に、流石のヴィオレットも凍りついた。ネルシュもフィラも固まっている。フレールだけは頭を抱えて天を仰いでいた。

これ以上はない、というほどの辛辣さで拒否を示され、上手く言葉が紡げない。デュミナスの服の裾を摑もうとしていたヴィオレットの手は、空中で行き場をなくしてしまった。

「――仕事に戻る」

「おいおい……この空気どうするの……」

ちらりとヴィオレットを振り返ったフレールは『すいません』と唇の形だけで告げてきた。何を謝罪するというのか。謝って欲しいのは隣の男だ。怨念と共に大きな背中を睨みつけたが、立ち去る彼の様子はどこか痛みを引き摺っている。けれども、それを察する余裕はもはやヴィオレットにはなく、固く拳を握り締めた。

「獣王様とお嫁さん、喧嘩しているの?」

コビーのキラキラとしたつぶらな瞳が、純粋な光を浮かべて見上げてきたのがヴィオレットへ追い打ちをかける。フィラが鬼気迫る表情で、唇に人差し指を押しあてているのが視界の片隅を過ったが、気づかなかったふりをした。ここで憐れまれたら、自分自身が許せない。

「あら、そんなことはなくてよ？」

――そもそも喧嘩が成立するほど親しくないもの。

優雅に髪を払って、さも何でもないことのように振る舞う。内心の怒りを表に出さないことにかけては、自信がある。気持ちを切り離してしまえばいい。

――ああでも今なら私、火山になれそうよ。煮えたぎるマグマを噴き出して、あらゆるものを焼き尽くしそうだわ……

ドロドロとした真っ赤なものを撒き散らし、周囲の全てを焦土に変える己を夢想して、ヴィオレットは現実逃避をしていた。その妄想世界には、ぺんぺん草さえ生えてはいない。どこまでも見渡す限りのこの世の果て。そうしてどうにか冷静さを取り戻そうとする。

その姿は微笑を張り付けてはいたが、立ちのぼる雰囲気が尋常ではなく、子供たちが皆恐れ慄いていたなど知らぬままに、ヴィオレットは背筋を伸ばして遥か彼方を見つめ続けていた。


憂鬱な夜がやってくる。

ヴィオレットの内面がどれだけ荒れ狂っていたとしても、それは世界には関係ない。日は沈むし、腹も減る。

――いくらなんでも、今夜はいらっしゃらないでしょう。

昼間にあれだけ拒絶されたのだから、ひょっとして今夜だけでなくこれから先もデュミナスはヴィオレットのもとを訪れることはないかもしれない。そう思えば、全身からあらゆる気力が失われていく気がした。

彼は晩餐にも姿を見せなかった。こんなことは初めてだ。今まで何かの修行かというほどの沈黙を強いられていたけれど、食事だけは一緒にとっていたのに。

お茶への誘いをすげなくデュミナスに断られた後、ヴィオレットは食堂で夕食をとった。そのときに給仕する獣人からよそよそしさが漂っていたのを思い出す。

皆、表面上は至極礼儀正しかったが、態度の端々に距離があった。それはこの城に到着したときから感じていたけれども、ここまであからさまではなかったように思う。言ってみれば、初日の空気は得体の知れぬものを前にした戸惑いだ。対して今晩は、明らかに排除したいものへの拒絶反応だったのではないか。日を重ねるごとに彼らの眼が泳ぐようになっていたのは気づいていたが、今夜は特に酷かった。

『え？　本当に獣王様はいらっしゃらないおつもり？　お昼も夜も別なんて――』

『シッ！　聞こえてしまうじゃない』

『大丈夫よ、人間なんて耳が遠いんだから』

実は全部しっかり聞こえていたのだが、ヴィオレットはご期待通り聞こえないふりをし続けた。テーブルマナーを順守して、いつも以上に優雅に気高く。一度だけフォークの先で皿を叩いてしまったが、動揺していたわけではない。断じて違う。

『いよいよ、人間の奥方がお嫌になったのかしら』

『じゃあもしかして――――』

原因は、昼間のデュミナスとの遣り取りであろうことは想像にかたくない。周りの者の冷ややかさを増した視線が痛くて仕方なかった。今後は、王に忘れ去られた存在として、城の片隅で生きることになるのだろうか。用済みとして殺されなければ、だけれども。

『ヴィオレット様、おかわりはいかがですか？』

『いえ、結構よ』

最近少しだけ増えた野菜のメニューは、今日も優しい味がした。しかし、ヴィオレットは砂を食んでいるような心地でいっぱいだった。

――嫌なことを思い出したわ……

ベッドに腰かけたヴィオレットは、憂鬱だった夕食の時間を思い出して深々と溜め息を吐いた。もうさっさと眠ってしまおう。無駄に起きているから、後ろ向きなことばかり考えてしまうのだ。夜はこういった考え事には向いていない。明るくなってから――今後について対策をたてよう。

「ヴィオレット様、獣王様がいらっしゃいました」

「え……？」

けれども、独り寝を決め込もうとしていたヴィオレットにヘレンの声がかけられた。ほぼ眠る体勢になっていたから、意味が分からず首を傾げてしまう。

「え？　どうしてここに？」

「夫が妻と共に寝るのに、理由がいるのか」

不機嫌さを隠そうともせず、デュミナスは入室してきた。恭しく頭を垂れたヘレンが立ち去った後も、ベッドに横たわるヴィオレットを傍らに立って見下ろしてくる。大きいだけに迫力があって、正直威圧感が恐ろしい。

もしかしたら、昼間の件を謝罪しにきてくれたのでは――という淡い期待は、直後にのしかかられたことで打ち砕かれてしまう。

「ちょ……っ」

「用事がなければいけないのか？　ああ、では勿論あるとも。つがいとなった夫婦が夜にすることなど決まっている」

「……!?」

驚く間もなく押しつけられたデュミナスの唇は、少しだけ乾いていた。まるで緊張しているみたいだと、何故か感じる。そのままこじ開けるように侵入してくる舌が乱暴にヴィオレットの口中を犯し、息苦しく緩んだ顎は更なる蹂躙を誘っただけだった。

「……ぁ、ふぅ……っ」

わざと立てられた水音が、いやらしくヴィオレットを煽る。眉間にしわを寄せれば、彼が鼻で嗤ったのが分かった。抗議の言葉さえ飲みくだされて、酸素不足から頭が朦朧（もうろう）とする。弄られる肌はヴィオレットの心とは無関係に熱を灯されてしまった。

「嫌……っ！」

こんなふうに扱われるのは心外だ。何よりも、彼がきてくれたのをほんの一瞬喜んでしまった自分が可哀想だ。今必要なのは身体を重ねることではなく対話だと、どうして理解してくれないのか。それが悲しい。

「嫌だって？　お前に俺を拒む権利があるとでも？」

「……っ！」

完全にヴィオレットを置き去りにしたデュミナスの言葉が胸を切り裂く。愕然として見返せば、彼の眉間のしわがより深くなった。

「……そんな眼で、俺を見るな。どうしてお前は……っ」

荒々しい舌打ちが、更にヴィオレットを打ちのめした。悔しくて堪らないのに力では到底敵わず、身に着けていた夜着を奪い去られてしまう。冷たい外気に晒された肌がひくりと震えた。

「私が、気に入らないのでしょう……!?　話をするのも、お嫌なほどに！　なのに、何故……」

「ああ気に入らない。何もかも。くそ……っ！　俺がどれだけ耐えていると思っているんだ」

ならば触れなければいいのに、交わされる抱擁と口づけは酷く熱い。共に燃え尽きてしまうのではないかというほど、互いの体温が混ざり合い際限なく高まっていった。

「駄目……！」

腹這いにひっくり返されたヴィオレットの腰が、卑猥な形に持ち上げられた。そこへ感じる視線の強さが居た堪れない。逃げを打つ身体は易々と押さえ込まれ、デュミナスの身体の下へと引きずり込まれてしまった。そうなれば、もはや逃げ場などどこにもありはしない。

「ひっ……」

ヴィオレットの太腿の間に差し込まれた彼の指が、秘められた場所を撫で摩った。二本の指で押し開かれた花弁が、粘着質な水音を奏で蜜を零しているのが自分でも分かってしまい泣きたくなる。

「……なんだ、もうしっかり濡れているじゃないか。身体だけは従順で素直なんだな。……そんなに期待していたのか？」

「下品なことをおっしゃらないで！　何よ、食事にもいらっしゃらなかったくせに」

ヴィオレットがどれだけ不安で心細かったかなど、きっとデュミナスには分からない。ここにきて以来、完全に一人っきりにされた時間は少なかった。望む望まずにかかわらず傍にいたくせに、急に半日以上放っておくなんて。

「それは……っ、昼間お前が俺を煽るから……！」

「意味が分かりませんわ。私、貴方を挑発した覚えなどございません。それはむしろデュミナス様の方ではありませんか」

「……うるさい、もう黙れ」

「や、ぁああッ」

指と舌で攻められて、あっという間に快楽の水位があがった。決して期待して待ち望んでいたのではないと主張したくても、ヴィオレットの身体をこんなふうに作り替えたのはデュミナス自身だ。どこをどうすればいいかなど、本人よりも知られてしまっている。

「お前は、俺の子を産むんだ」

「やめ……っ」

そのことに異論はない。だが、叶うならばいがみ合ってはいない両親を子供に見せたいと思うのは、それほど贅沢な願いだろうか。愛し合うことは無理でも、互いを尊重することくらいはできるはずだ。そう信じたい。

ヴィオレットは、昼間屋上で垣間見えたデュミナスの優しさを信じてみたいと、まだ希望は捨てきれずにいる。そのためには、もっと分かり合う時間をと主張しようとした刹那、猛ったものに深く突かれていた。

「あああ……ッ」

のけぞらせたヴィオレットの首筋に、鋭い痛みが走った。噛まれたのだと気づいたときには、舌先でくすぐられて宥められる。荒ぶる愛撫は、肩や腕、背中にも加えられた。

「痛……っ、ゃ、噛まないで……！　酷くしないで……！」

「この上なく優しくしているだろうっ」

「どこがです!?」

　押さえつけられ、噛み痕を残した花嫁などどこにいるというのだ。そんな痣だらけの身体をネルシュたちに見られるのがどれだけヴィオレットにとって苦痛を伴うものなのか、彼はまったく考えてもくれない。

「俺の母のようになりたくなければ、これ以上俺を拒むな……！」

「あ、んッ、お、お義母様……？」

　デュミナスが何を伝えようとしているのかとヴィオレットは問おうとしたが、背中を押され振り返ることさえ叶わなかった。見るなといわんばかりに背後からのしかかられて、もう身を捩ることさえできやしない。

「や、ぁあっ……ああッ」

　その夜も、ヴィオレットは明け方近くまで彼に貪られることになった。


　翌日。この日もヴィオレットはネルシュとヘレンを連れて屋上に足を運んでいた。理由は簡単、他に行くべき場所がないからだ。どこに行っても、『何故お前がここにいる』という眼で見られては、流石に居心地が悪い。この屋上が唯一、気負いなく過ごせる場所だった。

正妃として迎えられたはずなのに、それらしい仕事を与えられることはなく、『お飾り』であると感じずにはいられない。ここで諦めて部屋に閉じこもってしまうのが、並の王女だろう。だが、ヴィオレットはこの規格には当て嵌まらなかった。

「あー、獣王様のつがいだぁ」

「馬鹿ねぇ、そうゆうの王妃様っていうのよ！」

子供たちはヴィオレットの姿を認めると、駆け寄ってきた。そして撫でろと全身で要求してくる。

「これはこれは、ヴィオレット様。二日続けてこのような場所に……」

「フィラ、お邪魔するわね」

恐縮して頭をさげる彼女を手で制し、さも何でもない風を装って一匹の子猫を抱き上げた。それは昨日ヴィオレットのドレスをよじ登っていた子だ。

「ずるぅい！」

「私も！」

「僕も！」

突然高い位置に持ち上げられた子猫は、ピクッと髭を動かし、ヴィオレットの指先を舐めた。小さな歯の間から、ピンク色の舌が出入りする。

——温かくて……なんて柔らかいの！　でもちょっと舌がざらざらしているのね！

ぐにゃぐにゃと頼りない子猫は驚くほどに体温が高かった。ふわふわの毛並みからは日向の匂いがする。夢中で丸いお腹を撫でまわすと、子猫は気持ちよさそうに身を任せてきた。

——可愛い……っ!!

思わず鼻息が荒くなりそうなのを、ヴィオレットは必死で堪えた。他にも魅惑的な毛玉が、次は自分だとばかりに足元を取り囲んでいる。

——何？　もしかして、ここは地上の楽園なのかしら……

「あらあら、皆ヴィオレット様に懐いて……大丈夫ですか？　お召し物が汚れはいたしませんか？」

「問題ないわ」

服の汚れなどたいした話ではない。それよりも、思う存分この時間を楽しみたい。

「ふふ……ヴィオレット様は、お優しい方なのですね」

「え？」

そんなことを出会って間もない者に言われたのは初めてで、思わず首を傾げてしまう。今までヴィオレットは冬のようと評されるほどに冷たい人間だと揶揄(やゆ)されてきたのだから。

「子供というのは正直なものですよ。本当に親切な相手かどうか、本能で見分けます。私たち獣人は人間よりもその気配に敏感です」

気まぐれな子猫は抱かれ飽きたのか、落ち着きなくもがき始めた。フィラがそれを受け取ると、今度はコビーが飛びついてくる。

「僕も撫でてぇ！」

「こらこら、待ちなさい。順番よ。――正直、私は人間を見たことがなくて……申し訳ありませんが、ヴィオレット様にお会いするまで、あんまり良い印象を持ってはいなかったのですよ。沢山の同胞が戦乱で命を落としました……私の友人も、ヘレンの家族も……だから人間は皆、冷酷無比なものだと思い込んでいたのです。でもこんなふうに子供から好かれる方が、嫌な人のわけがありませんね」

微笑むフィラに胸が突かれる。だが、伝えなければならない台詞は自然に口をついていた。

「……人間を代表して……私は貴女たちに謝らなければならないわ。――ごめんなさい」

「そのお言葉だけで、私は獣王様の迎えられたつがいがヴィオレット様でよかったと信じることができます。きっと他の者にも、そのお優しい心がいつか伝わると思います。ヴィオレット様、獣人の国へようこそ」

嫁いで以来初めて受けた歓迎の言葉に、しばし言葉を失ったヴィオレットへ次々と子供たちが集まってきた。どの子も構ってもらおうと、必死になって身体を擦り付ける。

「――なんだ、今日は随分賑やかだな」

「あら、デュミナス様！　本日もいらしたのですか？」

「獣王様がきたー！」

昨日とまったく同じように現れたのは、いつも通りの黒衣を纏ったデュミナスだった。ヴィオレットの背後にいたヘレンが素早く礼をとったが、ネルシュは後ろにフレールがいるのを知り、嫌そうな顔をする。

「ま、また……っ」

「やぁ、ネルシュちゃん。今日も天気が良くて嬉しいね。ヴィオレット様、お美しさがより際立ちますね」

「……暇なの？」

ポロリと内なる声が漏れてしまった。

昨日も感じたことだが、明るい陽光の中で見るデュミナスはとても魅力的だった。黒を好む彼だが、同じ黒色でも微妙に色味が違うのがよく分かる。ヴィオレットは今までその暗色を好きだと感じたことはなかったが、今ではとても惹きつけられるものだと思っていた。特に艶やかな髪の色は、光を浴びると尚更美しい。

けれども、そう感じてしまうことこそが、なんだか悔しい。昨日の今日で、心はまださされ立っている。

「……子供たちとお戯れになる時間は確保されるのね」

「……それも大切な仕事だ」

ヴィオレットは、言外に『自分とお茶や食事をすることは拒むのに』という意味を込めた。隠す気もない嫌みは正確にデュミナスに伝わったらしい。僅かに彼の眉間へしわが寄ったのを確認して、溜飲をさげる。刺々しい会話でも、無視されているよりはずっといい。

「そうね、とてもご立派だと思いますわ」

実際、デュミナスの弱き者へ向ける慈愛(じあい)は素晴らしいものだと思う。厳しい大地で生き抜くために考え出された方法は合理的だし、国の未来を担う子供らに焦点を当てた政策は、長い目で見て効果をあげるだろう。その場限りの方法よりもずっといい。そうでなくとも、獣人も人間も、まだまだ数が少なすぎるのだから。

「……何か、言いたいことがあるのか」

「何故そう思われるのですか？」

言いたいことは沢山ある。けれど今口を開けば、恨み言ばかりになってしまいそうだ。気持ちを落ち着けるために、ヴィオレットは子供らへと意識を集中した。力いっぱい遊ぶ、生命力の塊のような彼らを見ていると、真っ黒に汚れてしまった精神も浄化されていく気がする。自然、彼女の頬は緩んだ。

「――不満があるのならば、言え」

「ございませんわ」

互いにそっぽを向いたまま交わされる会話は、どこまでも空々しい。眼を合わせずとも意識しているのが丸分かりなのだから、尚更だ。

「……ちっ、女はよく分からん」

「そんなふうに言っちゃ駄目だって。女の子は優しい男が好きなんだからさ」

「フレール」

デュミナスの後ろから、彼に抱きつくようにしてフレールが顔を出した。そして垂れた目尻を更に引き下げ笑みを浮かべる。

「それから、お金持ちで顔が良ければ完璧だ。あ、それって僕のことだよね」

気負いなく吐かれる軽口が憎めなくて、ヴィオレットは思わず声を出して笑ってしまった。

「……おかしな人」

「そこは、素敵な人って言って欲しいなぁ」

どこまで本気なのか知らないが、そんな冗談が彼には似合う。悪化していたヴィオレットの機嫌も、僅かながら上昇した。

「やっと本当の笑顔を見せてくれましたね。ほら、思った以上に可愛らしいと思わない？　兄さん」

「え、兄さん？」

「……フレールは俺の弟だ」

苦虫を嚙み潰したような表情で、デュミナスは低く唸った。そして、乱暴にフレールを引き剝がす。確かに、吊り目か垂れ目かを除けば、二人はよく似ていた。同じ色味の肌や髪。整った顔立ちにも共通点が見つけられる。しかし何故突然不機嫌にそんなことを言いだしたのか。

「鬱陶しい。離れろ」

「まったく、兄さんは素直じゃないからぁ」

頬を突いてくる弟へ射殺しそうな視線を送った後、デュミナスはわざとらしい咳払いをして、ヴィオレットに向き合った。

「子供が、好きなのか。二日続けてここにくるということは」

「……嫌いでは、ありませんわ」

どうやらヴィオレットと対話する気になってくれたらしい夫へ、彼女も態度を軟化させる。別に、険悪な関係になりたいわけでは決してない。できるならば、もっと分かり合いたいのが本音だ。

「……その、不便はないか」

「……お気遣いいただきありがとうございます。お陰様で不足はありません」

「そうか……ならば良かった。他に必要なものがあれば、遠慮なく言え」

「いいえ、特には……ああ、獣人の方はとても綺麗好きでいらっしゃるのね。寝室は夫婦一緒なのに、浴室は別なんて驚きましたわ」

せっかくの時間を無駄にするのは惜しいので、文句の類は全て呑み込み、ヴィオレットは不思議に思っていた件を口にした。城内を見る限り、獣人たちは古いものを大切に使い続けているらしい。だが、ヴィオレットに用意された浴室だけは、妙に新しかった。

「ああ……俺たちは、入浴という習慣を持たない。稀に好む種族もいるが、基本的には水を被るか身体を拭くぐらいだ。湯に浸かるというのは、人間特有のものじゃないのか」

「……え？　ではあの浴室は……」

「――べ、別にお前のために作らせたのではない。それくらいの誠意は獣人として必要だと思ったからだ。勘違いしないでもらおう」

背けられたデュミナスの顔は険しかった。言い方はともかく、あの浴室がヴィオレットのために設えられたのは間違いないだろうとは察せられる。だが真っ向からそれを否定する彼に対して、ヴィオレットとしても、「ありがとうございます」と喜べばいいのか、「ああそうですか」と流せばいいのか推し量れない。

――この天邪鬼が……っ、分かりにくいのよ。

ヴィオレットも大概だが、彼の表情も相当読み取りにくく、まだお互いに手探り状態だから尚更分からなくて困る。嫌がっているのか違うのかさえ、曖昧で確信は持てなかった。彼が眼を合わせてくれないというのが一番の原因だが、厄介なことこの上ない。それでも――嬉しくないと言えば、嘘だ。

本音はどうあれ、ヴィオレットのために用意してくれたのだろうし、それだけ人間に歩み寄ろうとしてくれた、その気持ちが何よりも嬉しい。少しはこの婚姻を前向きに捉えてくれていたのだと、自信を持てる。

「あ……そうですわ。不満とは違いますけれども、屋上に温室を設けてはいかがでしょうか」

「温室？」

怪訝な顔をするデュミナスへ、ヴィオレットは身を乗り出した。今なら、彼と色々な話ができそうな気がする。

「はい。せっかく日当たりがいいのですもの。植物が上手く育たないのは、気温のせいもあるのではないでしょうか。僭越ながら、あちらの畑は、あまり成功しているとは言いがたいです。それに、温室があれば、雨の日にだって子供たちが遊べると思います。花を育ててみるのも情操（じょうそう）教育に役立ちますし、面白いのではないでしょうか」

「なるほど……」

熱心に頷くデュミナスに後押しされ、ヴィオレットは更に彼へ近づいた。意見を受け入れられたのが嬉しくて、昂ぶった思いのままデュミナスの組まれた腕へと手を伸ばす。だが、直前で眼光を鋭くした彼に阻まれた。

まだそこまで心を許されてはいないという意味か。

「……子供たちの親御さんはどうしているのですか？」

「冬の間は別々に暮らすことになるな。できるならば一緒に暮らさせてやりたいが、全部纏めて面倒をみられるほどこちらにも余裕はない。俺が不甲斐（ふがい）ないばかりに、寂しい思いをさせてしまって可哀想だが――」

「え、あの、そういうつもりで言ったのでは……」

まるで自分の力不足だといわんばかりなデュミナスの様子に焦り、ヴィオレットは慌てて頭を振った。彼を責めるつもりは毛頭なく、この件に関してはむしろ称賛しか抱いていなかった。

「いや、この大地が豊かにならないのも、俺の努力不足だろう。未だ各地で小競り合いが起こるのも、獣王としての信頼を集めきれていないからだ」

歴代の獣王と比べても、デュミナスは一際若い。そのせいで、色々な苦労が尽きないのかもしれない。垣間見えた彼の苦悩に、ヴィオレットの胸が痛んだ。

「わ、私も……お手伝いいたします。いつか、獣人の子たちだけではなくて、人間の子供も一緒に遊べるようになるといいですね。そういう世界にしましょう。微力ながら、私も支えますから」

心の底からそう思って口にすれば、デュミナスはどこか驚いたように目を見開いた。そして眩しそうに瞳を細める。

「――――温室の件は前向きに検討しよう。――――ふ、風呂の件は本当に気にするな。お前の匂いは強すぎる。しっかり洗い流してもらわねば、俺が困る」

「っな、何ですって!?」

全てを台無しにするデュミナスの一言で、和らいでいたヴィオレットの気持ちは一気に冷めた。それどころか凍りついたと言っても過言ではない。

「まだ私が臭いとおっしゃるの……!?」

人間である自分よりも、獣人であるデュミナスの方が鼻が利くのは想像できる。だが、ここに来てからどんなに疲れていても、たとえ腰砕けの状態であっても、入浴は欠かしたことがない。それもこれも、彼の屈辱的な言葉のせいだ。今朝だって、起き抜けに念入りに磨きあげた。どこを、とは敢えて言わないが、それこそ隅々まで完璧に。だからこんな誹りは受け入れられない。

「自分で気づいていないのか？　そんなに撒き散らして……くそっ、怒ると余計に強くなる……っ」

口元を手の甲で拭ったデュミナスは、そう言いつつも大きく鼻から息を吸い込んでいる。そして、緩やかに吐き出した。

「また、そんなこと言って……めちゃくちゃいい匂いじゃないか」

「お前は嗅ぐな!!」

スンスンと鼻を鳴らしたフレールが二人の間に割り込んだ瞬間、悪鬼のような形相になったデュミナスが怒鳴った。その剣幕に驚いた子供たちがじわじわと涙ぐみ始める。伝播した怯えは、あっという間にその場の幼子全員を支配した。

「ううぇぇえ、獣王様が怒ったよぅ」

「怖いよう」

「あ、いや、違うっ」

焦ったデュミナスが子供らを宥めにかかるが、今更だ。別の子の泣き声に触発され、相

乗効果で彼らの興奮は高まってゆく。あとはもう、疲れるか飽きるのを待つしかない。

「……そういうことでしたら、私は失礼いたしますわ。悪臭を撒き散らして、申し訳ありません。諸悪の根源は消えますから、どうぞごゆっくり」

「え!? ちょっと、待て……ああ、お前たちもう泣き止め！」

自分がいると、どうやら空気が悪くなる。いや、匂いの話ではなく、雰囲気が。だからヴィオレットは屋上から立ち去ることにした。子供らはデュミナスに懐いているようだし、きっと自分がいなくなれば、落ち着いてくれるだろう。非常に悲しいが、仕方ない。

『子供というのは正直なものですよ。本当に親切な相手かどうか、本能で見分けます』

フィラの言葉が蘇り、胸の奥がキリキリ痛む。

——だとしたら、デュミナス様も優しい人だというの？ 私以外には。ええ、そうね。とても慈悲深い方だとは分かったわ。私以外には！ ……何なの？ この胸苦しさは……ああ気分が悪いわ。

「ヴィオレット様ぁ……」

「ネルシュ、ヘレン、私一人になりたいの。でも部屋に籠りたくはないのよ。どこかいい場所はないかしら？」

このまま居室に逃げ帰れば、それは負けを認めたことになってしまう。役に立たないばかりか、人間は臭くて情けないなどと獣人たちに思われては堪らない。ここは気にしていないふりをしなければ、自尊心が保てなかった。

「そうですか……では図書室はいかがでしょうか？　あまり利用する者がおりませんので、静かにお過ごしいただけると思います。ただ、あまり規模は大きくありませんが」

「でも私、こちらの文字が読めないのよ。不勉強で申し訳ないけれど――」

「僅かですが、画集などもございますので」

控えめに示されたヘレンの提案に頷いて、ヴィオレットはそちらへ足を向けた。綺麗な絵でも眺めていれば、この嫌な気分も晴れるだろう。――傷ついた顔を誰かに見られる心配もない。

「どうぞ、こちらです」

「――おい、ヴィオレット！」

背後から荒々しい足音と共に苛立った声が追いかけてきた。振り返らなくても、それが誰だか分かる。分かってしまうのが、尚腹立たしい。

「俺が言いたいのはそういう意味では……っ！　――泣いているのか？」

「は？　何をおっしゃっているの？」

強引に腕を掴まれて向き合わされれば、案の定高い位置にデュミナスの顔があった。それが、いつも以上に深いしわを眉間に刻んで睨み下ろしてくる。もはや、凶悪な犯罪者も逃げ出すような恐ろしい形相だ。

「私、人前で涙を流すような無様な真似はいたしませんわ」

山より高いヴィオレットの矜持は、そんな弱々しさを許してはくれない。腹に力を込めて、威圧感たっぷりのデュミナスの視線を撥ね返した。眼の奥が熱くて視界が滲むけれど、それは怒りのせいに決まっている。他に理由など、あるわけがない。

「――確かに。だが……」

傷だらけの彼の指が、迷いながらもヴィオレットの頬へ辿り着いた。瞳にかかってしまっていた髪を避けられて呼吸が乱れるが、何故か動くことはできそうもなかった。固く口を閉ざしたまま、その手の行き先を注視する。仮に眼で追わなくても、全ての意識はそこへ集中していた。次にどこへ移るのか、どう動くのか、全身で感じ取ろうとするかのように。

「目が、少し赤い」

「……っ!!」

暴かないで欲しかった。人間が気に入らない、興味がないというならば、観察するような真似はやめて欲しい。よく見てくれているのかと錯覚しそうになってしまう。不器用な仕草の奥で、心配するかのごとく目を細めるのは卑怯だ。

誰だって、弱っているときに優しくされれば、心が脆くなってしまうのだから。

「お放しになって……!」

自ら振り払ったはずなのに、失われた温かさが恋しいと感じたのはきっと気のせいに違いない。上手く息が吸えなくて、ヴィオレットは大きく喘いだ。そして、渾身の力でもって普段通りを装う。

慌てず、騒がず、あくまで優雅に。

「失礼いたします」

ドレスの裾を抓んで淑女の礼は完璧にこなした。みっともなく逃げ出す醜態は晒さず、デュミナスの視線を背中に感じながらゆっくり歩く。足が縺れなかった自分を褒め称えてやりたい。顎をあげ、まっすぐ前を向いて、背筋は伸ばして。

デュミナスはもう、追ってはこなかった。


ヘレンの言う通り、案内された図書室は、本当に慎ましやかなものだった。獣人はあまり読書の習慣がないのか蔵書の量はとても少なく、書架も数えるほど。そもそも部屋自体が申し訳程度の広さだ。だが見たこともない本がある、という点では充分にヴィオレットの期待に応えてくれる。

「やっぱり文字が私たちの使うものとはだいぶ違うけれど……挿絵が多いおかげでどうにか意味が分かるわ」

人間と獣人は、口にする言葉こそ同じだが、表記方法には差異がある。彼らのそれは、象形文字に近い。その点からも、あまり文字に親しむという文化が育たなかったのが窺える。

ヴィオレットは数冊を選び出して、そのうちの一冊を開いた。だが、おそらく子供向けだ。本当ならばもっと歴史や文化など専門的なものを読みたいが、それにはヴィオレットの知識が足らなさすぎた。

「辞書があればいいのだけれど……」

誰かに教えてもらうというのも一つの手だろう。ヘレンの顔が思い浮かぶが、もう人払いをしてしまった。今更戻ってきて教えてくれなんてわがままは、流石に言えない。せめて簡単な単語くらいはヘレンに教えてもらえばよかったと後悔するが、もう遅い。

他に誰かと考えるが、頼みごとをできるほどに親しいものはまだ思いつかないし、子供の世話で手一杯なフィラは無理だ。ちなみにデュミナスは端(はな)から選択肢になかった。

——私、何のためにここにきたのかしら……

波立つ感情は、読めない文字を追うことでごまかす。

歩み寄ろうとヴィオレットなりに努力はしているつもりだが、今のところことごとく失敗しているとしか言いようがない。最初から望まれてもいないならば、いっそ諦めてしまおうかとも思い始めてしまう。

——取り敢えず子種さえいただければ、もうそれでいいかしら……

でも、と直後に頭の中で打ち消す言葉が聞こえた。

ヴィオレットの父と母は、熱烈な大恋愛の末に結ばれたわけではないけれど、それでも幸せそうには見えた。政略的な思惑が介在していたとしても、慈しみ合うことは可能なのだと信じている。獣人と人間の懸け橋になりたいという思いは嘘ではないし、気持ちに変わりはない。

しかし今の状態で、もしもヴィオレットとデュミナスの間に子が生まれれば、その子は何を思うだろう。ただでさえ困難が予想される未来の中、どちらにも属しきれない立場で、両親さえ手を取り合えていないとなったら、どれだけ苦しむことか。

今までは、子づくりさえしてしまえばそれで全てが解決するような錯覚さえしていた。けれども、それは違う。

城に集められた幼子たちを眼にして、ヴィオレットの考えは変わりつつあった。

生きるのが厳しいからと、生まれて間もない子らが親元から引き離されるのは可哀想だ。デュミナスが語ったようにこの大地がもっと豊かで安全ならば、きっとその必要はなくなる。そのために、自分にできることはいったい何だろう。まだ分からないけれど、一番しなくてはならなくて、かつヴィオレットにだけできるのは、夫であるデュミナスを理解し受け入れることではないのか。

残念ながら、彼はそれを望んではいないけれども――

「流石に疲れたわ……」

連日連夜、体力の限界まで苛まれ、打って変わって昼は遠ざけられるのでは、心が折れても仕方がない。そこにデュミナスの意思が全て反映されていると思って間違いないだろう。一瞬近づいたと思わせては、手酷く振り払われる。

――こういう状態も、仮面夫婦と呼ぶのかしら。

ヤルことはヤっている。それはもう、お腹いっぱいなほどに。だが心は空っぽだ。虚しいことこの上ない。

深く溜め息を吐き出して、ヴィオレットは大きな窓から眼下を見下ろした。

図書室に日差しがたっぷり入り込みそうな窓を作ってしまうあたりを考えても、獣人たちには本の価値はあまり高くないのかもしれない。それとも、冬の長いこの地域では、太陽の恵みの意味が人間よりも重いのだろうか。

そんな考察をしつつ、何人もが城を出入りするのを眺めていた。

――そういえば、今日はあの子たちの親が迎えにくるとか言っていたわね……もっとあのモフモフを味わいたかったわ……

残念だ、と本日何度目かの嘆息をする。そのとき、数人の足音と話し声が廊下を通過するのが聞こえてきた。

「やっぱり人間なんかを娶るなんて、間違っていたのよ！」

飛び込んできた言葉に、ヴィオレットのページを捲る手が止まった。無意識のうちに気配を殺し、耳をそばだててしまう。

「そうよねぇ。デュミナス様には強い同族こそがお似合いなのよ。それを弱くて傲慢な人間なんかを宛てがわれるなんて、お可哀想だわ！」

「いくら王の務めと言っても酷すぎるわよね」

興奮した声は、大人の女性のものだった。合間に子供たちの歓声が聞こえるから、その親なのかもしれない。人数は四人ほどだろうか。盛り上がり始めたのか、次第に彼女たちの声は大きくなる。

「私もそう思っていたわ。それにね、ここだけの話だけど、なんでも蜜月を過ごしてはいないらしいのよ」

ここだけの話、と言いつつも、その声が潜められる気配はない。むしろ周囲に知らしめようとするかの勢いで響き渡る。

「何ですって……!?　え、だってデュミナス様の種族なら――」

「だからこそ、よ。お忙しいのかもしれないけれど、普通ありえないわよね。初夜の翌日からつがいが自由に歩き回っているなんて！　雄に恥をかかせるつもりなのかしら？　それに、この子たちが言っていたけれど、デュミナス様が嫌がっている証拠もあるのよ」

「え？　それどういうこと？」

ヴィオレットが思わず息を詰めたのは、思い当たる節があったからだ。丁度図書室の扉の前で立ち止まったらしい一行の会話は丸聞こえになってくる。

「ねぇ、お前、さっきそう言っていたわよね？」

「うん！　王様、お嫁さんとは一緒にお茶なんて飲みたくないって言っていたよ！　それに匂いが嫌だって、怒ってた！」

「まぁぁ、匂いが!?　それは致命的じゃないの！　上手くいきっこないわ!!」

「早く、適当な理由をつけて離縁してしまえばいいのに！　これだから、人間なんて嫌なのよ！　気持ち悪い！」

元気いっぱいに答えた幼子は、久し振りに母親と会えたことで、嬉しさを隠しきれないらしい。パタパタと落ち着きなく走り回っている。「大人しくしなさい！」などという叱責はまったく役立たず、奇声と共に走り抜けてゆく気配がした。

「待ちなさいーっ!!」

それを追いかけて母親たちも去ってゆく。残されたのは、本を読む姿勢で停止したヴィオレットだけだ。

「……」

ゆっくり瞬きをして、身体を背もたれに預けた。だらりとさげた両腕は、すっかり弛緩してしまっている。普段ならば、そんなだらしない姿勢など絶対にとらないし、いつだって伸ばした背筋がヴィオレットの誇りだ。けれど今だけは、重い肉体が邪魔をしてその気力が湧いてこない。

——歓迎されるとは思っていなかったけれど、自分たちの王が妻を拒んだとなれば尚更よね。

きっと今日のこととあいまって、ヴィオレットへ向けられる眼はもっと白くなるかもしれない。

だったら、いっそ形ばかりの婚姻にすればいいのにと考え、襟で隠された首筋へと手をやった。そこには、デュミナスのつけた赤い歯形が刻まれている。意識した途端、それは熱を持ち、存在を主張し始めた。

疼く痛みが、否が応でも濃厚な夜を思い起こさせる。情熱的にヴィオレットを掻き抱く力強い腕や、繰り返される口づけ、そして叩きつけられる劣情。

正直なところ、共に過ごせば情も湧く。それも、言動の端々に微かとはいえ優しさの片鱗を見せられれば、尚更。

——腹の立つことは多いけれど、でも……どうしてか、デュミナス様に心底から嫌われているとは思えない。むしろ、どう接して良いのか、未だに距離感を測りかねているかのような……

だが、元来人づきあいの苦手なヴィオレットには、それ以上のことは分からなかった。想像しようとしても、判断材料も経験値も足りなさすぎる。結局は、首を傾げるばかりだ。それでも、肌を重ねるその瞬間だけは、必要とされている錯覚がしていた。ひょっとして彼は口下手なだけで、本当は……と。でも——

——ただの錯覚だったのね。

思い知らされた己の立場には憂鬱な溜め息しか出てこない。改めてつきつけられると、なかなか応える。割り切ってしまえばいいのかもしれない。所詮、人と獣人。分かり合うのは無理だったのだと諦めて、波風立てないように過ごせば——

「……想像するだけでぞっとするわ……」

「何がぞっとなさるの？」

誰もいないと信じ込んでいたヴィオレットは、突然開いた扉を驚いて凝視した。そこには、漆黒の髪を見事に巻いた美女が腕を組んで立っていた。

真っ赤なドレスの胸元は大胆に開かれ、惜しげもなく豊満な胸の谷間が晒されている。細く括れたウエストを強調したデザインは、彼女の華やかな容姿を際立たせており、吊り上がり気味の目元に施された化粧は濃い目だが、よく似合っていた。

「ああ、嫌だ。いつきても黴臭くてかなわないわ。だから図書室なんて嫌いなのよ」

鼻にしわを寄せた女性は、不快げに顔の前で手を振った。自分から入ってきておいて、随分勝手な言い草だと思う。ヴィオレットは呆れながらも一応礼儀として迎え入れるために立ち上がった。

「初めまして、ヴィオレット様？　私、デュミナスの従妹でバネッサと申しますの」

「……そう、よろしく」

名乗りつつも顎をそびやかしたままのバネッサは、礼をとるつもりはないらしい。ズカズカと窓際まで入ってくると、了解も得ずにヴィオレットの向かいにあるソファへ腰を下ろした。

「立ったままでは何ですもの。ヴィオレット様もお座りになったら？」

まるで自分の方がこの場の主のように振る舞うバネッサに、ヴィオレットは敢えて何も言わなかった。いかにも癖がありそうな彼女を観察し、注意深く距離をとる。目的は分からないけれど、少なくとも仲良くしましょうというお話ではないだろう。

「それで？　私に何かご用かしら」

ゆったり腰かけたヴィオレットは、微笑を口の端に乗せ、まっすぐバネッサを見返した。

褐色の肌を持つデュミナスと違い、透き通るような白い肌を誇る彼女の顔立ちは、あまりデュミナスに似ているとは思えなかったが、その強い眼力には通じるものが感じられる。漂う覇気のようなものも近い。とすれば、従妹というのは本当なのかもしれない。だが、最初から敵愾心を隠そうともしない辺りは、知的とは思えなかった。

冷静に対応するヴィオレットの態度が気に入らなかったのか、バネッサの眉がピクリと動いた。その僅かな表情が孕む女の気配で、ヴィオレットは悟る。

――ああ、この方、デュミナス様を慕ってらっしゃるのね。

だとすれば、この後の展開は容易に想像がつく。迫りくる修羅場に備え、ヴィオレットは腹に力を込めた。

「ご用、ですって？　ええ、あるわ。人間風情が我が物顔で城内を歩き回っているなんて、我慢ならないのよ！」

予想通りの台詞が彼女の肉感的な唇から吐き出されたことに、やっぱり、とちょっとだけ愉快な気分になる。それも一気に声音を猛々しいものへ変えたバネッサの沸点は、思った以上に低いらしい。引き摺られて、ヴィオレットも少しばかり攻撃的な気持ちになっていた。

「そういう苦情ならば、直接デュミナス様にお伝えになっては？　私、特に行動を制限されているわけではなくてよ。バネッサ様、まさかそれを言うためだけにこちらまでいらっしゃったの？　図書室がお嫌いのようですのに、ご苦労なことですわ」

真正面から挑発を受け止めて、更に倍の勢いで打ち返してしまった。案の定、彼女の顔色が憤怒で真っ赤に染まる。

「何ですって……!?」

「本は独特な匂いがしますものね。読む習慣がない方には不快なものかもしれませんわ。この中には沢山の知識や娯楽が詰め込まれているのに……でも、理解するには根気と向上心が必要ですから、苦手な方には無理かもしれませんわね」

暗にお前には向いていないと含ませれば、面白いほどにバネッサの眉が吊り上がった。

ひょっとして、扉の前に獣の死骸を置いていたのは彼女だろうか。けれどバネッサならば、そんな回りくどい嫌がらせよりも直接乗り込んできて不満をぶちまけそうな気がする。そう、今のように。

「脆弱な生き物のくせに……！　本当ならば、私がデュミナスとつがいになるはずだったのよ！　彼もそれを待ち望んでいたわ！　それなのに周りに勧められて仕方なく、貴女なんかと婚姻を結ばなければならなくなったのよ!!」

「え……？」

流石にそれは、想定の範囲外だった。考えてみれば、彼に恋人がいたとしてもおかしくはない。自分にだって婚約者はいたのだ。むしろ何故、今までその可能性に思い至らなかったのか。

――いいえ。彼女の弁が真実かどうか、何も証明するものはないじゃない。私に対する嫌がらせで、ただのでまかせの可能性も高い。――でも、この二人ならば――お似合いだわ。

バネッサの白い肌と対をなすようなデュミナスの黒色が並び立つ様を想像し、その人目を惹く美麗さに圧倒された。悔しいけれども、ヴィオレットよりずっとしっくりと当て嵌まる。何よりもバネッサは――彼と同じ獣人だ。

「――おっしゃりたいことはそれだけかしら？　でしたら、もう一人にしてくださる？　私、本を読みたいの。貴女のように賑やかな方が傍にいては、集中できなくなってしまいますわ」

そのまま手元に視線を落としたヴィオレットは、再び手にした本を開いた。もう会話は終わり、そんな意味を込めたのだが、実際には歪みそうになる顔をバネッサにみられたくなかったからだ。

「な――っ」

無視される形となった彼女は、まだ何事かを喚いていたが、ヴィオレットは気にせず本の中の可愛らしい挿絵だけを見つめていた。いや、そのふりを必死でした。それが功を奏したのか、相手にされていないのにようやく気づいたバネッサは「彼が本当に愛しているのは、この私よ！　だから蜜月も過ごしてもらえないのよ！」と騒ぎ疲れた声で吐き捨て、足音も荒く立ち去っていった。

乱暴に閉じられた扉が、断末魔のような悲鳴をあげる。まるで竜巻などの天災のようだ。引っ掻き回すだけ引っ掻き回し、あとは素知らぬ顔。

「なるほどね……」

ようやく得た静寂の中、『だからか』と奇妙に納得してしまう。デュミナスのあの、昼とはまったく違う夜の激しさは、求めても手に入らない本当に愛する者への気持ちの発露なのだ。つまり、バネッサへの。ヴィオレットは身代わり。だからこそ、顔が見えない体勢を好み、会話も極力しないのだろう。そう考えれば、腑に落ちる。蜜月とやらが何かは分からないけれど、たぶん獣人特有の習慣か何かに違いない。

本を閉じ、膝に置いたヴィオレットは窓から空を見上げた。晴れ渡った青空が、どこまでも高く澄んでいる。それが目に沁みて、鼻の奥がツンと痛んだ。

「真実が、いつも優しく真っ白とは限らないわね」

知らなきゃよかったことなど、世界には腐るほど転がっている。だが、もう自分はそれを手にしてしまったのだから、元には戻れない。ならば、どうするべきか――

「……それにしても彼女、どうして私が図書室にいるのを知っていたのかしら?」

暗澹(あんたん)たる思いで見上げる空は、皮肉なほどに綺麗だった。

5　狂乱

「西で起きた反乱を治めてくる」

そうデュミナスが告げると、ヴィオレットは一瞬顔を強張らせた。だが、すぐにいつもの感情を押し殺した無表情に戻ってしまう。

「そうですか。お気をつけて」

あまりに素っ気ない反応に、デュミナスはがっくりと肩が落ちそうになったが、表面上自分の様子に変化はなかっただろう。

あれから数日。デュミナスは戦乱の中にいる。

未だに獣人と人間の婚姻を快く思わない者は多く、各地で小競り合いは絶えない。今回も少々規模の大きい戦をしかけられた。相手はハイエナの獣人を中心にした反人間派だ。

「あいつは確かハイエナの族長にも選出されず、一族を抜けたと聞いていたけど」

「お前は本当に色々なことを知っているな」

背後に控えたフレールが、血腥い戦場には不釣り合いなのんびりした声を出した。

「そりゃあまぁ。情報は何よりも武器になるからね。しかも兄さんの邪魔になるかもしれない奴なら、容赦はできないでしょ。アイツ、未だに獣王の座を諦めていないらしい」

「……くだらない」

そんなに欲しいならばくれてやる。

——ああ、でも、この身分があったからこそ、ヴィオレットを得ることができたのかだとしたら、絶対に譲ることはできない。それに、デュミナスが獣王になることが不満ならば、正々堂々と戦えばよかったのだ。それもせずに人間であるヴィオレットとの婚姻を理由にして反旗を翻すとは許しがたい。

無邪気さを装った弟は、足元に転がる死体を跨いだ。

「ところで、ヴィオレット様にはちゃんと説明してきたの」

「……お前には、関係ない」

簡単に脆い部分へ突っ込んでくる彼が、今は煩わしかった。忘れようとしていた努力が水の泡だ。

長い時をかけて、やっと手に入れた愛しい花嫁。ヴィオレットのことを考えると、それだけで頭がいっぱいになり身悶えしそうになってくるのに、ずっと焦がれ続けてきたせいで、いつもぞんざいな口をきいてしまう。そうしなければ、姿を眼にしただけで襲いかかってしまいそうだからだ。

――くそっ、発情期でもないのに……

この狂おしい想いを伝えたくて、デュミナスはヴィオレットに様々なアプローチをしているが、残念ながら今のところ成功しているとは言いがたい。

誇り高く理性的な彼女は、常に冷静で己を厳しく律している。その強く美しいところがヴィオレットの魅力でもあるけれど、もっとデュミナスに甘えてくれてもいいのではないだろうか。自分はもっと一緒にいたい。離れたくない。蜜月も過ごしていないなんて、欲求不満でおかしくなりそうだ。

「どうして、こんなに熱烈に求愛しているのに、彼女は応えてくれないんだ……っ」

慣れないながら、あらゆる手は打ったつもりだ。

活きのいい獲物を贈り物として毎日部屋の前に置いておいたし、じっと見つめないことで敵意のないことは告げている。首筋に噛み付いて親愛の情も示した。

人間は獣人よりずっと脆いから、夜だって相当な我慢をしている。本当なら一日中といわず何日でも睦み合っていたいのをぐっと堪えて手加減しているのだ。

しかしそのせいで、初夜の翌日からヴィオレットはフラフラ出歩く始末。

――俺では満足させられていないということなのか……!?　いや、これ以上抱き潰せば、本気で息の根を止めてしまいそうで怖い。

デュミナスが何かをすれば怒り出すヴィオレットに、何をどうすればこの想いが伝わるのか。考えれば考えるほど、深みに嵌まる。同族の雌であれば、情熱的な契りを交わせば大抵解決するのに、ヴィオレットにそれは通用しない。むしろ彼女を苛立たせるらしい。

心を込めた贈り物は普通に他の者の食卓にも並んでいるし、場合によっては肝心のヴィオレット自身は口をつけてさえいなかった。

「俺はどうすればいいんだ!?」

「うん。取り敢えず戦いに集中してくれるかな、兄さん」

飛びかかってきた敵を難なく弾き飛ばしたフレールは、デュミナスの背中を叩いた。

「つがいのことで頭がいっぱいなのは仕方ないけれど、もう少し時と場合を選んで欲しいな」

「……分かっている」

考えごとはしていたけれど、デュミナスだってちゃんと身体は動かしていた。何もせず、ボーっとしていたわけではない。今だって、足音を殺して後ろから迫ってきた男を、一撃で昏倒させた。

獣王である自分が出る必要のある戦乱と思っていたが、蓋を開けてみれば拍子抜けするほど相手は弱く、烏合の衆だ。所詮寄せ集めの集団なのだろう。数は多いが、この分なら予定よりも早く帰れるかもしれない。

「こんなくだらない争いを、二度と起こそうとは考えないほどに思い知らせてやる」

そうすれば、少しはヴィオレットも自分を信頼してくれるかもしれない。彼女を守るためには、微かな憂いも取り除いてやりたいし、全ては平和な国を築こうという思いからしているのに、仲間内から裏切り者を出すなんて、せっかく嫁いできてくれたヴィオレットに申し訳ない。

――ヴィオレットは、待っていてくれるだろうか……

少しでも、デュミナスの不在を寂しいと感じてくれていたら嬉しい。独り寝を心細く思い、一夜でも思い出してくれていたら。

淡い期待を抱くが、別れ際の彼女の冷淡さが胸に刺さる。

人間は、言葉で互いの意思を伝え合うらしい。嗅覚や仕草でほとんどのコミュニケーションを終える自分たちとは大違いだ。だが、ヴィオレットはあまり本音を明かしてはくれない。精々、デュミナスが怒らせてしまったときに、ほんの少し片鱗を覗かせてくれるだけだ。切ない。

――こんなもどかしい気持ちは生まれて初めてだ。大事にしたいのに……上手くいかない。……だが俺は、絶対に父のような過ち(あやま)を犯すものか。

デュミナスとフレールの父親は、狼族の長でもあった。彼のことを思い出すと、いつも胸が軋むように苦しくなる。あの狂気を、己の身の内に感じ、どうしようもなく心が乱れた。

――違う。俺は、つがいをそんな目には遭わせたりしない。

あれこれ思い悩む余裕があるのは、ひとえにこの戦場には緊迫感が薄いからだ。敵からの単調な攻撃からは命をかけた必死さがいまいち伝わってこない。

「それにしても、なんだか嫌な雰囲気だなぁ」

「……お前もそう思うか」

風向きが変わった。あまりにもあっけなく終結しようとしているのが、違和感を拭えない。血の臭いを運んでくる風に、嗅いだことのない臭いが混ざったのは、そのときだった。

「……何だ？」

鼻をうごめかせるが、正体は掴めない。しかし嫌な予感が膨れ上がってくる。デュミナスの全身が、毛を逆立たせて警戒を叫んだ。

「引け!!」

その命令は、直後響き渡った轟音に掻き消された。見通しのよかった場所が、一気に吹き飛ばされる。そこで戦っていた者も巻き添えにして。

「――――!?」

巻き上がった粉塵が視界を奪い、埃と熱を孕んだ爆風がデュミナスとフレールの立つところにまで押し寄せた。悲鳴と怒声が交差して、辺りは騒然となる。

「く……っ、いったい何があった!?」

フレールにも分からないのか、流石に驚愕の眼差しで凍りついていた。デュミナスは素早く周囲を探り、異様なものを遠くの丘に見つける。

「何だ……あれは」

そこには上手く岩に隠されてはいるが、巨大な人工物が鎮座していた。獣人同士の争いには不似合いな見慣れぬものは、どう控えめに表現しても武器の類にしか思えない。それも、大量殺戮を目的とした禍々（まがまが）しい存在。金属で作られたと思しき筒状の先端が、吹き飛ばされた場所へと向けられている。そこからは黒い煙が立ち上っていた。

「まさか……人の造ったものか？」

「何故、そんなものがここに？」

本来、獣人は道具を使うことが苦手だ。戦いならば自らの爪や牙を使えばいい。兵器に頼るのは人間のみ。だからこそ、この戦いにはそんな装備も対策もしてはいなかった。

「お前たち、逃げろっ」

最初の爆撃があった場所へ、次なる攻撃が加えられそうになっていた。そこには、倒れている者がまだ何人もいる。微かに動いているので死んではいないだろうが、耳と眼をやられたのか、動きがおかしい。

「……！」

「兄さん、駄目だっ」

フレールの制止を振り切って、デュミナスは彼らに向かって駆け出した。

「おいっ、しっかりしろ！」

何かの焦げる臭いと血の臭気、丸く抉られた大地には何人もが倒れ伏していた。

自力で動けそうな者は、敵、味方関係なく叩いて意識を覚醒させた。フレールの方向へ退路を示せば、起き上がった数人が支え合いながら移動をする。最後に残った一人は、膝から下に酷い怪我を負っており、立ち上がれそうもない。

「肩を貸す。大丈夫か」

「獣王様……申し訳ありません」

朦朧とはしているが、受け答えはしっかりしているのに安堵した。けれどもいざ引き起こそうとすると、男は苦痛の呻きをあげ、歯を喰いしばる。想像以上に傷は深い。

「兄さん！　早くこっちへ！　次の砲撃がくる!!」

「獣王様、俺のことは放ってお逃げください」

「馬鹿を言うな！　そんな真似ができるわけがないだろう！」

大切な同胞を見捨てるなど、デュミナスの頭にはない。涙ぐむ男を背負い走っても、自分の足ならば間に合うはずだ。瞬時に計算して、岩陰に隠された兵器を確認した。再び風向きが変わる。その中に、違う火薬の臭いが混ざっていた。

「もう一つあるのか……!?」

振り返ったデュミナスの視界に、別の砲撃が迫っていた。一撃目よりももっと大きい。おそらくこちらが本命だ。

――しまった、最初からこれが狙いか……！

誘（おび）き出されたのだと気がついたが、もう遅い。

「――っ」

負傷した男を咄嗟に庇い、デュミナスは彼に覆い被さった。閃光が弾け、轟音が世界を揺らす。音も、光もあらゆるものが遠のいてゆく。

――ヴィオレット……！

皮膚を裂き、肉を抉られる衝撃が全身を苛んだ。

そして全てが暗転した。

＊　＊　＊

獣人たちのヴィオレットへの態度はより一層よそよそしいものへと変わっていった。

あからさまに避けられて、眼が合えば電光石火の速さで逸らされる。声をかけようにも蜘蛛(くも)の子を散らすように逃げられる。更には、たまたま触れてしまった手は嫌そうに拭われているのを目撃してしまった。

陰口は相変わらずで、ときには刺々しい単語が耳に入ってくることもある。その出所を探ろうにも、ほぼ全員がそんな調子なのだから、具体的に誰がとは突き止めにくい。また、ヴィオレット以外には聞こえない絶妙な音量なのも、厄介だった。

命を狙われるとか、所有物を壊されるとか、表立っての嫌がらせを受けているのではないから、解決策もないのが悩みの種だ。それでも四六時中、負の感情を向けられ続けるというのは、地味にこたえる。ヘレンだけが最初と変わらない態度で接してくれるのが、せめてもの救いだった。

「ヴィオレット様……今朝も扉の前には何も置かれてはおりませんでした。敵もそろそろ諦めたのではないでしょうか？　最後に置かれていたのは一週間前のヤマシギでしたね。あんな希少価値の高い高級食材を嫌がらせに使うなんて、何を考えているのでしょう？　でもあれ以来、平穏そのものですわ」

毎朝の日課になりつつある、ネルシュとの『今朝の死骸』の話に瞬きだけで応え、ヴィオレットは身に着けたネックレスに触れた。

『西で起きた反乱を治めてくる』そう言い残して、彼が旅立って行ったのが丁度一週間前。いつ帰るともどんな危険があるのかも語ることはなく、ヴィオレットは置き去りにされた。その前から多忙なデュミナスの足は閨から遠のいていたから、結局は長々とした放置プレイが敢行中だ。

――この扱いが私を追い詰めているのは間違いないわ。まさか狙ってやっているのかしら……？　だとしたら、戻り次第ただでは済まさないわ……。いいえ、それよりも

――

バネッサが来たから、ヴィオレットはお役御免になったのでは。

幾度否定しても消去しきれない可能性は、ヴィオレットを苦しめる。

蔑ろにされている、と本人が感じたくらいなのだから、他の者にしてみれば尚更そう映っただろう。噂は面白いほど足早に城内を駆け巡った。

『お飾りのつがいがいよいよ愛想をつかされた』『人間が嫌になってわざと遠征に出たのではないか』『反乱と言いつつ、別の雌のもとへ行ったに違いない』どれもこれも当事者以外には面白おかしい内容なのだろう。ひそひそコソコソ、柱の陰や部屋の片隅で囁かれている。デュミナスの不在でタガが外れたのか、初めはヴィオレットの目と耳を盗んで行われていたものが、次第に大胆なものになるのに、そう時間はかからなかった。今や嘲笑と憐憫の眼差しを向けられるのが嫌で、ヴィオレットの定位置は屋上か図書室になっている。部屋に籠りきりにならないのは、最後の矜持だ。逃げ隠れたとだけは思われたくない。

だが昨日からの悪天候で今日は屋上へは上れず、他に選択肢もなく本日の行き先は図書室に決定していた。先日試しに植えてみた花の様子が気になるが、仕方ない。そろそろ芽が出てもおかしくはないのだが、この気候では無理かもしれなかった。

「何かお菓子をご用意いたしましょうか」

「いいえ、結構よ。お茶だけ多めに用意してもらえるかしら？　あとは何も必要ないから一人にしてちょうだい」

もしも、ヴィオレットが弱音を吐ける性格であったならば、とっくの昔にネルシュの前で泣いていたかもしれない。けれども、そんな惰弱さを許せない彼女は、頑なに前を向き続けている。控えめなネルシュは主の誇り高さをよく知っているから、ただ黙って従った。

「……かしこまりました。では、ヴィオレット様がお好きな銘柄を、心を込めてお淹れいたしますね」

侍女の気遣いに言葉は出さないまま感謝して、ヴィオレットは部屋を出た。そのとき、常とは違い、蒼白な顔をしたヘレンが廊下の向こうから走ってくるのが見えた。

「大変です！　ヴィオレット様！」

ヴィオレットの眼の前に到着するや否や、摑みかからんばかりの勢いで間近に迫ったヘレンの赤い瞳は、より色濃く血走ったものへ変わっていた。心なしか、兎耳が忙しなく警戒するように辺りを窺っている。

「どうしたの、落ち着きなさいな」

ヘレンがここまで動揺を顕わにするのは珍しい。何か尋常ではないことが起きたのだろうと予想はつくが、落ち着かせるために敢えてヴィオレットは静かな声をかけた。

「あ……申し訳ありません、取り乱して。けれど、大変です。今すぐお部屋にお戻りください。そしてしばらくは決してお出歩きになりませんよう！」

「え？　どういうことなの？　いったい何があったの？」

そう問う間にも、ヴィオレットの身体は室内へ押し戻された。視界を閉ざすように扉は閉じられ、外界への出入り口は遮断される。

「お食事はこちらにお運びいたします。何でしたら、本も何冊かお持ちいたしましょう」

「お待ちなさい、何があったのか教えてもらわねば、了承できないわ」

部屋の外では、喧騒が激しくなっていた。多数の人々の荒々しい足音と怒声が入り交じり、殺気立った気配が立ち込めてゆく。普段はこれほど騒がしいことはない。急速に城内の空気が変わったのが、ヴィオレットにも伝わってきた。

「……獣王様がご帰還なさいました」

「え？　では私もお出迎えしなくては」

まさかそれを妨害するための騒ぎだろうか。ならば、断固従うわけにはいかない。ヴィオレットは表情を引き締めた。ヘレンまでもが自分に背を向けたのかと思うと悲しくなる。

「……いいえ、それには及びません。その、獣王様は怪我を負ってらっしゃいます。ヴィオレット様の手を煩わせるわけには参りませんわ」

「だったら、尚更何もしないということはできないわ。デュミナス様の怪我の具合はどの程度なの？　まさか命に係わるなんてことは……私はあの方の妻です。それとも――私が人間だから、遠ざけようとしているの？」

まどろっこしい遣り取りは好きではない。真意をぼかそうとするヘレンに苛立って、ヴィオレットは鋭く切り込んだ。ひゅ、と息を呑み込む音が侍女の唇から漏れる。

「違います。そうではないのです……ああ、でもこんな説明ではご納得いただけないのも当然ですわね」

ヘレンの力なく垂れた耳が迷いを表して揺れる。そして少しの逡巡の後、決意したようにヒョコリと立ち上がった。

「――我々は獣人です。人であるヴィオレット様と比べて、獣の性を色濃く持ちます。特に、命の危機に瀕した際にはそれが顕著です」

「……どういう意味？」

「生存本能が理性を凌駕し、時に獣そのものの振る舞いをしてしまいます。――――そうなれば、言葉も道理も通じません。敵も味方も関係なく暴れ狂って、自滅する者も少なくない」

一音一音句切るように発せられた言葉を、聞き間違うなどありえない。ヴィオレットの耳にはヘレンの言葉が全て届いた。しかし、与えられた情報を上手く処理できずに目を瞬かせる。

「……え？」

「我々はそれを『狂乱』と呼びます。人間は……そう、確か『手負いの獣』とでも言っていたでしょうか？　苦痛にのたうち回り、思考力は失われてしまいます。いくら普段温厚な者であったとしても、そこにはもはや自我を求めることは不可能です。命を削りながら自分も他人も傷つけて、やがて体力の限界が訪れるまで暴れ狂う。力を持つ者ほど、その反動はより大きい――――……」

「待って、では――――」

頭を整理しようとヴィオレットは額に手を当てた。つまり、デュミナスは今その『狂乱』の状態にあり、危険が予想されるから近づくな、という意味か。では――――

「デュミナス様は、それだけ酷い怪我を負われたということなの……!?」

自我を失うほどの痛手を受けたのか。ヴィオレットの全身が冷水を浴びたかのように冷えた。

「私もデュミナス様のお傍に参ります！」

「失礼ながら、貴女様に何ができますか……⁉」

自分が役に立つことなど、きっとないことくらいは分かっていた。医学の知識が豊富なわけでも、彼を落ち着かせることができるのでもない。でも、心配することだけはできる。そしてそれだけがヴィオレットに許された権利だ。だが、たった一つの自由さえ、否定されてしまう。

「狂乱状態に陥った者を押さえ込むのは、相手が並の獣人であったとしても、大の男が十人は必要です。まして誰よりも力のあるデュミナス様が相手では、城中の屈強な男たちを掻き集めても……上手くいくかどうかは分からない。……正直、ご自分の身も守れないヴィオレット様がいらしても、足手纏いでしかありません」

苦しげに俯いたヘレンは、言いにくそうに頰を震わせた。

はっきり邪魔と告げられては、それ以上彼女を困らせることなどできない。黙り込んだヴィオレットに、ヘレンはもう一度部屋を出ないようにと念押しをした。

「全て片付きましたら、お迎えにあがります」

そして、外から扉を施錠する音が響いた。こんなことは勿論初めてで、まるで監禁されているに等しい。いや、実際そうなのだろう。

「ヴィ、ヴィオレット様……」

ネルシュは不安そうに両の手を胸の前で擦りあわせた。今にも泣き出しそうな彼女は、小刻みに震えている。それでも主人を励まそうと、無理やり口角を引き上げようと頑張っているのがいじらしかった。

「だ、大丈夫ですよ。デュミナス様は獣人の中で一番お強いのでしょう？　そんな方が深刻な怪我なんて――――」

「……冗談じゃないわ」

「へ？」

閉じ込められ、大変な物事から引き離されるなんて御免だ。それでは何も解決しない。それどころか、己のあずかり知らぬところでどんな事態が巻き起こっているのかも不明だ。少なからず、その渦中にいるにもかかわらず、除け者にされている。

「役に立たないのは理解しているわ。それでも――――どんな怪我をしたのか……どうしてなのか案じるのは当たり前じゃないの……だって、私たち夫婦なのだもの」

反乱を制圧しにゆくのだと、デュミナスは言葉少なに語っていた。どうしてあのとき、もっと踏み込んで聞かなかったのだろう。危険があるならば、気をつけるようにともっと熱心に告げるべきではなかったのか。妙な意地を張って、自分の矜持だけを守っている場合じゃない。彼から拒絶されていると不満をもらしていたけれども、自分はどうだったのだろう？　本当に向き合っていたと、言えるだろうか？

「……ネルシュ、私もデュミナス様のもとへ参ります」

「で、ですが、扉には外から鍵をかけられてしまいましたわ」

「別に、出入り口はそこだけではなくてよ？」

「ええ？」

首を傾げるネルシュには敢えて言わなかったけれど、ヴィオレットは最悪の事態も想定していた。勿論デュミナスのことは心底案じているし、無事だと信じている。だが万が一、彼が命を落とすような事態になったとしたら——想像しただけで膝が崩れ落ちそうになるけれど、その先も考えておかなければならない。

おそらくは、ヴィオレットたちの立場は最悪なものになるだろう。中には、全てが人間のせいだという極論を振りかざす者も出てくるかもしれない。そうでなくとも、獣王という強い後ろ盾がなくなってしまうということに変わりはない。

——クロワサンスに戻れるなんて、楽観的な見通しは得られないわね。

最悪の場合でも、なんとかネルシュだけは助けたいと心に誓った。だとすれば、頼れそうな相手は数少ない。

——フレールなら、きっと……

ひょうひょうとして子供っぽいところもある彼だけれど、デュミナスからの信頼は厚いように見えた。常に傍にいることを考えても実力の高さが窺えるし、現獣王の弟という肩書きも役立つかもしれない。何より、人間に対する悪感情が彼からは感じられなかったから。

「ネルシュ、部屋中のカーテンやカバーを外してくれる？」

　嫁入り道具の一つとして国から持ってきた懐剣を取り出し、ヴィオレットは静かに命じた。


　階下は酷い有様になっていた。壁も柱も、至る所が破壊されている。大理石は砕かれ、扉が吹き飛ばされている部屋もあった。調度品は軒並み壊され、まるで台風が通過した後のようになっている。

「いくわよ、ネルシュ。私から離れないで」

「は、はいっ」

　ヴィオレットはありったけの布を集め、それを細長く裂いて縄を作った。繋げれば、それなりの長さになる。三階の窓から脱出できる程度には伸びたそれを、ベッドの足に括り付け、どうにか地上まで伝い降りた。

　驚いたのは、てっきり怯むと思っていたネルシュが、迷わずヴィオレットに続いたことだ。置いてゆくのは躊躇われたので丁度良かったのだが、彼女も何か切羽詰まったものを感じていたのかもしれない。そこから人目を避けながら、再び城内へ入った二人は暫し言葉を失っていた。

　ひっきりなしに響き渡る咆哮は、サロンから聞こえてくる。デュミナスは怪我をしていると聞いていたから、きっと医務室に向かうものだと予想していたのだが、違ったらしい。もしかしたら、そこまで彼を運ぶことも困難だったのだろうか。正門からサロンまでは比較的近く、広さも充分にある。ヴィオレットは廊下に残る血痕を道しるべにして、萎えそうになる両脚を叱咤した。

「こ、こんなに大量の血が……」

「静かに」

混乱した男たちの声と、女の悲鳴。そして何かが壊れる破壊音。空気を震わせるのは、どれも不穏なものばかりだった。唯一の武器である懐剣を指が真っ白になるほど強く握り締め、己を奮い立たせる。

――こんなに我を忘れるほどの深手を……

掌に爪が食い込む痛みが、辛うじてヴィオレットへ現実感を訴えてくれる。自分が考えていた以上に、デュミナスの存在が己の中で大きくなっていたのだと知った。一度認めてしまえば、加速度的に想いは強くなる。脳裏に蘇るのは、初めて出会ったときのこと。それから温めようとしてくれた腕、守ろうとするかのように庇ってくれた背中、情熱的な口づけと眼差し。そして子供たちに向ける優しい笑顔。不器用でも示してくれた気遣い。

――私たち、まだ本当の意味で夫婦になったとはいえないのかもしれない。それでも、もっと時間をかけられれば、きっと、私はあの方を――

今すぐ傍にいきたい。たとえ何の助けにもならなくても彼の帰還をこの眼で見て、確認したいという願いが膨れ上がり、ヴィオレットの中で恐怖を凌駕した。

「馬鹿やろう、避けろ――――っ!!」

振り絞られた叫びと共に、サロンの扉が大破した。耳をつんざく轟音と共に、原形を失った破片がヴィオレットの真横を掠って壁に突き刺さる。空気を切り裂く勢いだけで、後方に吹き飛ばされそうになってしまった。

「――――っ!?」

爆風にも似た風で頬や髪が嬲られ、見渡せるようになった室内の惨状がヴィオレットを絶句させた。

血を流して倒れ伏す沢山の人や獣。窓は全て破られ、床には沢山の破片が散乱している。無傷な部分を探す方が難しいほどに爪痕だらけになった壁と、シャンデリアの落下した天井。辛うじて立っている者も、皆蒼白のまま及び腰になっている。その中央で大量の血を流しながら低く唸る一匹の獣――――

「狼……」

黒い毛並みは、大きく抉れた脇腹からの出血で、べったりと汚れていた。手当てを途中で拒んだのか、中途半端に解けた包帯を引き摺っている。舌を垂らした口は荒い呼吸を繰り返し、全身が酸素を求めて喘いでいた。そんな状態でもまだ、床を踏みしめる四肢は力強く、尾は猛々しく天に向かい存在を主張していた。そして、黄金の瞳に宿るのは、濁りきって研ぎ澄まされた狂気。

「……デュミナス、様」

どうしてか、それが彼だと疑うこともなくヴィオレットは理解していた。何の疑問も湧いてこないまま、息を凝らして見つめ続ける。ああ生きていると、滲みそうになる視界の中で。

漆黒の獣は、ヴィオレットが知る普通の狼よりも一回り以上大きかった。そしてどこか神々しくさえある。何ものにも従わず、媚びることのない孤高の存在。頂点に立つべき風格と覇気。理性をなくした状態でさえ、他者をひれ伏させずにはいられない、特別な王気。

――なんて、綺麗……

「あ、貴女……何故ここにいるのよ!?」

「バネッサ?」

思いの外間近で聞こえた声には、聞き覚えがあった。そちらに顔を向ければ、サロンの入口付近に立っているのは案の定、艶やかな黒髪を豪奢に巻いたバネッサだった。おかしな話だが、親しいわけでもないのに見知った顔を見つけて僅かに安堵してしまう。

「デュミナス様が怪我を負われたと聞いたわ。私は彼の妻です。――駆けつけるのは当然でしょう?」

「何を言っているの？　人間なんかに何ができるって言うのよ！　邪魔よ！」

バネッサに突き飛ばされた瞬間、今まさにヴィオレットが立っていたその場所へ、大きなものが投げつけられてきた。

「きゃあああっ！　ヴィオレット様!!」

「……ひっ!?」

ネルシュの悲鳴のおかげもあり辛うじて避けることはできた――が、その正体を知ってヴィオレットは慄然とする。

それは、巨大な熊だった。

壁に叩きつけられた獣は、ぐったりと意識を失っている。生きているのか死んでいるのかも判然としない。ただ、右の後ろ脚がおかしな方向に捻じ曲げられていた。

「ヴィオレット様……!?　どうして、ここに」

デュミナスを取り囲む男たちの中、サロンの奥まった場所にいたフレールが呆然とこちらを見つめていた。彼もまた怪我を負っているのか、裂けた袖口からは赤い色が滲んでいる。

ざわりと、その場に動揺が走り、殺気立つ。誰もが突然の闖入者に戸惑い、そして邪魔者だと判断したらしい。

「馬鹿が……っ！　どうして部屋に閉じ込めておかない!?」

「放っておけ！　死んでも自己責任だろう！　それよりも獣王様を押さえなければ……！」

ウォォ――――ンと喉を晒した狼が天に向かい遠吠えした。哀愁漂う咆哮は、聞く者の胸を打つ。思わず聞き惚れそうになったヴィオレットに向かい、黒い獣は跳躍した。

「逃げろ!!　ヴィオレット様――っ!!」

フレールの絶叫は、奇妙に遠く聞こえた。まるで連続性のない映像が瞬きごとに繰り広げられる。遠かった獣との距離は瞬く間に詰められ、狙いが自分ではなく、その横に立つネルシュだと知る。

振りかぶられる強靭な前脚。そこから覗く、恐ろしい爪。ネルシュの悲鳴は聞こえなかった。引き攣った蒼白の顔が視界の隅を過る。

「ネルシュ!!」

考えるよりも先に、ヴィオレットの身体は動いていた。床を蹴り、全力で彼女を突き飛ばす。重い衝撃と共に転がってゆくネルシュを確認し、安堵したのも束の間、眼前に鋭い牙が迫っていた。獲物を捕らえ損ねた獣は激情を迸らせ、唾液を垂らしながら大きく口を開く。元は真っ白だったと思われる歯は、今は滴る赤に汚れていた。

――噛み殺される――

燃えるような熱を、急所である首筋に感じた。硬い牙で貫かれるのと、尖った爪で引き裂かれるのでは、どちらがより辛いだろう。きっとどう転んだとしても、醜い肉塊になるのは避けられない。けれども――

――綺麗だわ……

目を閉じようとは思わなかった。できるならば最期の瞬間まで、この美しい獣を瞳に焼き付けたかった。この世で見る終わりのものが猛々しくしなやかな夫なら、それはそれで幸せなのかもしれない。

「ヴィオレット様あぁッ!!」

ネルシュの悲鳴が鼓膜を震わせ、ヴィオレットの身体は無残に引き裂かれ――なかった。

「わふっ」

耳元で聞こえたのは、喜びはしゃいだ鳴き声。血腥くても、もふっとした毛皮に包まれ、べろんべろんと顔を舐められる。

「……!?」

あっという間に唾液まみれにされ、太い前脚がヴィオレットを抱え込んでいた。半ば尻餅をついた状態で、呆然とわけが分からぬままに毛むくじゃらのものに揉みくちゃにされる。

「デュ、デュミナス様……?」

濃厚な血の臭いは相変わらずだが、間近で覗き込む金の瞳の中に、先ほどの狂気はどこにもなかった。宿るのは、好奇心と愛着に満ち溢れたものだけだ。つぶらであるとさえ表現できる愛らしさの中、ヴィオレットだけが映っている。

「ぐるるる……」

威嚇とは違う、甘えるような音が彼の喉から漏れ、そしてグイグイと頭をヴィオレットの頬に擦りつけてきた。まるで、撫でてくれといわんばかりに。どうすれば良いのか分か

らず、座り込んだままでいると、今度は前脚で足踏みするように触れてくる。

「あ、あの……？」

「ワゥッ」

呼ばれたと思ったのか、元気よく返事をしたデュミナスは千切れんばかりに尻尾を振った。それと共に、新たな鮮血が辺りに飛び散るが、本人はお構いなしにヴィオレットへはしゃいでのしかかってくる。

「え、きゃあっ、だ、誰か……フレール、デュミナス様の傷が……!!」

遠巻きに見守っていた者を掻き分けて、フレールがこちらに駆け寄ってきた。そしてヴィオレットに覆い被さってじゃれつくデュミナスを、信じられない面持ちで凝視する。

「ヴィオレット様、ご無事ですか!?　……え、兄さん……？　どういうことだ……これは……」

「それよりも、早く止血を！」

「ウォンッ」

フレールの手でヴィオレットから引き離されたデュミナスは、不満げに一声鳴いて抵抗を示したが、すぐに大人しくなる。やはり傷が痛むのだろう。僅かに背を丸め、苦痛に顔を歪ませた。だがそれでも、ヴィオレットの傍から離れようとはしなかった。

「デュミナス様……一刻も早く傷の手当てをなさってください。お願いします……」

なおもヴィオレットに身体を擦りつけようとするデュミナスの首筋を撫で、三角形の耳へ語りかける。今の彼に言語が通じるかは甚だ疑問だが、ヴィオレットは心を込めて言葉を紡いだ。

「クゥ……？」

「皆、貴方を心配していますわ。私も、一緒に参りますから」

「クゥゥ……」

ヴィオレットの意思が伝わったのか、いかにも渋々といった態で身体を離したデュミナスは、ドレスの裾をカプリと噛んだ。そうしなければ逃げ出すとでも思っているかのように、上目遣いでこちらを見上げてくる様がいじらしい。

「……！」

込みあげる感情を何と呼ぶのか。表現しにくい想いが、ヴィオレットの身の内を満たす。

「……落ち着かれた、のか？　あのデュミナス様が……？」

「まさか……以前狂乱されたときには、犠牲者は三十は下らなかったのだぞ。それも十歳にもならない頃の話で……」

ざわめきがサロンに集っていた人々に広がっていった。皆、遠巻きにしたままこちらを見ている。一番近くにいたはずのバネッサでさえ、その場に凍りついていた。先ほどまでの戦場のような気配は消え去り、困惑だけが漂っている。

「ヴィオレット様、お怪我は？」

フレールに問われて見下ろせば、身に着けていたドレスは赤黒い染みで汚れていた。

デュミナスの血を吸ったドレスがずしりと重い。だがヴィオレット自身には、掠り傷一つない。しいて言えば、唾液まみれになった顔が不快なだけだ。

「私は大丈夫。それより貴方も怪我をされているでしょう？」

フレールの裂けた袖口に手を伸ばそうとした瞬間、ドレスの裾を噛んだままのデュミナスにグイッと下に引っ張られた。恨めしそうな眼をして、鼻の頭にしわを寄せている。

「ウゥゥ……」

「デュミナス様？」

「……いつもそれくらい意思表示すればいいのに……」

「？」

意味の分からぬフレールの台詞にヴィオレットは首を傾げた。


「あとは安静にしていれば大丈夫でしょう。体力が戻れば、人型もとれるようになるはずです」

「ありがとうございます」

血で汚れた両手を拭いながら一息ついた老医師に、フレールは深く頭をさげた。

「薬は、毎食後飲ませてください。今日は無理ですが、食べられるのならば消化のいいものを用意するように。それから塗り薬は――」

細かな説明を熱心に聞くのはフレールに任せ、ヴィオレットはベッドに横たわるデュミナスだけを見つめていた。漆黒の毛で覆われているせいで分かりにくいが、いつもより顔色が悪いような気がする。力なく投げ出された彼の前脚へ、そっと己のものを重ねた。闇の中では燃えるようだと感じていた体温は今、氷のごとく冷たい。か細い熱を繋ぎとめたくて、ヴィオレットは何度もデュミナスの肉球を摩った。今、掛布に隠されている身体には、分厚い包帯が厳重に巻かれている。

「どうして……こんなことに」

「罠に嵌まって死にかけた部下を救うために、砲撃を自分の身体で受け止めたんです」

「砲撃……？」

ベッドの真横に座ったヴィオレットの隣へ、老医師との会話を終えたフレールが腰かけた。

「待って、デュミナス様は西で起きた反乱を治めにゆくとおっしゃっていたわ。獣人なら――」

道具を扱うことに長けてはいないはずだ。武器は己の爪や牙ではないのか。

「……ヴィオレット様は頭が良すぎて、隠し事が難しいな」

「では……まさか、人間が……!?」

困ったように笑みを形作るフレールへ問い詰めれば、落ち着くように促される。

「いや、大丈夫。違います。でも、武器自体は獣人の技術力とは思えない。おそらくは

――人から奪ったものなのでしょう。それがいつの話なのかは分からないけれど――今回反乱を起こしたのは、獣人と人間が手を取り合うのを良しとしない者たちでした。火種とするには、丁度いいと考えたのだと思います」

「そんな……」

自分たちの婚姻には様々な意見があるのは知っている。かなり強硬な反対派がいることも。だが、そこまでするとは流石に思っていなかった。仮にもデュミナスは獣人たちの長だ。そんな彼に牙を剝くなんて――

――だとしたら、私はどれほどデュミナス様に守られてきたのだろう。

やりすぎではないかと感じていた道中は勿論、この城に辿り着いてから、一度として死にそうな目に遭った例しはない。不快なことはあっても、軽い口喧嘩程度のものだ。つまりそれは、全て事前に彼が危険を取り除いてくれていたのだろう。ヴィオレットに知らせることもなく、秘密裏に――

「そんな顔しないでください。僕が兄さんに怒られちゃいますよ。幸い内乱の芽は完全に摘めたし、今回の件は他への警告にもなったと思う。現獣王の怒りを買えば、殲滅されかねないんだっていうね」

「殲滅……」

物騒な言葉を、無意識のうちにオウム返しにしてしまった。すると、フレールが目を伏せる。近くで見ると、長い睫毛の作る陰影がデュミナスとそっくりだと分かった。そして、また胸が軋む。

「……ヴィオレット様、怖かった、ですよね。でも、兄さんがあんなふうになることは滅多にないんですよ。それこそ命の危機……それも、自分のためじゃなくて、誰かを助けようとしたときだけです。まぁ、結果的には、敵も味方も関係なく傷つけてしまったりはするけれど……」

「今回が初めてではないのね？」

「――僕が小さい頃に、一度。でもそれ以降はなかった。兄さんは誰より強いし、強く己を律しているから。普通獣人の強さは、獣の性の強さで決まります。だから当然、王になる実力がある者ならば、その獣性も並外れている。今迄にたった二回しか狂乱に陥っていないというのは、それだけですごいことなんですよ」

必死に兄を擁護するようなフレールは微笑ましく、ヴィオレットは淡く笑んで、頷いた。

「分かっているわ。デュミナス様は、簡単に暴れたり他者を傷つけたりするような方ではないわよね」

「ヴィオレット様がそうおっしゃってくださったら、兄さんが喜びます。兄は、その……獣の姿を貴女に見られるのを嫌がっていたから。きっと、恐ろしく思うだろうからって……」

「……そんなことは、ないのに」

しなやかな獣の姿を、厭わしいとは思わない。これもまた、デュミナスの持つもう一つの姿だと思えば、とても愛しく感じられる。

ヴィオレットは、彼の長い毛足の中へ手を沈ませて、皮膚の下を流れる脈動を感じようとした。命の温もりを探し、腹に巻かれた包帯を痛々しく思う。

恐ろしい武器を作り上げたのが人間だというのも、それを以て彼を傷つけたのが仲間であるはずの獣人だというのも、悲しい。この不毛な争いのきっかけが何であるかは、火を見るよりも明らかだ。

「――私が、嫁いでこなければ良かったのかしら」

そうすれば、少なくともデュミナスが同胞に瀕死の重傷を負わされるなどありえなかった。

「それは――違いますよ。仮にこの婚姻が成立していなかったら、別の争いが起こっていただけです。だからヴィオレット様、絶対にそんなことを兄の前では言わないでくださいね。話してしまった僕が殺されちゃいますから」

「フレールは本当に面白いことばかり口にするのね」

笑い合ったそのとき、デュミナスが微かに身じろいだ。ヴィオレットが触れていた足先が、ピクリと動く。

「目を覚まされたの？　デュミナス様」

慌てて獣の顔を覗き込めば、そこだけは人の名残を留めた黄金の瞳が、うっすら開かれる。

「ぐ……」

先ほどまでは憤怒と狂気に染めあげられていた眼差しが、今は茫洋と漂っていた。強い薬の影響か、まだ意識ははっきりしていないらしい。

「ヴィオ……レット……」

「はい、ここにおります」

それでも意識を取り戻して初めて呼んでくれた名前が自分のものであることに、ヴィオレットは感激していた。我ながら驚くほど、気持ちが弾んでくる。

獣型のまま吐き出される声は、普段よりもくぐもって聞こえ、少しだけ発音も不明瞭だ。不自由そうに動かされる赤い舌に乗る己の名が、とても特別なものに聞こえる。

「ヴィオレット……どこにも、行くな。傍に……いろ」

「……！　ええ、勿論です。ずっと、デュミナス様のお傍におりますわ」

睦言と呼ぶには、あまりに血腥く色気もない。傍から見れば、人と獣が顔を寄せ合うという奇妙な光景だ。それでもヴィオレットにとっては、結婚後初めて得た甘く安らぐ時間だった。

獣か人かなどとても小さな問題に思える。大切なのはこの夫が、自分のもとに帰ってきてくれたという事実だけだ。

恐る恐る鼻筋に触れれば、全てを任せるようにデュミナスは目を閉じた。

「……暗闇の中で、お前の声が……聞こえた気がした……だから、こちら側に戻ってこられた……ヴィオレットがいてくれれば俺は……父のようには、決してならない……」

「デュミナス様……?」

もう半ば眠りに落ちたのか、彼からの返答はなかった。

ヴィオレットは毛むくじゃらの前脚を両手で握り締め、デュミナスの長い鼻先に唇を押しあてる。僅かに湿ったそこは、唇の感触とは程遠い。だが、深く貪り合うよりも、何かが通じ合った心地がする。何度も繰り返し、そして耳の後ろや首筋を丁寧に撫でてやった。デュミナスは黙ってそれを受け入れ、気持ちよさそうに細く息を吐き、そのまま深い眠りに落ちていった。

6　遅れてきた蜜月

「その肉が食べたい。切り分けてくれ」

　ベッドの上で、沢山のクッションに背を支えられ、デュミナスはトレーに載った皿を視線で指し示した。

「――きちんと野菜も召し上がってください」

「あの、ヴィオレット様がなさらなくても、給仕でしたら私どもがいたしますわ」

　ヴィオレットが言われた通り一口大に肉を切り分けていると、デュミナスの侍女たちが慌てて手を出してきた。

「別に構わないわ。それよりも飲み物を用意してもらえる？」

　あの狂乱の日からすでに十日。手当てを受けたデュミナスは一度意識を取り戻したものの、その後三日間眠り続けた。だが目を覚ました後の回復は驚異的で、食欲も以前と変わらないほどに回復している。傷口は相変わらず痛々しいが、ひとまずの危機は脱していた。

「お待たせいたしました、デュミナス様。どうぞ」

焼かれた肉を上回る量の蒸し野菜を添えてヴィオレットが差し出せば、彼は心底嫌そうに顔を顰めた。

「余計なものがついている」

「余計ではありません。必要なものです」

『食べろ』と眼力だけで要求すれば、彼はますます不満げに目を細める。子供か、と罵りたいのを堪えて、ぐっと鼻先へ押しつけた。

「デュミナス様、僭越ながらこの野菜は私が屋上から収穫いたしましたの。勿論育てたのは別の者ですけれど、朝一番に獲ってまいりました。――貴方のために」

ヴィオレットが実際にしたのは、土から引っこ抜いただけなのだが、デュミナスを想ってというのは本当だ。少しでも身体によいものを食べて欲しくて、考えた結果だった。

気候のせいなのか、食習慣のせいなのか、申し訳程度に育てられていた野菜はどれも貧相だったが、ないよりはマシだろう。

「……分かった」

渋々頷きはしたものの、何故かカトラリーを受け取らないデュミナスに、今度はヴィオレットの眉間にしわが寄る。

しばらく無言で向かい合って、先に溜め息を吐いたのはヴィオレットの方だった。

「……口を開けてください」

仏頂面はそのままだが、デュミナスの頭上には勢いよく立った耳が見えた気がする。すでに人型になっているにもかかわらず。

きちんと意識を取り戻した直後に、彼は人の姿へと戻っていた。それを少しだけ――いや、かなり残念に思ったのはヴィオレットだけの秘密である。こんなに早く戻ってしまうのならば、もっとモフモフを堪能しておくべきだった。

「腕にお怪我はされていなかったと思いますが」

「脇腹が痛くて、手を動かすのも厄介なのだから仕方ないだろう」

この遣り取りは飽きるほど繰り返されていた。昨日も、その前日も交わされたお決まりの会話だ。そして結末も、また同じ。

彼の口元までヴィオレットが食べ物を運んでやれば、素直に口を開ける。ゆっくり咀嚼し嚥下(えんげ)するのを待って、またそれを繰り返す。まるで雛(ひな)に餌を運ぶ親鳥になった気分だ。

だが、楽しいと思ってしまうから、タチが悪い。

「……美味しいですか？」

「……ああ」

言葉は少ないが、次を寄こせと態度で示すところを見ると、本当に満足しているのだろう。食べられるというのは、生物として大切なことだと思うし、デュミナスが一日でも早く元気になってくれるならば、この程度は安いものだと思う。

「でしたら良かったですわ」

「流石はヴィオレット様ですわ。あのデュミナス様が野菜を召し上がるなんて……私たちがいくら申し上げても、歯牙にもかけてくださらないのに」

デュミナス付きの侍女が感嘆の声を漏らせば、他の者たちも大きく頷いた。そこには、先日までヴィオレットへ向けられていた寒々しい眼差しなど微塵も存在しない。誰もが、心酔の面持ちで彼女を見つめている。

「特に何もしていないわ」

「いいえ！　他の誰にもできないことをこともなげに……貴女様は特別です」

今までとは真逆の対応に戸惑わずにはいられないが、好意的な雰囲気はありがたい。この突然の変化は、ヴィオレットがデュミナスの狂乱を治めたことが原因らしい。

自我を失った獣人が辿る末路は、仲間の手によって屠られるのがほとんどだと後で聞き、ヴィオレットは背筋を凍らせた。さもなければ相応の犠牲を覚悟して、制圧するしか方法はないという。その上、意識を取り戻しても、同族を手にかけてしまった罪悪感から精神に異常をきたす者も少なくないとか。どちらにしても、穏やかな話ではないし、まかり間違えばデュミナスもそうなっていたのかと思うと、心底恐ろしくなる。

そんな事態になれば、獣人たちにとって本当に死活問題だっただろう。相手は最強の獣王なのだから。

「何度、お礼を申し上げても足りませんわ……デュミナス様が身を挺して救ってくださったのは、私の夫なのです。ですがそのせいで大怪我を負ってしまわれて……本当に申し訳ありませんでした」

「その件は気にするなと何度も言ったはずだ。むしろ結局は俺が狂乱に陥って皆に迷惑をかけてしまったのだから……」

戦場で重傷を負ったデュミナスは、敵味方関係なく暴れ狂い倒れたという。その隙にフレールが拘束し城へ連れ帰ったが、そこで意識を取り戻して再び破壊の衝動に駆られてしまった。

「いいえ、何度でも申し上げますわ。それからヴィオレット様にも。貴女様のおかげで、被害は最小限に抑えられたのですもの。ヴィオレット様は私たち獣人全ての救世主です」

「大袈裟だわ」

手放しの絶賛には思わず引いてしまう。ヴィオレットが困惑の表情で返せば、デュミナスは当然だと応えた。

「俺のつがいだ。あのとき……真っ赤に燃え盛るような世界が、ヴィオレットを見た瞬間急に透明なものへ変わった」

あの日以来、彼はヴィオレットへの好意を隠そうとしない。それどころかいつでも傍から離そうとはせず、人目も気にせず親密な空気を作り出す。それが他者にも伝播したのか、今や獣人内でヴィオレットの評価は、急上昇していた。

そんなデュミナスのあまりの変化についてゆけず、ヴィオレットはただただ戸惑うばかりだが、彼は目覚めるたびにヴィオレットを捜して抱き寄せる。どうしてそんなに態度を変えたのか、問うてみたが返された答えには心底驚いてしまった。

『ようやくお前が俺の求愛を受け入れたからに決まっているだろう』

『えぇ？』

ヴィオレット自身にそんなつもりはない。そもそも受け入れるもなにも拒んだことはないし、求愛された記憶もない。そう素直に告げると、デュミナスは面白いほど驚きを顕わにした。

『散々贈り物をしただろう！』

『贈り物……？　私、何かいただきましたっけ？　あ、浴室のことでしょうか。あれには本当に感謝して』

『違う！』

声を荒らげたデュミナスは、ヴィオレットの両肩を摑むと正面から顔を覗き込んできた。

『何故そうなる？　毎日俺が狩った獲物を部屋の前に届けたではないか！　食べ物を分け与えるのは、俺たちにとって特別な相手に対する想いの深さを示す行動だ』

『獲物……？　え、あの嫌がらせはデュミナス様が？』

『嫌がらせ？』

意味が分からないと首を傾げる彼に、悪意はまったく見つけられなかった。本当に理解できないらしい。

『人間だって、手紙や花をつがいへ贈ると聞いたぞ。だがお前はこちらの文字は読めないだろう。俺も人間の使う文字は苦手だ。この辺りではまだ花も咲かないし……だから、得意な狩りで手に入れた獲物を贈った』

　どこか誇らしげなデュミナスに、とてもヴィオレットの真実は伝えられない。満足そうな彼へ頬を引き攣らせながら、お礼を述べるしかなかった。

『ありがとうございます。ですが私は小食なので、毎日お肉を贈っていただかなくても大丈夫です』

『そうか。確かにお前は食が細い。これからは別のものにしよう』

　そう和らいだ声音で言いつつも、不自然に彼は瞳を逸らした。せっかく珍しく視線が合っていたのに、残念でならない。

『デュミナス様、どうしてそのように私を見てはくださらないのですか』

『当たり前だろう。敵意のない、むしろ好意のある相手をじっと見つめるなどそんな真似はしない』

『え』

　また想定外の答えが返ってきた。

『獣人の方は、視線を合わせないのが普通なのですか？』

『種族にもよるが、我々はそうだ。警戒していないと告げるために必要最低限しか瞳を見てはいけないことになっている。じっと睨むのは、威嚇していることになるからな』

『……では、私に噛み痕を残すのは』

『……！　我がつがいは昼間から大胆なことを尋ねてくるな。そんなもの熱烈な愛情表現に決まっているだろう。この雌は自分のものだと、周囲に知らしめたいという本能には逆らえない』

ヴィオレットは脱力した。デュミナスの言葉が真実なら――いや、彼が嘘をついていないのは明白だが、これまで自分が思い悩んできたのは何だったのか。まったく無意味。それどころか逆効果といえる反応を返していたのではないか。知らなかったとはいえ、ヴィオレットの行為は完全に喧嘩を売る態勢だった。習慣が違うのだから仕方ないが、よくデュミナスは怒らなかったものだと思う。

とにかくそうして誤解が解けて以来、デュミナスはヴィオレットを片時も離そうとはしない。

「――私は正直、あの場にいた半分は命を落とすだろうと思っていましたよ。私も死を覚悟いたしました。それをヴィオレット様は、一瞬で治めてしまわれて……あんな手腕、見たことがありませんわ。誰にも真似できません」

「まったくその通りですわ。まるで慈愛の聖母のごとき神々しさでした」

口々に侍女たちに褒めそやされるのは、いったい誰の話なのか現実感が乏しい。それでも皆が喜んでくれているのなら、こんなに嬉しいことはない。

「でも、私にも何がどうなったのか、まったく分からないのよ」

嚙み殺される、と確信したはずが、どうしてか生きている。それどころか事態は大きく好転していた。人生とは、何があるか分からない。

「とにかく私たち、これからはヴィオレット様に忠誠をお誓いいたしますわ」

――雨降って地固まる……というのだったかしら？　それとも瓢箪から駒？　どちらにしても、良かった。

内心で安堵の息を吐きながら、ヴィオレットは空になった皿を膝に置いた。

「もっとお召し上がりになりますか？」

「いや、もう充分だ」

「では薬をどうぞ」

最初の頃は、服薬さえ口移しを要求された。今だって、他に侍女たちがいなければ、デュミナスは水を受け取らなかったかもしれない。出会った頃とは大層な変わりようである。

「すいませんね、ヴィオレット様。元来僕たち狼の獣人はつがいに対しての執着がとても強いんです。雄は雌を囲い込んで色々な贈り物をしたり、食べ物を分け与えたりするのが普通のことなんですよ」

毎日のように様子を見にくるフレールは、手にしていた花を無造作に侍女へ渡しながら部屋の中へ足を踏み入れた。

「これ、飾ってくれる？　バネッサからのお見舞い」

『バネッサ』の名には、無意識に耳が澄まされてしまう。ヴィオレットは刹那の動揺を気づかれまいと目を伏せた。

「フレール、お前、またきたのか」

「酷いな、邪魔だといわんばかりじゃないか。すいませんね、つがいとの蜜月を妨げて」

そう言いつつも、フレールは自分の定位置にドカリと腰をおろす。ヴィオレットの右隣、デュミナスの足側だ。

「でも兄さんの愛情表現は分かりにくいから……やっと通じてくれて、僕も嬉しいよ」

「そうね……未だに色々納得できないわ」

――無知は罪ね。

ほぅ、と息を吐きヴィオレットは席を立つ。

「待て、どこへ行く？」

素早く伸びてきたデュミナスの手が、ヴィオレットの腕を摑んだ。そしてそのまま逃がさないとばかりに強く引き寄せられる。

「……ッ、そろそろお休みになった方がいいのではありませんか？　まだ本調子ではないのですし」

「もう治っている」

だったら何故食事を手伝わせたのだという抗議は辛うじて呑み込んだ。デュミナスがヴィオレットの首筋に鼻を寄せ、大きく息を吸い込んだからだ。

「……ちょ、」

「もう何日お前に触れていないと思っている。……ああ、この香り……堪らない。おかしくなりそうだ」

「あ、じゃあ僕はそろそろ失礼するね。蜜月を邪魔してぶち殺されたくないし」

「……!?」

ヴィオレットは、さっさと背中を向けたフレールを追おうとしたが、デュミナスに阻まれた。がっちりと摑まれた腕は、ピクリとも動かせない。

「ヴィオレット様、遅れてきた蜜月だから厄介かもしれないけれど、頑張ってくださいね」

「蜜月？」

「それから、お願いしますから絶対に兄さんを裏切らないでください。そうなれば、流石の僕でも助けてはさしあげられませんから」

「ちょ、お待ちになって。蜜月というのは？」

何度か耳にした覚えがあるが、それはいったい何なのだ。

ヴィオレットがなおもフレールに顔を向けていると、低い唸り声と共に伸びてきた手により口を塞がれてしまった。それを見たフレールは、「邪魔なんかしないよ」と言い残して部屋を出てゆく。何故か、侍女たちもそれに続いて去っていった。

「……俺たち狼の獣人は、つがいを得てしばらくは二人きりで過ごして睦み合う。その期間を蜜月と呼ぶ。その間、雌は原則的に外出も他の雄との会話も禁じられている。だから、それ以上フレールと話をするな」
「!?」
剝き出しの独占欲に驚いて振り返れば、そこには濃厚な情欲を溶かした双眸が光ってい
た。官能的な黄金の瞳が、前髪の隙間から燃えるような熱を発している。今までも度々眼
にすることはあったけれども、ここまで赤裸々に欲望を示されたことはなくて、ヴィオ
レットの内側にざわつくものが灯された。
「……ぁ」
「痛みに我を忘れたとき、急にお前の声だけが聞こえた気がした。その声を追いかけてい
たら、光が見えたんだ。……お前がいてくれれば、俺は父と同じにはならない」
「お義父様……？　前にもそんなことをおっしゃっていましたね」
息を詰めるように吐かれた呼び名は、強い痛みを伴っていた。伏せられたデュミナスの
睫毛が、微かに震える。
「……俺の母は、父以外の雄と通じて……殺された」
「……！」
強張ったヴィオレットに切ない視線が絡みつく。黄金の光の中には、歪な闇が揺れてい
た。
「母を愛しすぎていた父には、耐えられなかったのだろう。狼族の長だったあの人は、つ
がいの裏切りに耐えられなくて狂乱に陥った。そして我が子であるフレールにも手をかけ

ようとしたから――俺が、殺した。……もっとも、そのときに俺も無傷ではいられなくて同じように狂ってしまったが。幸いにも戻ってこられた。そして――一族の長になった」

「ああ……」

以前フレールが言っていたのを思い出す。過去にデュミナスが狂乱に陥ったのは――そういう理由だったのだ。

いったいどんなに辛かっただろう。まだ幼い弟を守るためとはいえ、実の親を屠らねばならなかったなんて。きっとそれを苦しいと口に出すのも許されなかったのではないか。表面上、彼は一族を救ったことになったのだから。

たった独りで重圧に耐え、罪悪感を背負って、それでも背筋を伸ばして立ち続ける人。誰よりも強くて、他者を守って傷つくことを厭わない優しい人。そしてひっそり怯える脆い人。――愛せないはずがない。

「……俺が怖いか？」

「怖くないとは、言えません。でも、デュミナス様がお義父様と同じになられることはありませんわ。――だって、私は貴方を裏切ったりしませんから。それに、万が一――デュミナス様が我を忘れる事態になったとしたら……そのときは、私が必ず呼び戻してさしあげます。今回のように」

「……では、絶対に俺から離れるな」

指先へと移動した拘束は、決して振り解けないものではない。むしろもはや触れているだけの状態で、試されている気分になる。逃げるか留まるか、自分で選べと選択を迫られているかのような。そして、ヴィオレットは勿論後者を選んだ。

「それは……好意的な意味だと受け取ってもよろしいのでしょうか？」

「当たり前だ。俺は最初から行動で示しているつもりだが？」

「──残念ながら、それはまったく伝わっておりませんわ。貴方は私に、く……臭いとばかりおっしゃっていたではありませんか」

思い返すだけで不快感が込みあげて、思わず声が尖りそうになってしまった。こればかりは、簡単に水に流せそうもない。

「それは……っ、お前があんまり無防備に魅惑的な香りを撒き散らすから……っ！　俺たちは匂いで相手との相性を確かめる。流石に俺のつがいに手を出そうとする不届き者はいないとは思うが、魅力的な雌の芳香は、それだけで雄を狂わせる要因だ。……お前の発する香りは極上すぎて困る……危険を冒しても手に入れたいと思う輩が現れても、不思議ではないほどに……」

僅かに頬を赤らめて、潤んだ瞳で告げられれば、ヴィオレットの背筋にゾクゾクと痺れが走った。どうしようもない愉悦が湧き上がり、誇らしくさえある。

世辞かどうかはともかく、容姿を褒められることには慣れていたが、こんなにも表情や仕草を含めた言葉以外の全てで称賛を受けたことは一度もない。デュミナスから漏れる吐息さえも、誘惑の一端に感じてしまう。触れ合う指先から溶け出してしまうように、とめどなく熱が高まり、瞬きの仕方も忘れて絡み合う視線はより一層強く結ばれていった。

「……見つめ合うのは、好ましくないのでは……？」

「人間は、言葉だけでなくこうして想いを伝え合うらしいな。……なるほど、お前の瞳の色は美しい。たまには悪くない」

滴るほどの色香にあてられ、ヴィオレットは慌てて目を閉じた。何故だか、そのまま開いていては良からぬことになりそうな予感がしたから。

「あ、あまり見ないでください」

「まるで逆になったようだな。もっと見せてくれ。ああ、頬が熟れた果実のようで、甘そうだ」

真っ赤になっているのは自覚していたが、いざ改めて指摘されると恥ずかしくて堪らない。ヴィオレットはデュミナスに見られまいと、顔を背けようとした。だが、あっさり阻まれ、あまつさえ逞しい胸板に抱き寄せられてしまう。

「く、苦しいですわ」

「ああ、俺も苦しい。お前を見ていると、最初から苦しくて堪らない。何なのだろうな、これは」

「……っ!?」

つむじに口づけを落とされて、耳殻を丹念に撫でられた。もう片方のデュミナスの腕は、意味深にヴィオレットの腰をなぞっている。まるで形を覚えようとでもいうかのように何度も繰り返し上下し、時折絶妙な圧を加えてきた。次第に吐き出す息に艶が交じり、膝が震え始める。

「あ、貴方はバネッサ様がお好きなのではないですか？」

「何故、今バネッサの名前が出てくるのだ？」

心底意味が分からないと首を傾げるデュミナスには、嘘の気配は微塵もない。

「だって……婚約されていたのでは？」

「誰に何を言われたのかは知らないが、そういう事実はまったくない。だいたいあれは妹のようなものだぞ。俺が欲しいのは――お前だけだ」

不埒な手が、ヴィオレットの身体を撫で上げる。次第に範囲を広げて、今や腰よりも下の際どい場所を揉んでいた。

「お、大人しくお休みになった方がよろしいですわ。まだ傷は塞がりきっていらっしゃらないのですから」

「大丈夫だ」

再度『寝ろ』と提案したが、あっさり撥ね返され、デュミナスの手は更に大胆にヴィオレットの身体を弄り始めた。背中で結ばれるデザインになっていたリボンが軽やかな音と共に解かれてゆく。圧迫感を失ったことに気がついたときにはもう、肩から滑り落ちたドレスがいやらしく肌に纏わりついていた。

「デュミナス様っ、まだ昼間ですよ!?」

　突き飛ばさんばかりの勢いでもがいたが、隙間はまったく広がらなかった。精々、口先の抗議を続けるのが精一杯だ。

「だからどうした。やっとお前が俺の求愛に応えたのだから、これからが本当の蜜月だ。本来ならば、二人きりの空間で昼も夜もなくひと月は貪り合う。流石に立場上それは難しいから、一週間で許してやる」

「い、一週間!?　昼も夜もですって!?」

　聞き間違いか幻聴であってくれと、願いを込めてデュミナスを振り仰いだが、そこには剝き出しの劣情を湛えた瞳が獲物を定めて煌めいていた。赤い舌が唇の端を舐める仕草が酷く卑猥に映る。

「ああ、そうだ。これでようやく、本物のつがいになれる。今までは、お前の体力のなさを気遣っていたが――裏切りは、絶対に許さない」

「お、お待ちになってください！　何故急にそうなるのですか!!」

　ヴィオレットにしてみれば、この国へやってきたときと何が違うのか分からなかった。初夜はもう済ませたはずなのに、あのときとはデュミナスの雰囲気がまるで別物だ。噎せ返りそうなほどの睦言に、困惑してしまう。

「お前は仕事でもないのに、その手で肉を切り分け、自ら俺に食べさせただろう。そんな熱烈な愛情表現を示すとは、正直思わなかったぞ。獣人が好む、強く気高い女かと思えば案外脆い部分を抱えている。弱き者や小さき者への慈愛、狂乱に陥った俺を救った勇気……どれもが俺を虜にする。こんなに夢中にした責任、その身で贖ってもらおうか」

「肉……!?」

またしても、知らない習慣や意味があったとは。

単純に、怪我のせいで手を使い辛いだろうと気遣っただけにすぎない。給仕の者が、落ち着いたとはいえデュミナスに怯える素振りを見せたのも理由の一つだ。狂乱とはそれだけ獣人の彼らにとって恐ろしいものなのだろう。だから、本当に何気なく、自分がやればよいかと軽く考えただけだったのだが――とんでもなく深い意味がそこには込められてしまったらしい。

「お前の求愛、確かに受け取った。さあ、気兼ねなく子づくりに励むぞ。狼の発情期は冬だが、我々も半分は人だから、一年中可能だ。そこは心配しなくていい」

「余計に安心できないわ!!」

全力で暴れたにもかかわらず、それはデュミナスにとっては赤子のぐずりと同程度の抵抗だったらしい。よしよしと後頭部を撫でられ、首筋を甘噛みされた。

「きゃ……っ!」

「この白い身体中に噛み痕を刻み込んで、俺のものだと皆に知らしめたい……ああ、しかし肌をくまなく精で汚してやるのも、きっと最高だ」

「ひ……っ」

緊急事態の警報が頭の中に鳴り響く。命の危機を感じたヴィオレットは、最後の手段とばかりに拳を固めた。迷う暇はない。情けをかけていては、自分の身を守れない。

この数日は、今までになく爽やかな朝を迎えられていた。寝不足でもなく、股関節も痛まない。更には周囲からの敵意も感じられず、至極平和で、理想的な毎日だった。体力もついてきたし、以前よりも夫婦の営みには耐えられると思う。それなのに、今までは手加減されていたと告げられて、この先に待つ己の未来に鳥肌が立ってしまう。

――もし全力で挑まれたら、私どうすればいいの……!?

四つん這い死、という言葉が脳裏を掠める。無様すぎる死に様に、眩暈がした。

「お許しになって、デュミナス様！」

分厚く包帯に覆われた傷口めがけ、斜め下から拳を振り抜く。肉弾戦は得意ではないが、この至近距離ならば外さないと思っていたのに、やはり怪我人を攻撃するという外道の所業に躊躇いが生じていたらしい。ヴィオレットの手は、デュミナスの身体へ埋まる前にがっちり拘束されていた。

「我がつがいは、本当に勝ち気で想像の上をゆく。だが、少し仕置きが必要なようだ」

べろりと舌を這わされた拳から力が抜けてしまった。驚き引こうとした手は、デュミナスの口内へと招き入れられる。親指、人差し指、中指と順番に舐められて、爪先をくすぐられた。軽く歯を立てられ、指の股を擦られれば、沸騰しそうなほどにヴィオレットの体温が上がってゆく。

「……ぁッ」

「お前は声まで甘い」

いつの間にかヴィオレットはベッドに引きずり込まれていた。けれども、いつもと違って仰向けの状態で、デュミナスが覆い被さってくるのを見上げている。初夜以来の光景に、思わずリネンを握り締めていた。

目蓋や鼻、頬に唇、数え切れないほどの口づけが降り注ぐ中で、心地よい重みに包まれる。不本意ながら慣れてしまった背中越しの熱とは違い、絡まり合う視線が淫靡だと思う。同時に、デュミナスの瞳からヴィオレットを求めてやまないのが伝わってきて、妙に安心もしていた。

「もったいないことをした……お前は、そんなに淫らな表情をしていたのだな。ちゃんと見ておけばよかった」

「や、どうして、今日はっ……」

「人間はこうして向かい合って抱き合うらしいな。俺たちには不自然にも思えるが、たまにはつがいの希望に応えるのもいい。……いや、もっとお前の顔が見たい。俺に抱かれて快楽に狂う様を見せろ」

「――――っ！」

羞恥で死ねると思うのに、脚の付け根が潤むのが分かった。真剣な眼差しに貫かれて、呼吸が乱れる。上手く呼吸ができなくなって、ヴィオレットの胸が震えた。

「何故急にっ……」

「ずっと我慢していた。お前が、俺を受け入れていないのは分かっていたから」

吐息に炙られ、酩酊する。耳から注ぎ込まれる媚薬は甘く、ヴィオレットの冷静な部分を容赦なく侵食していった。

「だが、もうやめた。お前は俺のものだろう？　遠慮なく貪って構わないはずだ。髪一筋も香りも、命も……全部、俺だけのものだ」

「わ、私は、私だけのものですわ。他の誰のものでも……っ」

甘く微笑んで、『ええ、そうです』と上目遣いの一つでもできる女であれば、生きるのはもっと簡単だったかもしれない。けれどもヴィオレットはそういう器用さは持ちあわせていなかった。迫りくる濃厚な誘惑に恐れ慄き、思わず逃げ道を探ってしまう。いつもならばできる計算も、デュミナスの前では無意味に空回りしてしまった。

「今まではそうだったんだろう。だが、これからは違う。お前は俺のもので、俺はお前のものだ。つがいなのだから、たとえ自分自身だろうとお前が別の誰かの所有物になるのは、許さない」

息苦しいほどの独占欲に晒されて、ヴィオレットは喉を鳴らした。怖い、と思うのに、それ以上に鼓動が速まる。喰らい尽くされそうな恐怖を、求められる歓喜が凌駕した。

「私に興味など、なかったくせに……」

悔しいけれど、身体以外を求められていた実感が、今一つ持てなかった。ヴィオレットにとっては不可解な行為が愛情表現だったと告げられても、すぐに切り替えるのは難しい。そもそもバネッサとの仲を疑っていたし、自分の何が彼を惹きつけているのかも分からない。自信がないと言えばそれまでだが、ヴィオレットにとっては、デュミナスの変化が唐突なものにしか映らなかった。

「興味はあるに決まっているだろう。あの日以来、お前の動向を探らない日はなかった。そして娶ることができるかもしれないと知って――ずっと楽しみにしていたのだから」

「……？　どういう意味ですか？　まるで私を以前から知っていたような口ぶりですわね」

デュミナスとヴィオレットが初めて出会ったのは、旅の途中だったはずだ。あのときは防寒具代わりにしていただけで、そこに淫らな欲求は微塵も介在してはいなかったではないか。

「――お前は覚えていないと思うが……俺はずっと前から、もう一度会いたいと願っていた。幼い頃に傷の手当てをしてくれた、お前に」

「え……？」

じっと覗き込んでくる金の瞳が、ヴィオレットを過去へと誘う。

蘇るのは穏やかな日差し。お菓子とお茶の良い香り。イノセンシアの甲高い泣き声。そしてモフモフの毛玉――

「……ぁ」

「思い出したのか」

久し振りに開かれた屋外でのお茶会。蝶を追って庭園に紛れ込んだ子犬は、とても愛らしかった。撫でたいと近づいたヴィオレットとの間に立ち塞がったのは、茂みから躍り出たもう少し大きな犬。まだ成犬には至らないと思われる体躯なのに、その犬は背後の子犬を庇い、強い黄金の眼差しでヴィオレットを睨みつけてきた。グルルと喉を鳴らして威嚇をし、低く構えた体勢は大型犬顔負けだったと思う。

そして右の前脚には、赤い傷痕が口を開いていた。

「あのときの……」

漆黒の毛並みは今よりも子供特有の柔らかさを持っていたかもしれない。けれど、瞳の美しさだけは今とまったく変わらなかった。

「あの頃は丁度、人間と獣人のこれからについて、お前の父親と先代の獣王との話し合いが頻繁になされていた。側近だった俺の父親もその場に立ち会っていたが、共に連れて来られた子供にとっては退屈で仕方がなかった。そんなときにフレールが飛び出して――捜し回っているうちに俺はあの場所へ迷い込んでいたんだ」

「どうして怪我を？」

ではあの毛玉――もとい、子狼はフレールだったのかとヴィオレットは思い至った。

「途中で対野犬用の罠にかかった。無様な話だから、これ以上は聞くな」

不機嫌そうに吐き捨てられては、更に問い詰めるのも憚られる。それに、デュミナスは怒っているのではなく、恥ずかしがっているのだとヴィオレットには分かった。髪から覗く耳は、赤く染まっている。

「――それまで、人間など誰もかれもが同じで残虐非道な生き物だと思っていた。でも――お前は子供ながらに気高く……牙を剝く俺にも、その手を伸ばしてくれた」

「そんな――傷を負ったものに手を貸すのは当然ではないですか」

当時はまさか相手が獣人だとは思ってもみなかったし、ただの迷い犬だと信じ込み、疑いさえしていなかった。でもきっと、そんなことは問題ではない。

敵意剝き出しの獣――幼いデュミナスは、明らかに弱っていた。だからどうにか宥めて手当てをしようとヴィオレットは試みたが、触れるのはおろか接近さえ許してもらえなかったのを思い出す。けれども、どうしようかと手をこまねいているうちにフレールの方がヴィオレットへじゃれついてしまったので、気が抜けたらしい。警戒心を漲らせながらも、彼はヴィオレットの手を受け入れてくれた。それがどれだけ嬉しかったことか。

「当然、か。そう言えるお前だから、俺は――」

「けれど、よくあのときの子供が私だとお分かりになりましたね？　もう十二年も前のことですし、私は名乗った覚えはありません」

「俺たちは視覚よりも嗅覚が発達している。つがいだと、確信した相手の匂いを間違えるなどありえない。だからあの後、お前の名は人づてに確認した」

「……っ！」

当時ヴィオレットは僅か六歳。そんな幼子相手にと少々複雑な思いが過る。まさかそんなときから狙いを定めていたのかと、空恐ろしくなってしまった。けれど、重ねられた手の重みや熱が染み込んで、細かいことなどどうでもよくなってゆく。もっと触れたいという原初の欲求に従って、何が悪いのだろう。

啄(ついば)まれた唇から強がりを奪われ、吸い取られるように抵抗の意も失われてゆく。押しのけようとしていたヴィオレットの手は、いつしか縋るようにデュミナスの背へと回されていた。

「こうしていると、お前をつぶさに観察できる。声や匂いで反応を探るのも悪くはないが、視覚からの刺激は強いな……」

デュミナスの大きな手にすっぽりと包まれたヴィオレットの胸が柔らかに形を変え、強請るように頂を硬くした。もどかしくドレスを剝ぎ取られ、白い肌が曝(さら)け出されれば、否が応でも己の淫らさをつきつけられる。そこから目を逸らしたくとも、与えられる刺激で呼び戻されてしまい、強制的に味わわされた。

「ひ、ぅ……」

「甘い」

デュミナスの口内に含まれた胸の頂が舌で転がされ、淡い快楽が生み出された。逃れようと身をくねらせるが、容易に押さえ込まれてしまい、むしろ鮮烈な快感が与えられる。

「んん……っ」

「知っているか？　お前はここを弄られると、更に匂いが強くなる。――雄を狂わせる香りが――」

「……あッ、や、ぁあっ」

閉じていたはずのヴィオレットの脚の間に、デュミナスの手が捩じ込まれていた。その指先が迷うことなく淫らな芽を捉える。

「――っ！」

びくりとのけぞった瞬間、膝が緩んでしまい、間にデュミナスの侵入を許してしまった。足首を摑まれて大きく左右に開かれれば、秘すべき場所が赤裸々に晒される。ひやりとした外気の気配で、羞恥がより掻きたてられた。

「こ、こんな格好」

不本意ながら、正しいはずの向かい合う体勢の方が恥ずかしいと感じてしまう。四つん這いで後ろから抱かれることに慣れたなどと間違っても思いたくはないが、デュミナスの獣めいた視線に嘗め回され、瞳からも犯されている気がして、泣き出したいほどに恥ずかしい。しかも自分の表情をつぶさに観察されているのかと思うと、尚更。それなのに、溢れ出す蜜が下肢を汚す感覚が止まらなかった。

「ああ……その表情……お前の啼き顔は、最高に興奮する」

「泣いてなど、おりません！」

「そうか？　ではこれから鳴かせてみよう」

愉しそうに笑んだデュミナスは、凄絶な色香を放っていた。刹那、ひたすらに甘かった空気が粘度を孕んだものへと変わる。それは、果実を煮詰めすぎた液体のように、蠱惑的な香りを放ってヴィオレットへと纏わりついた。

「やぁ……!?」

自分の脚の間に男の顔が埋まるという、衝撃的な光景に眩暈がする。上へずり上がって逃れようとしても、太腿に喰いこむほど強く摑まれた腕からは脱出できそうもなかった。むしろ強引に身を捩ったせいで、浮いた腰を彼へと押しつける形になってしまう。

「そんなに強請るな。ちゃんと舐めてやるから」

「ち、違っ……!　きゃあッ」

強すぎる快感が一気に弾けた。少しざらついた肉厚の器官が、ヴィオレットの淫猥な蕾を覆い揺さぶる。根元から促されるように吸い上げられて、意思とは無関係にヴィオレットの身体は跳ね躍った。

デュミナスの髪が滑らかな腿をくすぐり、吹きかかる吐息にも煽られて、ヴィオレットは何度も頭を振り乱す。

「あ、あ……ッ、それ、嫌ぁ、あっ」

やめて欲しいと本気で思うのに、何度も快楽を刻まれデュミナスに慣らされた身体は、喜んで熱をあげてゆく。下腹に溜まる欲求は強欲で、より強い淫悦を求めてヒクヒクと波打った。

されていることはこれまでと大差ないのに、以前とは比べものにならないほどの快感がヴィオレットを翻弄する。気持ちがいいなどという呑気なものとは違う、暴力的な悦が嵐のように荒れ狂い、出口を求めて暴れ出す。それは、向かい合う己の視界の中にはデュミナスが、彼の瞳の中にはヴィオレットが映し出されていることだけが理由ではない。身体だけではなくもっと深い場所で触れ合っているという思いが、一層感覚を鋭敏なものへと変えていた。

「あ、あ、ぁあっ」

すっかり甘くなった忍耐は、簡単に器から吹きこぼれる。一度唇から漏れてしまった嬌声は大きくなるばかりで、我慢ができそうもない。自分の口から溢れる艶めいた声が信じられなくて、ヴィオレットは必死に奥歯を嚙み締めたが、その分喉の奥で掠れた悲鳴が響いただけだった。

「んっ、く……ぅんんッ」

「強情だな。素直に鳴いていればいいものを。――まぁ、だからこそ、もっと狂わせてみたくなる」

「何、を――ぁあッ」

何の抵抗もなく押し込まれたデュミナスの指が、ヴィオレットの腹の中を掻き回した。決して荒々しくはないのに、的確に攻められる場所は一撫でしただけでなけなしの理性を奪い去ってゆく。腰を跳ね上げたヴィオレットを見て、デュミナスは口の端を吊り上げた。

「お前は、自分の態度が雄を煽ると自覚がないのか。――まぁ、それを知るのは俺だけだが」

「駄目……っ、あ、ぁ、ああっ」

ぐちゃぐちゃという耳を塞ぎたくなる水音が嫌なのに、聞いているうちに身体が火照ってくるのは何故だろう。自分が酷く淫猥な生き物になった気がして、ヴィオレットの目尻が熱くなってくる。

もはや脚を閉じようという気力は消え去り、されるがままに喘ぐしか道は残されていなかった。熱い吐息を零したデュミナスが、乱暴に夜着を脱ぎ捨てる。うっすらと汗の浮いた傷だらけの身体がヴィオレットに覆い被さり、大きく息を吸い込んだ。

「ああ……甘い。下手な酒よりも酔いそうだ……」

全身の匂いを嗅がれているという倒錯的な現状にさえ快楽が高められてしまう。目蓋を押しあげれば、褐色の肌と黒髪が眼に入る。暗色の色合いの中、黄金の色彩が一際鮮烈にヴィオレットを射貫いていた。

視線を絡ませ、引き寄せられるように口づける。初めは感触を確かめるだけの接触が、瞬く間に深く激しいものへと変わっていった。

「……ふ、ぁ……」

いつしか夢中でヴィオレットも応えていた。自らデュミナスの首へと腕を絡ませ、促されるままに舌を差し出し、貪欲に求め合う。瞳を閉じれば負けのような気がして、睨む勢いで至近距離をものともせずに見つめ続ける。それがデュミナスにも伝わったのか、彼もまた瞬きさえせずにヴィオレットを捉え続けた。そうしていると、下腹部の疼きが強くなり、早く収めて欲しくて堪らなくなってしまう。

「……言え。俺が欲しいと」

「誰が、そんなはしたないことを……っ、デュミナス様こそ限界なのではないですか？」

ヴィオレットは、自分が負けず嫌いだとは自覚していたが、特にデュミナスには屈したくないと思ってしまう。そんな負けん気はきっと得にはならないだろう。それでもごまかせないのは、彼ならば許してくれるのではないかという甘えがあるからだ。何だかんだと言いつつも自分の全てを受け止めてくれるのではないかと、無意識のうちに期待している。

そしてそれは正しいものだったらしい。

「なんて誇り高く生意気なつがいだ」

「……あッ、ああっ」

上体を起こし、恍惚と微笑んだデュミナスの腕がヴィオレットの腰を持ち上げた。潤み、溶けきった場所へ硬いものが押しあてられる。圧倒的な質量が侵入してくる感覚に、ゾクゾクと背筋が粟立った。

「……んっぁ、あ……」

「……温かい」

柔らかな内壁を押し広げ、凶器めいた屹立がヴィオレットの中へと収められてゆく。圧迫感が苦しいのに、擦られる場所から生まれるのは狂うほどの快感だった。縋るものが欲しくて、ヴィオレットは両手をデュミナスへ伸ばしていた。その手へ重ねられる大きな掌。しっかりと組み合わされた指に大きな安堵を覚える。リネンなどとは違う熱の通う骨ばった感触に、声が震えた。

「あ……ぁ、あ……」

「お前の中は、いつもキツイな……っ、でも、今日は特に……っ」

滴る汗が、デュミナスの胸から割れた腹筋へと流れ落ちる。それにヴィオレットが目を奪われている間に、最奥まで埋め尽くされた。隙間なくピッタリと互いの腰が重なり、他のどんな相手にも許せない距離で感嘆の溜め息を共に吐く。

「動く、ぞ」

「ぅ、ぁ……ッ、あ」

すっかり馴染んでしまった形なのに、いつもとは擦れる場所がまったく違う。それでも引き抜かれれば喪失感で寂しくなり、突かれれば悶え喘いだ。じゅぷじゅぷとより淫らになった水音も、もはや気にならない。それどころではない快楽に呑み込まれ、デュミナスの手にしがみつくのが精一杯だったから。

「ふ、ぁ……いい……っ」

「ああ、俺も……」

最奥に密着した先端が、更なる果てを目指すように円を描いた。脳天を突き抜けるほどの淫悦が折り重なってヴィオレットを襲う。爪先がふしだらな形に丸まり、空を掻いた足はデュミナスに捉えられていた。

「恥ずかし……っ」

「最高の眺めだな」

大きく開かれた脚の中央に彼がいる。今まで見えないことが寂しくて恐ろしかったが、今は見られていることが怖かった。けれども、それ以上に胸がいっぱいになってしまう。もっと、デュミナスの瞳に映りたい。彼の頭の中に、居場所を確保したい。自分が彼でいっぱいであるように。

ゆるりと往復する剛直がヴィオレットの内側を掻き回し、飢えを満たすと同時に煽ってゆく。気持ちよすぎてもうやめて欲しいと願う傍から、足りないという強欲が顔を覗かせた。

「もっと……近くに……」

寂しいのは、抱き締められていないからだ。これまでずっと背後からではあったが、デュミナスの体温を間近に感じていた。すっかり欲張りになってしまったヴィオレットは、今の距離感では物足りなさを覚えてしまう。

「我がつがいは愛らしい」

「ふ、ぁあッ」

恍惚を滲ませたデュミナスは、ヴィオレットに口づけた後、その身体を持ち上げた。突

然の浮遊感に驚いていると、背中からベッドは離れ、彼の腿の上に着地していた。

「え……!?」

眼の前には同じく身体を起こしたデュミナス。向かい合い座った状態の彼に自分が跨っているのだと気づくには、少しの時間が必要だった。

「な、な……!?」

「人間というのは、我々よりも睦み合うことに貪欲だな。こんな体勢で愛し合うなど、発想もなかったぞ」

「ぁ、あ!?」

ヴィオレットだって、こんな方法は知らない。大きく脚を開いて男性の上に乗るなど、ふしだら以外に何と表現すればいいのやら、まったく分からない。それなのに、未だ体内で隆々と存在を主張するものに突き上げられると、頭の中は真っ白になった。

「あ、ぁあ……っ、や、あッ」

尻を摑まれ揺さぶられれば、先ほど最奥だと思った場所さえまだ浅かったと知った。深々と抉られたところから、おかしくなりそうな愉悦が生まれ、デュミナスの胸板に擦られたヴィオレットの乳首からも快感が荒れ狂う。

「ああ……なんて綺麗で淫猥なんだ。今度は仰向けになった俺の上で踊ってみせてくれ」

「そ、んな……無理です!」

「まだ早いか。では楽しみは後にとっておこう」

揉みくちゃに押し流されて、飛びかけた意識は更なる悦で呼び戻される。揺さぶられる世界で頼れるのはデュミナスだけなのだと刻み込まれた。

「あ、ぁッ、もう……っ」

「ちゃんと目を開いて、俺を見ろ」

「ふ、ぁあ――――ッ」

幾度も弾け、もう無理だと訴えても、彼はヴィオレットを放してはくれなかった。様々な体液にまみれたまま、肢体をくねらせて睦み合い、昼も夜も関係なくひたすらに互いを求め合う。酷く淫靡で爛れた時間は、デュミナスの宣言した一週間を超えて二週間続いたのだった。

7　妹と元婚約者

「ヴィオレット様、どうぞご命令を」

跪いて頭を垂れる獣人たちを見下ろし、ヴィオレットは死んだ魚の眼をしていた。

──何かが違うわ……。

眼前に広がるのは、沢山の獣人たち。姿形はほとんど人間と変わらないが、男女とも色とりどりの毛並みが広がっている。

──こんなに大勢の獣人を一度に見たのは初めてだけれども、随分色鮮やかな方も多いのね……。

どうでもいいことを考えているのは、現実逃避をしたいからだと自分でも分かっている。そうでなければ、おかしくなってしまいそうだ。

蜜月と呼ばれる愛欲の日々を過ごして以降、ヴィオレットを取り囲む環境は激変していた。狼の獣人にとってはこの期間を経て初めて、正式なつがいになったと認められるらしい。今まではそれがなかったのだから、彼らが戸惑ったのも当然かもしれない。デュミナスが花嫁を受け入れていない――そう解釈されていたのだろう。もしくは、雌が満足していない――そんな意味にとられた可能性もある。非常に不本意だが。

それが今やヴィオレットは、獣王を狂乱から解放し、獣人全てを救った英雄様だ。さしものデュミナスもこれには参って、骨抜きになっていると皆が囁き合っている。信用ならない人間風情がと遠巻きにしていた者たちも、掌を返してかしずいていた。それも尊崇を隠そうとはしていない。

――こういう状況を望んでいたのではないのだけれども……

何故だか、自分が悪の統領になった気がするのが不思議だ。彼らから、微かな怯えというか畏怖の念も感じるからだろうか。けれど、一番ヴィオレットを困らせているのは他でもない、夫であるデュミナスの存在だった。

「お前たち、もうさがれ」

威厳ある低い声が背後から聞こえる。それも吐息と共に耳元を掠めたから、ヴィオレットは思わず身を強張らせてしまった。

「……放していただけませんこと？」

後ろから腹に巻きつく腕は逞しく、女の力では振り解けそうもない。それ以前に、真っ昼間の食卓で男の膝の上に乗って食事を与えられるとは、いったいどんな拷問だ。

「私、お人形でも子供でもありませんの。食事くらい一人でとれますのよ」

「そんなことは知っている。そもそも人形や子供にこんな真似をするわけがないだろう」

「……」

やはりこれは獣人特有のコミュニケーションかと、ヴィオレットは痛む頭を抱えて黙り込んだ。こうなっては、何を言っても無駄になる。大人しく時が過ぎ去るのを待つ方がいい。それが、蜜月を終えたヴィオレットが学んだ一番の教訓だった。下手に拒んだりすれば、彼らは焦らしていると解釈し、より一層昂ぶるらしい。いや、これは狼の獣人が、というよりもデュミナス個人の性質かもしれない。

「私、貴方の豹変ぶりについてゆけませんわ」

「早く慣れろ」

その前に壊される。

だが狼の獣人にとっては、これが一般的な形らしい。夫が妻に甲斐甲斐しく尽くして、常に寄り添っているのが普通なのだとか。むしろ今までが空々しく不自然だったのかと思うと、何やら眩暈がしてきた。

——もう、お腹いっぱいよ……

現実的にも、胃ははち切れそうになっていた。満腹だと告げ、一刻も早くデュミナスの膝から下りたいのに、彼はまだヴィオレットを放す気がない。

「兄さん、蜜月も終わったようだし、そろそろ仕事にも戻ってくれる?」

そこへ救世主よろしく現れたのは、フレールだった。

「……まだ終わっていない」

「部屋から出たのだから、おしまいでしょ。やっと訪れた蜜月だから大目に見ていたけれど、いい加減僕にだけ仕事を押しつけるのは勘弁してよ」

頬を膨らませながら抗議するフレールに、デュミナスは不機嫌そうな対応をする。

「……ちっ」

それでも仕方ないと諦めたのだろう。渋々ながら、ヴィオレットを抱える腕の力を緩めた。

「だが、もう少し待て。まだヴィオレットの食事が終わっていない」

「いいえ。とっくの昔に終了しておりますわ」

未練がましく呟くデュミナスの言葉に被せ、ヴィオレットはきりりとした表情をフレールに向けた。だが生温かい視線を彼から返され、自分がデュミナスの膝の上に座ったままなのを思い出し意識を手放しそうになる。

「それよりも、ヴィオレット様。お客様がいらっしゃいましたよ」

「え？　私に？」

「はい。なんとびっくり。ヴィオレット様の妹姫様だそうです」

「!?　イノセンシアが!?」

どうして、という思いと、どうやってという疑問でヴィオレットは目を見張った。どちらかといえば病弱な妹に、あの険しい山を越えられるとは思えない。それを押してでも訪ねなければならない何かが、国であったのだろうか。

「ヴィオレットの妹？　先ぶれもなく……？」

「うん。雰囲気はだいぶ違うけれど顔立ちはよく似ているし、紋章なんかを見る限り、嘘ではないと思うけど。それにあの匂いにもうっすらと覚えがある。確か、初めてヴィオレット様にお会いしたお茶会で、ワンワン泣いていた女の子じゃないかな。雪解けを待ってやってきたみたいだ。とてもヴィオレット様に会いたがっている」

「あの、どこにイノセンシアはいるの？」

礼を失するがデュミナスとフレールの会話を遮って、ヴィオレットは身を乗り出した。とにかく今は彼女に会いたい。いくら雪がなくなっていたとしても、道中は厳しいものだったに違いなく、一刻も早く無事なのかどうか、確かめたかった。

「応接の間にお通ししましたよ。護衛の者も一緒にね」

フレールの言葉は最後まで聞かず、ヴィオレットはデュミナスの腕の中から抜け出していた。背後で名前を呼ばれたが、そんなものは無視だ。後で酷い目に――――主に夜、性的な意味で――――あうかもしれないが、それよりも気持ちが急いていた。

走らないギリギリの速さで廊下を曲がり、追いすがるネルシュとヘレンも振り切る勢いで目的の部屋を目指した。無駄に広い城内に内心で悪態を吐きつつ、辿り着いた先にイノセンシアはいた。

中央に置かれたソファに腰かけた彼女は、最後に国で別れたときよりも若干ふっくらしたようだ。頬は健康的な薔薇色に染まり、瞳には意志の強さが宿っている。春の姫と称えられた容姿はそのまま美しく、飾られたどんな花よりも華やかだった。それでも――何かが変わっていた。それは自信と言い換えてもよいかもしれない。

「お姉様……！　お会いしたかった！」

立ち上がったイノセンシアの背後にはオネストが控えていた。深く腰を折る礼儀正しさからは、以前と同じ生真面目さが漂っている。そして二人は、昔よりも親しげな雰囲気を醸し出していた。

「イノセンシア、急にどうしたの？　まさかお父様に何かあったの？」

「いいえ、お姉様。国には何の問題もありませんわ。お父様もお母様も皆元気です。リヴァイスお兄様が頑張ってらっしゃいますし、アナンドロスお兄様も以前よりしっかりしているように思えます。でも私、どうしても自分の眼でお姉様のご無事を確認したかったのです。先ぶれを出してしまっては、取り繕われる可能性があるでしょう……？　ですから、無礼を承知でこのような――」

涙ぐむイノセンシアからは、かつてのような幼い甘えが薄らいでおり、そのことにヴィオレットは驚かせられた。きちんと自分の頭で考え、地に足がついている印象が伝わってくる。それは、強い光を宿す眼差しからも滲み出ていた。

「私を案じて、ここまで……？　大変だったでしょう？」

本当なら、本人の言うように礼を失した行動や、無鉄砲さを叱責するべきなのかもしれない。けれども久し振りに会えた妹の可愛さと、その気持ちが嬉しくてヴィオレットは表情を和らげた。

「平気です。オネスト様が守ってくれましたから」

名を呼ぶ声に含まれる微妙な甘さに気づき、ヴィオレットはイノセンシアの指へと視線を誘われる。

「婚約したのね？」

そこには、繊細な細工が施されたエンゲージリングが嵌められていた。イノセンシアの清楚な魅力を引き立てる、美しい金の輪。刻まれた刻印は、オネストの家のものだ。

「――はい。ごめんなさいお姉様……これも、私の口からお伝えしなければと思って……」

「何故謝るの？　私は嬉しいわ」

二人に着席を促し、ヴィオレットも腰かけたが、イノセンシアとオネストは当然のように距離を保ってテーブルを挟んだ向かいに座った。その変わらない慎み深さも好ましく思う。

「おめでとう、二人とも」

改めて祝辞を述べれば、イノセンシアの瞳からついに涙が零れた。

「ありがとうございます……私、ずっとお姉様には疎(うと)まれているのではないかと……っ、だって私がお姉様の幸せを奪ってしまったのですもの」

「そんなはずないでしょう」

　そんなふうに妹が思っていたなどとは、ヴィオレットは想像さえしていなかった。というよりも、そこまで考えていないと侮っていた。自分はどうも人の感情の機微に疎い。申し訳ないと反省しつつ、イノセンシアの震える背を撫でてやった。

「幸せを奪ったなどということはなくてよ。私は今、とても満たされているもの」

　満たされすぎて、あらぬ場所がヒリヒリしているけれども――

「ええ、こちらに伺って本当によかった。お姉様の笑顔が見られて、私も嬉しい」

「笑顔……」

　そういえば、最近は意識しなくても笑えている気がする。無理につくったのではない笑みを、今も自然に浮かべていた。

「お姉様、雰囲気が変わられたわ。お美しく気高いのは前と同じですけれども、とても柔らかな印象になられた……きっと、お幸せなのね。今迄はいつでも気を張っていらっしゃったように見えましたが、なんだか余計な力が抜けた感じ……」

　甘えたように抱きついてくるイノセンシアの髪を梳き、懐かしい重みを堪能する。そういえば幼い頃は、泣き虫の妹をこうやって慰めたこともあった。だが、これからはその役割はオネストのものだ。妹の肩越しにかつての婚約者を認め、視線だけで会話した。

　――イノセンシアをよろしくね。

　彼もまた、言葉にはせずに答えを返す。その瞳には、感謝と強い罪悪感が入り交じっていた。そんな必要はないのだと、和らげた目元で伝わっただろうか。

「今日はゆっくりお休みなさい。長旅で疲れたでしょう？　すぐに湯浴みと部屋の準備をさせるわね」

「ありがとうございます、お姉様」

二人をヘレンに任せ、ヴィオレットは妹に言われた言葉を噛み締めていた。もしも自分が変わったというならば――それは、間違いなくデュミナスの影響だ。彼は自分から虚勢を剝ぎ取る。そして素のままの姿を引き摺りだしてしまう。最初はそれが煩わしかったけれども……今は、心地よいとさえ感じていた。こういう変化は悪くない。

ヴィオレットが見守る中で、廊下を歩き去るオネストが振り返った。そして、深く深く頭を垂れる。今度は謝罪などではなく、純粋にヴィオレットの婚姻への祝辞のように感じられた。だから、笑顔で応える。

寄り添い、気遣い合うイノセンシアとオネストはとてもお似合いだと思う。まだ婚姻前のよそよそしさは残っているけれど、それさえこれから先の布石のように感じられた。

――こうして、少しずつ夫婦らしく馴染んでゆくのかしら……

それはとても幸福なことだ。重ねた年月の分だけ、互いを想い合い理解できるようになれたら、素敵なことだろう。自分もまだまだ獣人については知らないことだらけだが、一歩ずつデュミナスに歩み寄ってゆきたい。そして、ヴィオレットのことも、彼に知って欲しい。初めて誰かに、誤解のない自分を見て欲しいと願った。

ふわりと温かくなった胸のうちを大切に味わい、ヴィオレットは置き去りにしてしまったデュミナスのことを考えていた。

――まさか、怒ったりなさらないわよね？　そんな心の狭い方ではないはずだわ。

そう思うが、彼の怒りのツボは未だに把握しきれてはいない。ほんの少し、今夜が不安になってくる。

――もう蜜月とやらは終わったのだし、大丈夫……よね？　ああ、そうだ。屋上の畑の片隅に植えてみた花がほころび始めているとネルシュが言っていたわ。あれをデュミナス様へのプレゼントにしてみようかしら。

根付かないかと案じていた花は、逞しく育っているらしい。ヴィオレットはそれを自分からデュミナスへの初めての贈り物にしようと決めた。厳しいこの地で必死に生きようとする花は、他人事とは思えない。それを彼に受け取って欲しい。心とともに。

「あれが、ヴィオレット様の昔の恋人なのかしら？」

考え事をしながら歩いていたヴィオレットは、突然かけられた声に驚いて立ち止まった。顔をあげれば、廊下を塞ぐように立ち塞がるバネッサがいた。相変わらず豪華に巻かれた髪と肉感的な肢体を惜しげもなく強調したドレスが印象的だ。

「お久し振り、ヴィオレット様。あら、なんだかお疲れのご様子ね？」

実際その通りなのだが、何故かバネッサの方が眼の下に色濃い隈（くま）をこしらえている。寝不足なのか、肌も荒れているようで、せっかくの美貌が台無しだった。

「え、ええ。久し振りに出歩いているからかしら」

特に何の含みもなくヴィオレットは答えたが、それはバネッサの怒りに触れたらしい。

一気に顔つきが険しくなり、白い頬も朱に染まる。

「何よ、それ……!? 私にデュミナスとの蜜月を自慢したいわけ……!?」

「え、そんなつもりは」

身構えていたのならば、バネッサの嫌みなど簡単に躱せただろう。だが、直前まで思索に耽っていた頭を上手く切り替えられずに、戸惑ってしまう。だいたい、夫婦の睦み合いなど自慢したいはずもなく、むしろ秘め事にしたいのが普通ではないのか。背後でネルシュがおろおろとしているのが気配で分かった。

「ふん……っ、いい気にならないでいただけるかしら? いくらデュミナスの狂乱を治めたからといって、貴女が信用ならない人間なのは変わらないのよ。今だって、昔の恋人をこの城に連れ込むなんて……流石、一年中発情期で多情な人間だわ。汚らわしい……っ!」

「何のお話かしら? もしかして、オネストのことを言っているの?」

「オネストというの? ふぅん、あれがヴィオレット様の元婚約者なのね」

軽蔑も顕わに鼻を鳴らしたバネッサは、形の良い唇を醜く歪めた。ヴィオレットは眉を微かに動かすだけで答える必要はないと示す。

「どうして知っているのかというお顔ね? 私の情報網を舐めないでいただきたいわ。なんでも、かつての恋人を妹に下げ渡して、素知らぬ顔でデュミナスに嫁いだそうじゃない」

「……バネッサ様、少しお口がすぎますわ」

見当外れな非難は流石に腹立たしく、ヴィオレットは冷たくバネッサを睨み据えた。その威圧感に慄いたのか、彼女の頬が微かに引き攣る。だが敵もさるもの、すぐに立て直してヴィオレットに向かい顎をそびやかした。

「あら、本当のことを言われて動揺していらっしゃるのかしら？」

「それ以上おっしゃれば、私も正式に抗議しなければなりません」

自分自身のことだけならばまだしも、この侮辱はイノセンシアとオネストは勿論、デュミナスに対してさえ波及する。己への悪い噂ならば耐えられても、それは許せないと思った。

「ふ、ふん。脅しているつもりかしら？　そんなにムキになるということは、未だに気持ちが残っているということではないの。会話は交わされていなかったようだけれども、親密な空気がありましたものねぇ」

立ち聞きどころか覗き見していたのかと、ヴィオレットは深い溜め息を吐いた。そこまでデュミナスを慕っているのかと思えば可愛いが、微笑ましくはない。

「いい加減に――」

「バネッサ、それはどういう意味だ」

どうやって黙らせようかと思案を巡らせたヴィオレットの頭上から、低い声が降ってきた。不自然なほどに平板な声音は、底知れない怒りを孕んでいる。

「……デュミナス様」

いつの間に真後ろに立っていたのか、まったく気がつかなかった。足音はおろか、気配もなかったのに。

「デュミナス！　貴方、この女に騙されているのよ！　もう目を覚ましなさい！」

味方を得た、といわんばかりのバネッサは、ヴィオレットを突き飛ばしながらデュミナスへ抱きついた。その腰へ両腕を絡め、上目遣いで彼を見つめる。

「もう、人間への義理は充分果たしたでしょう？　自由になっても許されるのではなくて？　貴方の本心に従っても、誰も責めたりしないわよ。沢山の同胞を苦しめられてきたじゃない。死んでいった仲間たちに、何と説明するつもり？　所詮人間なんて――野蛮でふしだらな、簡単に裏切る生き物なのよ」

「……」

無言になったデュミナスからは、およそ表情というものが抜け落ちていた。陰鬱に細められた瞳は、何も見ていないかのように虚空を彷徨う。それを自分の言葉に聞き入っているせいだと解釈したのだろう。バネッサはますます勢い込んで、デュミナスの胸へと頬ずりした。

「可哀想なデュミナス……皆の犠牲になって、好きでもない相手と……でも、私が癒やしてあげるわ」

「――放せ」

「え？」

「え？」

ヴィオレットとバネッサが声を発したのはほとんど同時だった。驚きに固まっている間に、デュミナスはバネッサの肩を掴んで乱暴に引き剝がす。そしてヴィオレットへ向き直った。

「――バネッサが言ったのは、本当か？」

「元婚約者という点でしたら真実ですわ。ですがそれ以外は――」

己に非はないのだから、ヴィオレットは毅然と顔をあげた。恥ずべき点など一つもない。だからまっすぐデュミナスを見つめたのに――それはあっさりと逸らされてしまった。

「……俺との婚姻話が持ち上がったから、別れたのか」

「そうですが――」

ざっくり言えば、その通りだ。けれども途中経過の諸々をすっ飛ばしている。要点を掻い摘めば同じなのだろうけれども、受ける印象がまるで違う。そのことに、合理性を重んじるヴィオレットは気がつかなかった。

「過ぎたことですわ」

とっくの昔にヴィオレットの中では終わったこと。そもそも始まってさえいなかった関係なのだから、特に気にする理由はないと思う。どうしてデュミナスが不愉快そうなのかも理解ができない。オネストは今、妹のイノセンシアと念願叶って結ばれようとしているのだし、彼とヴィオレットの間には男女の情など過去も現在も一欠片も存在していない。いったいどこに疑惑や怒りを挟む余地があるのだろう。

「デュミナス！　聞いたでしょう？　この女は貴方に悪いとさえ思っていないのよ！」

「煩い。黙っていろ、バネッサ。お前には関係ない」

「何ですって……!?」

顔色を変えたバネッサを置き去りにして、デュミナスはヴィオレットの腕を摑んだ。そのまま引き摺るような勢いで、廊下を進んでゆく。困り顔のネルシュが必死に追ってきたが、手近な部屋にヴィオレットが連れ込まれると同時に、彼女の眼前で扉は荒々しく閉じられた。

「ヴィオレット様！」

「しばらく誰もこの部屋に近づけるな」

硬質なデュミナスの命令に、扉越しでもネルシュが息を吞んだのが分かる。心配ないとヴィオレットは大きな声で告げたが、外ではネルシュが右往左往している物音が聞こえてきた。

「じゅ、獣王様……っ、ヴィオレット様にどうか酷いことは……っ」

「うるさい、俺に指図をするな！」

そんなふうに使用人へ接する彼は初めて見た。いつも無愛想でぶっきらぼうでも、彼らを雑に扱うことはなかったのに。きっと今頃ネルシュは困り果てていると思えば、この状況を作り出したデュミナスに対してヴィオレットの目は据わってしまった。

「何をなさるのですか」

「――正直に答えろ。お前はまだ――あの男と通じていたのか？」

「は？」

予想外な問いには唖然とするしかない。だが驚きが薄れるにつれ、ヴィオレットの中で怒りがふつふつと湧き上がってくる。

「――それは、私を疑っているという意味でしょうか？」

「質問に答えろ」

「命令なさらないで！」

質問しているというのならば、こちらも同じだ。しかも身に覚えのない不貞を疑われているとあっては、屈辱感でのたうち回りそうになる。

――この方も、他の方と同じ。噂を信じて、本当の私など見てくれてはいなかったのだ。

「不愉快だわ――私、失礼させていただきます」

出入り口に立ち塞がるデュミナスを押しのけ、ヴィオレットは部屋から出ようとした。けれども大木を相手にしているかのように、びくともしない。押しても引いても、その場をどくつもりはないらしい。しばらく無言で争ったが、最初からヴィオレットに腕力勝負の勝ち目などあるはずもない。せめて懐剣を携えておくべきだった。

「どいてくださる？」

「話はまだ終わっていない」

「確かにオネストと私は結婚の約束を交わしていましたわ。幼い頃から、兄妹同然に育ちましたもの。でもそれ以上の関係にはついぞ発展いたしませんでした」

ぜぇぜぇ言いながら、これで充分かと挑むように顔を近づければ、デュミナスの方から強い力で見返された。その瞳の奥に潜むのは、紛れもない猜疑心だ。それがまた、ヴィオレットの怒りに薪をくべた。

「――そう、やっぱり信じてはくださらないのね。でしたら、これ以上何を話しても無駄だと思います」

近づいたと思っていた。けれども、その期待も打ち砕かれる。他の誰に誤解されてもいい。悪い噂など否定する気も起きないほど、どうでもよかった。けれども、デュミナスに誤解されるのだけは我慢ならない。それなのに、彼は微塵もヴィオレットを信じてくれてはいなかった。

「俺たちは、つがいの裏切りを絶対に許さない。もしも他の雄に奪われるくらいなら――俺が喰い殺してやる」

「……っ⁉」

背を屈めたデュミナスが覆い被さってきた直後、首筋に感じたのは硬い感触。見えなくても伝わる鋭さに、ヴィオレットの中で本能的な恐怖が生まれた。肌に喰いこむ痛みは、以前噛まれたものと比べてもっと強いように感じる。あと少し、デュミナスが顎に力を込めれば、たちまち皮膚が裂け、肉を食い千切られてしまうだろう。

「冗談……っ」

「……お前が離れてゆくと言うならば、骨の欠片も残さず喰らい尽くし、己の血肉にする」

ゾッと背筋が粟立ったのは、そこに本気の色を感じ取ったからだ。

「嫌……っ！」

もがいても、叩いても、頑強な腕の檻は崩れず、暴れるほどに包囲網は狭くなる。今やヴィオレットはデュミナスの硬い胸板と壁の間で押し潰される状態になっていた。

「放して……！」

「お前の本心を教えろ……っ」

「ですから、先ほどから申し上げているでしょう!?　聞く耳持たないのは、貴方の方ですわ！」

悔しかった。自分の弁よりも、バネッサの言うことを信じているのかと思うと、腸が煮えくり返りそうになる。その上見当違いな思い込みで命を奪われては堪ったものではない。

「貴方、少しおかしいわ。頭を冷やしたらいかが？　私とバネッサ様、どちらが真実を述べているかなど、見ていれば分かるではないですか!?」

「それが分からないから、苦しいんだろう……！」

　絞り出すように吐き捨てられて、ヴィオレットは言葉に詰まった。苦しげに歪められたデュミナスの顔が、何度も迷いながらヴィオレットへ向けられる。彷徨う視線が据えられるまで、随分時間がかかったように思う。

「俺とお前は種族が違う……常識も、習慣も全て未知のものだ。獣人にとっては当然の方法ではお前には何一つ通じないし、逆も同様じゃないか。人間は言葉で交流を図るのだろう？　だがお前は……肝心なことは何も口にしない。これでどうやって信じろと、俺に言う？」

「っ、……」

　ヴィオレットには、デュミナスの求めるものがはっきりとは分からなかった。自分はそれなりに上手くやってきたではないか。その結果として、今は皆に受け入れられつつあるのだと思っていた。だが、一番理解して欲しい相手には、何も通じていなかったというのか。責められることすら、酷く理不尽な気がしてならない。

「……おっしゃる意味が分からないわ。私が裏表のある人間だと思っているの？　私は常に真実しかお話ししていません」

「そういう意味ではない……！　だが、お前は獣人ではないから！」

　仲間ではない、と言われた気がした。どうあっても、本当の意味で分かり合うことなどできないのだと、突き放されたように感じた。

唇が震え、視界が滲む。もう、立っているのも辛い。決壊しそうになる涙腺を意思の力で押さえ付け、ヴィオレットは背筋を伸ばした。

「――しばらくお会いしない方がいいわ。貴方もですが、私も冷静ではいられそうもありませんから」

あと少し。いつものように落ち着けば、頭も上手く働くだろう。今は何も考えられないけれど、取り敢えずこの場をやり過ごしてしまえば――

緩んだデュミナスの腕の中から、俯いたまま距離をとる。とにかく一人になりたい一心で身を翻した。そうでなければ、醜態を晒してしまいそうだったから。

「――待てっ」

歩きかけたヴィオレットは、腕を摑まれ引き戻された。強引な勢いにバランスを崩し、足元が乱れる。そのまま背後からデュミナスに肩を抱かれた。

「……泣いているのか？」

「泣いてなどいません」

嘘だった。ぎりぎりまで堪えていた滴が頬を濡らし、熱くて苦い涙が、とめどなく零れ落ちる。後ろからの温もりがヴィオレットの張り巡らせていた鎧をいとも簡単に砕き、心を丸裸にしてしまった。

ずっと何でもない、大したことではないと己に言いきかせてきた諸々が改めて鋭い刃となり襲ってくる。痛くて苦しくて、呼吸もままならず、拳を握り締めていた。乱れた息や、おかしな鼻声で、それはデュミナスにも伝わっただろう。拘束する腕が小さく震え、ヴィオレットを包み込む。

「……嘘だ」

頭から否定され、信じてくれないのは同じなのに、そこにはまったく別の意味がある。確かに嘘だ。ヴィオレットは決壊してしまった涙腺でしゃくりあげそうなのを必死で耐えている。無理やり振り返らせ暴こうとしないのは、デュミナスの優しさなのかもしれない。耳に直接注がれる低い声が心地好く、このまま身を任せたくなってしまう。けれども、どうしても消せないわだかまりがそれを許さなかった。

「――失礼いたします」

ヴィオレットが一歩前へ踏み出せば、拍子抜けするほどあっけなくデュミナスの腕は解かれた。そのことに傷つく自分はなんて身勝手で面倒臭いのだろう。離れて初めて、彼の温もりに癒やされていたのを自覚した。

――もしかしたら、もう、あの胸に抱かれることはないのかもしれない。

そう思えば、激しい飢えが込みあげる気がした。

8　つがい

「ヴィオレット様……今日は何をいたしましょうか……？」

恐る恐る声をかけてくるネルシュを振り返りもせず、ヴィオレットはベッドに横たわっていた。夫婦の寝室ではなく客間の一室は、小さめで調度品も簡素だが一人で過ごすには充分だ。分厚いカーテンが引かれたままの室内は薄暗く、空気も澱(よど)んでしまっている。

「何もしたくないわ。気分が悪いの」

イノセンシアたちが滞在していたひと月あまりはまだよかった。遠路はるばる訪れてくれた妹たちを歓待するという名目で、忙しく立ち働けたから、余計なことなど何も考えずに済んだ。けれども、彼らが国へ帰ってしまってからは、起き上がる気力さえ湧いてはこない。

「あの、でももうお部屋に籠られて五日目です。そろそろ外の空気もお吸いになった方がよいのではないでしょうか……それに、お食事もちゃんと――」

「……聞こえなかったの？　気分が悪いのよ。一人にしてちょうだい」

ネルシュが自分を気遣ってくれているのは分かっていた。それでも、尖った声を返してしまう。

「……申し訳ありません……」

項垂れたネルシュが部屋を出てゆくのを気配だけで追い、ヴィオレットは強く目を閉じた。

彼女を遠ざけるために気分が優れないといったけれども、半分は本当だった。デュミナスと仲違いをした日から、ずっと微熱が続いている。身体も重いし、食欲もない。だがそれを上回るほどに、気持ちが沈んでいた。心と身体は繋がっているのだと、実感するのはこんなときだ。

デュミナスとは、あれ以来まともに顔を合わせてはいない。必要最低限の会話はするけれども、互いの眼を見ることもなければ触れ合うこともない。それは酷く義務的で、見ず知らずの他人よりも尚遠い存在になったようだった。

扉の前に獣の死骸が置かれていることもなく、それこそが、彼の出した答えなのではないかと深読みしてしまう。

「疲れたわ……」

脱力した指先にリネンの感触だけが冷たく擦れた。そういえば、そこを彼に舐められたこともあったのだと思い出し、ヴィオレットは苦笑した。それどころか、考えてみれば身体中どこをとってもデュミナスの舌が触れていない場所などないのかもしれない。考えると生々しい感覚が蘇って、羞恥に焼かれそうになってくる。

きっと、ヴィオレット自身よりも彼の方がこの身体については詳しい。自分でさえ見たことのないところも、全て暴かれてしまった。それなのに、心だけはまったく通じ合えていない。なんて滑稽なのだろう。

「会わないと自分で言っておきながら、考えることはデュミナス様のことばかりだなんて……」

我ながら馬鹿馬鹿しくて、嗤ってしまう。会いたいのだと、気づかされてしまった。以前のように、情熱的に求められたいとさえ願っている。でも、きっともう遅い。

グズグズと同じ思考を繰り返しては、一歩も前に進めないでいる。こんなことはヴィオレットにとって生まれて初めてだ。いつも、正しいと信じる道を迷いなく歩いてこられたのに、今は自分がどこへ向かいたいのかもまったく分からない。まるで暗闇の中に独りぼっちで佇んでいるみたいで、情けなくてうんざりする。

「……私、こんなに弱かったのかしら？」

それとも、弱くなったのか。

いつまでも自堕落に過ごしているのが恥ずかしくなってきて、ヴィオレットは身体を起こした。せめて着替えようと思うが、ネルシュは先ほど自分が追い出してしまったし、一人でも着られるものをと見回しても、室内に適当なドレスなど置いてはいない。かといって、今更彼女を呼びつけるのも気が引ける。

迷った末、結局ぼんやりしたままベッドに腰かけていた。

――私一人では、何もできないじゃないの……

着替え一つままならない自分を自嘲して、また自己嫌悪に浸る。こんな有様では、人間だとか獣人だとかそんな問題以前に親しくなるなど願い下げだ。デュミナスも、きっと。

「失礼いたします、ヴィオレット様」

何度か響いたノックの音は、耳に届いてはいたが意味をなさない雑音だった。右から左に通り過ぎる物音を聞き流していると、焦れたヘレンが静かに入室してくる。

「お許しを待たずに申し訳ありません。ですがネルシュも心配しております。どうかスープだけでも召し上がってはいただけませんか？」

ワゴンと共に現れたヘレンは、手際よく食事の準備を整えた。あまりに当然といわんばかりの素早さで、ヴィオレットがいらないと言う暇もありはしない。

「……ネルシュは？」

「ネルシュは今、別の仕事をしております。ご用があれば、お呼びしますが？」

「いいえ。必要ないわ」

無言のままテーブルにつき、用意されたスープを数口飲み込む。珍しく野菜のたっぷり入ったそれは美味しいのかもしれない。しかし残念ながら今のヴィオレットに味はあまり分からなかった。まるで灰が喉を通過するかのような不快感を必死に我慢しても、すぐにお腹はいっぱいになってしまう。

「……もう、いらないわ。着替えたいから、手伝ってもらえるかしら？」

早々にスプーンを置き、食事から眼を逸らす。作ってくれた者には申し訳ないが、見ているだけで胸がムカムカしてきて仕方ない。ヴィオレットは口元を押さえながら立ち上がり鏡に向かった。

そこには、痩せたというよりもやつれた女が暗い顔をして映っている。顔色は悪く、肌の艶も失われており、どう贔屓目に見ても最低だった。

「ご気分が優れないのですか？」

「ええ。でも平気よ。この二、三日怠さが取れないだけよ」

「そうですか……では」

吐き気があるので、普段よりも緩めにコルセットは締めてもらう。髪も結いあげてもらえば、自然と背筋が伸びた。ヴィオレットは、多少は見られる状態になった己を睨みつける。

「――デュミナス様にお会いするわ」

「え？」

「いつまでも逃げ回っていたところで、何の解決もしないわ。きちんと話し合わないとね」

不貞腐れたり、卑屈になったりするのはもう終わりだ。そもそもそんな暇があるのならば、行動した方がずっといい。五日間にわたる引き籠りでヴィオレットが得た結論は、それだった。そもそも思い悩むのは性に合わない。

「デュミナス様は執務室にいらっしゃる？」

「あの……いえ、今は――視察に出ておられます」

「視察……？　しばらくお帰りにはならないのかしら」

出鼻を挫かれた思いと、微かな安堵がヴィオレットの中で交差した。同時に、また大怪我を負うような事態にはならないかと不安になる。

――あの方が絡むと、私はいつも気持ちが波立ってしまうのね。

もうすっかり心の中の奥まで侵食されているのだと認めてしまえば、何故だか楽になるから不思議だ。大切なのは自分が本当はどうしたいか、なのかもしれない。

――考えてみたら、私はいつも『何が正しいのか』を第一にしていた気がするわ。そこには自分の意思や希望なんて存在したのかしら……

今までの生き方を間違っていたとは思わない。どんな選択でも、自分が選んだ道だ。誇りをもって選んできたと言い切れる。けれども、『好き』とか『嫌い』に主眼を置いたことはなかったし、それを重要だとも捉えてはこなかった。

――それなのに、今じゃデュミナス様に信じてもらえないことに腹を立てて引き籠った挙げ句、今度は玉砕覚悟で乗り込もうとするなんてね。

正しい計算ができているなら、絶対にしない選択だ。衝動と感情で動くなんて、愚か者のすることだと見下してさえいたのに。

「いえ、闘技場にいらっしゃいます。定期的に行っている視察ですわ。獣王様が指導されると、兵の士気があがりますから」

「ここから近いのかしら？」

「城の裏手にあります。ご案内いたしましょうか？」

「裏手？　そんな場所があるの？　……そうね、連れていってちょうだい」

戻るのを待つべきかと少し迷ったが、やはりこちらから出向くことにした。無為に待ち続けていたら、嫌な想像力ばかりが逞しくなりそうだ。

ヘレンについて部屋を出れば、久し振りに動いたせいか軽く眩暈がする。ぐっと床を踏みしめて、ヴィオレットは前を見据えた。

＊　＊　＊

もう何度目かも分からない溜め息が、デュミナスの口から発せられた。空気を吐き出しているだけなのに、身体中のエネルギーのようなものも失われてゆく気がするのは、何故なのか。重い指先はペンを握ったまま、先刻から一向に動いていない。

執務室の机の上にうずたかく積み上げられた書類の山を眼にして、デュミナスは深く項垂れた。

――死にたい。

ヴィオレットの不貞を本気で疑っていたのではない。彼女は自分と契るまで確かに純潔であったし、その後も簡単に別の雄が近づく隙はなかったはずだ。ヴィオレット自身貞操観念は非常に強く、遊びで男と付き合うような器用さは持ちあわせていないだろう。だが――心まではそうとは限らない。

婚約していたのは耳に入っていた。が、それは政略上のものだと聞き及んでいた。クロワサンス国に放っていた間諜によれば、二人は兄妹のようなもので、想い合っている様子はなかったという。だからこそ、安心していたのに――

ヴィオレットとオネストの間には、デュミナスが踏み込めない絆が育まれていたように見えた。視線だけで語り合う姿には、お互いが特別だと告げられている気がした。共に過ごした年月が違うのだから仕方ないのかもしれないが、嫉妬をコントロールできるかどうかは別問題だ。

ここ最近、ヴィオレットとの関係は良好だった。蜜月も過ごせたし、生涯の伴侶として理想的な時間を積み重ねられていたと思っている。だが、まだ一度も彼女は明確な愛情表現を示してはくれていない。求愛給餌はしてくれたけれど、それだって獣人の習慣を正確に把握してのことではないことぐらい、デュミナスにだって分かっている。人間は言葉で想いを伝え合うという。だから、確たる証明が欲しい。ヴィオレットの唇から『愛している』と告げて欲しい。そうでないと、国のために政略結婚を受け入れただけだと不安になる。

彼女が示してくれる優しさも親愛も、全ては義務感から生まれたものではないかと思い、気が狂いそうなほど苦しくなるのだ。

デュミナスとオネスト、二人を天秤にかけてより多大な利益が望める方を選んだだけではないのか――

「……馬鹿な、ヴィオレットは、そんな打算的な人間ではない」

彼女はとても頭がいいし、常に冷静に物事を観察している。だが、どこか情に脆くて危うい面も持っている。本人は決して認めようとはしないだろうが。

そんなヴィオレットだからこそ、知れば知るほど愛おしさが止まらなくなる。弱さを見せたがらない彼女を支え、守ってやりたい。けれども、ヴィオレットの本心はどうなのか。

「……泣かせてどうする」

今まで、怒りはすれども傷ついたことさえ力に変えて前を向く女だと思っていた。強く逞しい、しなやかなその魂に惹きつけられてやまなかった。だが、決して痛みに苦しまないわけではないのだ。

「……いつか、彼女が弱音を吐ける場所になりたかったのに――」

求める心が大きすぎて、我ながら余裕がない。ヴィオレットを大切にしたいとも願っているのに、裏腹な欲望が日々大きくなってゆく。

独り暗闇の中に立ったとき、必ず聞こえてくる声がある。それは気づけばデュミナスに寄り添う影のような存在だった。幼い頃から――正確には父を亡くした直後から、囁きかけてくる闇。

――『大切なものは喰らい尽くして、己の血肉にすればいい』

姿は見えない。いや、振り返ったことがない。何故ならそれは、自分と同じ姿をしている気がするからだ。

父と己は違うのだと言い聞かせても、かつて彼をその手にかけたとき、きっと誰よりデュミナスが父の理解者だった。つがいを愛するあまり狂った彼を厭わしく感じつつ、母への同情は抱けなかった。当然の報いだと、心のどこかで思っていたから。

「……違うっ、俺は……ヴィオレットを傷つけたりしないっ」

己に課した固い誓いを破るつもりは毛頭ない。けれども、親密な空気を漂わせる二人を眼にしたとき、確かにデュミナスの狂気は目を覚ました。気を緩めれば、全てを破壊し尽くしそうな激情に襲われた。――だから、立ち去るヴィオレットを追うことができなかった。真綿に包むように大切にしたいと願っているのに。

空回りするばかりの感情が、彼女の涙に溺れてゆく。

――死にたい。ああでも、死んだらヴィオレットに会えなくなる……

この先、いつ会ってもらえるかも分からぬ状況に、デュミナスは机の上に突っ伏した。しばらくそのままの姿勢で固まっていると、どうしようもない飢えが込みあげる。

――会いたい。ヴィオレットに会いたい。このままでは本当に狂ってしまいそうだ。

……たとえ顔を合わせるのを拒絶されたとしても、気配だけでも感じたい。いや、残り香だけでも――

身勝手だと罵られたとしても、構わない。地べたに頭を擦りつけて許されるなら、喜んでそうしよう。服従を誓い、首筋を差し出そう。

立ち上がったデュミナスに、迷いはなかった。

＊　＊　＊

裏口をくぐったのは初めてだった。いつもは眼にすることのない通路を、ヴィオレットは興味深く見遣る。

「申し訳ありません、このような見苦しい場所を。ですが、こちらの方が近道なのです」

「構わないわ」

むしろ知らなかったものが見られて、楽しかった。振り向くヘレンに頷いて、薄汚れた通路を歩いてゆく。ここを抜ければ、兵たちが日々の鍛練を重ねる闘技場に辿り着くらしい。

「こちらへどうぞ」

「思ったよりも近いのね？　私はもっと遠いのかと――」

重そうな扉を押し開いたヘレンが、先を示した。促されるまま門をくぐったヴィオレットは、中の薄暗さに一瞬視界を奪われる。てっきり外へ繋がっているか、熱気溢れる兵の声が聞こえてくるかと思っていたのに、予想外な静けさもあって拍子抜けしていた。

「ええ。でも私には遠い道のりでしたわ」

「え？」

ドンっと、背中を突き飛ばされて、ヴィオレットはよろめいた。剝き出しの石畳と埃っぽい空気を知覚し、驚いて振り返れば、出入り口を塞ぐようにヘレンが立ちはだかっている。その表情は、逆光になり窺えない。けれども発する気配が寒々しく、重くヴィオレットにのしかかる。

「ヘレン……？」

「ヴィオレット様、私やっぱり納得できないのです」

いつも可愛らしく響いていたヘレンの声は、奇妙に歪み沈んでいた。ただ、白く長い両耳だけが、普段通りに天を向いて立っている。それなのに、まったく別人になったかのように感じてしまうのは何故なのか。

「誉れ高き獣王様が、人間ごときと番わねばならないなんて……おかしいとは思いませんか？　それまで互いに殺し合い、憎み合ってきたのに、突然手を取り合いましょうと言われても、受け入れられるはずがないでしょう？」

暗闇に慣れ始めたヴィオレットの瞳が、ヘレンの輪郭を捉え始める。黒い影でしかなかったそこに、爛々と輝く赤い眼があった。つぶらだとばかり思っていたそれに、揺れる感情は仄暗い。

「貴女……」

「私の両親は人間に殺されました。沢山いた兄弟たちも、ほとんどが戦乱で命を落としましたわ。元々私たちの一族は戦闘向きではありません。ですが卑怯な人間たちは、後方支援の者や女子供も平気で虐殺したのですよ。爪も牙も持たない脆弱な人間が我々に勝っていたのは、繁殖力と非道な武器の開発だけですものね」

言葉の持つ鋭さに、ヴィオレットは息を呑んだ。城の奥深くで守られていたヴィオレットは、戦争の悲惨さを実際には知らない。だから頭では理解していても、いざ当事者を眼の前にすればどう返せばいいのかまったく分からなかった。ましてや、憎しみも顕わに迫られては、思考も停止してしまう。

「それでも、獣王様が選んだことですから、なんとか耐えようと思っていました。けれどやっぱり無理だわ。デュミナス様の狂乱を治めたと言ったって、元々の原因は人間の残した兵器のせいではないですか！　そのせいでどれだけの犠牲が出たかご存知ですか？　なのに貴女は悪びれる様子もない！　子供たちを冬の間預かるのだって、最初は親を亡くした子を保護することから始まったのですよ！」

迸る憎悪に気圧されて、ヴィオレットはその場に凍りついていた。身体中が冷えて、震えが走る。何か言わねばと思うのに、何も出てこなかった。反論できるほどのものを、持ちあわせていなかったから。

「――幸い、獣王様も目が覚めたご様子で安心しました。やはり獣人は獣人同士の方が上手くいきます。デュミナス様にはバネッサ様こそ相応しいと確信できました」

満面の笑みを浮かべ、ヘレンは遠くを見ていた。その視線の先には理想の世界を夢想しているらしく、満足そうに細められる。だが、直後に現実を思い出したのか、忌々しげに歪められた。そして汚らわしいものを見下すようにヴィオレットへと戻される。

「それなのに、ここにきて障害が発生するなんて……」

口にするのもおぞましい、といわんばかりに吐き捨てて、ヘレンは後ろにさがった。

「ま、待ちなさい、ヘレン！」

連れ込まれた室内は、黴臭く澱んだ空気が停滞していた。窓はなく、倉庫のようなものなのだろう。外からの明かりだけでは隅々まで見渡せず、扉を閉められては真っ暗闇になってしまうと容易に想像できる。思い返してみれば、ここにくるまですれ違った者はいない。周囲にひと気は感じられなかった。

「ヴィオレット様、しばらくお一人で待っていてくださいますか？　心配なさらないでもすぐにお迎えにあがります。まぁ……私ではない者が参りますけれども」

「……どういう意味？」

「これからヴィオレット様は生まれ育った場所に帰られるのです――表向きは、ですけれども。この国には、私と同じように人間を憎んでいる者など、掃いて捨てるほどいるのですよ。彼らがヴィオレット様に是非お目通りしたいと望んでいますから、お会いになっていただけますか？」

「……!!」

　それに頷けば、どんな未来が待っているかなど、赤子にだって分かる。ヴィオレットは慄然として目を見開いた。ヘレンの中に、それほどの憎悪が育っていたなどとは、露ほどにも気づかなかった自分に呆れてしまう。いや、慮る必要さえ、感じていなかったのではないか。そこには、種族や身分の違いなどの驕りが暗黙の裡に横たわっていた。傲慢で、言い訳のしようもない。けれども、だからといって、されるがままになるわけにはいかない。

「貴女、自分がしていることが分かっているの？　そんなことをしたら、ただでは済まないわよ」

「問題ありませんわ。だって獣王様も、ヴィオレット様を見離したではないですか」

　勝ち誇ったヘレンの顔は、酷く醜悪だった。ヴィオレットが可愛らしいと思っていた大きめな歯を剥き出し、忙しなく耳をうごめかす。

「このままお飾りの正妃として静かにしているのならば、見逃してさしあげようと思っていましたが、今になって獣王様にお会いしたいなんて言いだすのですもの。お優しい面のあるあの方が、またお心を乱したらどうなさるつもりですか？　そんなこと、絶対に許せないわ！　私が憂いの種を取り除いてみせます。それに――私の家族は失われたのに、どうして貴女が……っ」

失われる。
伸ばした手は、無情にも空を掻いた。俊敏に背を向けたヘレンが扉を閉じ、一気に光が
「お待ちなさい……！」

失われる。


「ヘレン！　ここを開けなさい！」

叩いた扉からは鈍い音が返るばかりで望む返事は得られない。ヴィオレットは走り去る足音が次第に遠ざかってゆくのを、呆然と聞いていた。

「嘘……」

外側に障害物でも置かれているのか、扉はびくともしない。一人取り残されると途端に暗闇の密度が増し、重く濁った空気が、邪魔者を排除するかのような圧迫感でにじり寄ってきた。もしくは、ヴィオレットを取り込もうとするかのように、陰鬱な触手を伸ばす。

「……っ」

夜の闇を恐ろしいと感じたことはない。でもそれは、月や星の光、ランプの明かりが身近にあったからだ。本当の漆黒を前に、人は無力だとヴィオレットは思い知った。何度瞬いても、墨を溶かした世界に変化は訪れてくれず、体内にまで侵食してくる気がしてしまう。

「……落ち着きなさい、ヴィオレット」

敢えて名を呼ぶことで、取り戻そうとしたのは自分の輪郭だった。そうでもしなければ、暗闇と身体が溶け合って、境目をなくしてゆく錯覚に襲われる。

縮こまりそうになる身体を叱咤して、大きく深呼吸し、光が閉ざされる前に瞳へ焼き付けた室内の映像を頭の中に呼び起こす。

部屋の奥には、古びた棚があった気がする。その横には大きな袋がいくつか並んでいた。どれも、半分壊れかけていたり、朽ちかけていたりしたように思う。おそらくは半ば打ち捨てられた場所なのだろう。どうりで人の気配がなく、ここに至るまでの通路も修繕がなされていないはずだ。

壁伝いにまわれば、雑多なものが置かれたところには辿り着ける。けれども、何に手を触れているのかも分からない状況では、逆に危険かもしれない。そもそも何が並んでいたかまでは、詳しく思い出せなかった。もしもそれらが錆びたり劣化したりしていれば使い物にならず、怪我をする恐れもある。だとしたら無闇に動かない方が安全なのかもしれない。けれど、その先は？

ヴィオレットは手探りで扉の表面を撫でた。一枚板で作られたようなそれは、表面が随分ささくれ立ち、ほとんど使われなくなって久しいと想像がつく。分厚くて、作りはしっかりしているように見えたけれども、年月による風化には耐えられなかったらしい。

「隙間が……」

扉と床の接するところから、か細い光が漏れ出ていた。積もった塵(ちり)や埃を払ってみれば、侵入する光量が増してくる。ヴィオレットがその辺りを押してみると、ギィっという軋んだ音が響いた。

「……腐食しているの？」

一縷の望みをかけて数度そこを叩いたり蹴り飛ばしたりするが、その程度では流石に壊れてはくれないらしい。それでも大きな物音を立て続ければ、誰かに気づいてもらえるという可能性も捨てきれない。だが、無駄に体力を消耗するのは、得策ではない気もする。

――この先、何があるか分からないもの……。むしろ、大人しく従った振りをして、機を窺う？

長期戦になる恐れもあり、それならば、いざというときに抵抗できる余力を残しておきたい。色々思い悩んだ挙げ句、ヴィオレットは隠し持っていた懐剣を取り出した。ヘレンにも秘密のまま忍ばせておいたそれは、しっくりと掌に馴染む。今は、その重みだけが縋れるものだった。

「……待っているのは、性に合わないわ」

今できることを全力でこなす。それがヴィオレットの性格だ。ヘレンに陥れられたことは悲しいし、辛い。でもそれは、今は考えないことにする。

ヴィオレットは床に這いつくばって、光の差し込む隙間へとナイフの刃を押し込んだ。左右に動かし、少しずつ動かす範囲を広げてゆく。木くずが舞い、吸い込んでしまった苦しさで噎せ返る。涙ぐみながら咳を繰り返し、ドレスの裾で口を覆いながらも、手を動かし続けた。すると、僅かではあるが、入り込む明かりが増えてきた。そのことに勇気付けられ、更にナイフを握る手には力が籠る。

たぶん日が翳ってしまえば、微かな明かりさえ消え失せてしまうだろう。それとも、ヘレンの仲間がやってくる方が早いか。どちらにしても、時間はあまりないと思われる。

「それぞれの言い分があるのは当然よ……でも、片方の意見を排除して封殺してしまうのは、間違いだわ……」

対立する意見があるならば、互いに議論を巡らせればいいと思う。それをせず、声高に自分の立場や不満を主張するだけでは何も解決などしないではないか。確かに、受けた苦痛は忘れられない。償って欲しいと望むのは、当然のことだろう。それでも、未来のためには何をするべきなのか。

——デュミナス様はご立派だわ……

為政者として、きちんと前を見据えている。できるならば、自分も同じものを見てみたい。隣に並び立って、彼を支えたい。

湧き上がる想いは、ヴィオレットに力を与えた。埃まみれになり、手が傷ついても、一瞬も休むことなく単調な作業を繰り返す。無理な姿勢で腰や首も痛みを訴えたが、無視して両手でナイフを構えた。

やがて、拳が通るほどに穴を削り広げた頃には、すっかり息があがってしまっていた。この速度では、到底人が通れるほどの脱出口を開けられるとは思えないが、外からの光で室内の輪郭は浮き上がってくる。

「……はぁ、はぁ……」

額を流れる汗を拭って、ヴィオレットは周囲を見回した。思った通り、振り返った対角線上には斜めに傾いだ棚がある。足元に気をつけながら近づくと、無造作に立てかけられた農機具が眼に留まった。具体的に何に使うのかヴィオレットには分からなかったけれども、握りやすそうな木の柄の先には金属製の部品がついており、平べったいそこは頑丈そうだ。錆びだらけにはなっていても、刃先はまだ鋭い。

「……」

数度振り回してみて、悪くないとほくそ笑んだ。これを扉に叩きつけてみよう。それで壊せればよし。駄目でも武器にはなるはずだ。

「簡単にやられはしないわよ」

「勇ましい限りですなぁ。怯えているだけの軟弱者と比べれば、そこだけは評価してもいいですね」

「――っ！」

扉には背中を向けていたから、すぐには反応できなかった。一気に入り込んできた光で、暗闇に慣れていたヴィオレットの目が眩む。人影は三つ。どれもが大きく逞しいのが瞳に焼き付いた。

「お待たせして申し訳ありません、ヴィオレット様。お迎えにあがりましたよ」

「……待っていた、覚えはないわ」

粗野な雰囲気を放つ男たちは、下卑た笑みを張り付けて部屋の中へと入ってきた。あまり広くない室内は、あっという間に息苦しいむさ苦しさに襲われる。思わず後ずさったヴィオレットの身体は、すぐに背後の棚へとぶつかった。

「そうおっしゃらず。長い付き合いになるのですから」

そう言って前に進み出た男の一人には見覚えがあった。確か、デュミナスが迎えにきたときに、一団の中にいたはずだ。人間が嫌いだと、隠そうともしていなかった男。

「貴方……」

「おや、覚えていてくださいましたか、光栄です。どうぞこれからは末永くよろしくお願いします」

ということは、長い時間いたぶって楽しむつもりかと、背筋を冷たい汗が流れ落ちた。それは逃げ出す機会が増えたとも取れるが、苦しみが長引くという意味にもなる。

「……近づかないで」

ヴィオレットは自分の身を守るくらいの術は身につけていたが、筋骨隆々の獣人複数を前にしては、無意味だ。それでも、手にした農具を身体の前で構える。短剣よりも、振り回した際の威力はきっと大きい。なんとか距離をとって扉まで辿り着ければ、逃げおおせる可能性もあがるのではないか。

「馬鹿だな、そんなに虚勢を張っても仕方ないと分からないか？　せっかく五体満足のまま連れ出してやろうと思ったのに、俺たちの気遣いを無駄にしないでもらいたいな」

ぐっと距離を詰めてきた男たちからは、酒と汗の入り交じった嫌な臭いがした。ヴィオレットは顔を背けたが、その顎を強引に捕らわれ、上向かされる。

「へぇ……面はなかなか整っているじゃないか」

「それに匂いも悪くない。むしろ夢中になりそうだぜ。ははっ、思ったよりも楽しめそうだな」

「ああ。頑張らなくても勃ちそうで一安心した」

「……触らないで！」

ゲラゲラと嗤う男たちに吐き気がし、ヴィオレットは渾身の力で頼りない武器を振り払った。鋭く空気を裂いた切っ先は、けれども簡単に躱されてしまう。余裕をもって飛び退いた彼らは、聞き分けのない子供にするように両手をあげて、形ばかりの降参を示した。

「怖い怖い。そんな物騒なものは早く捨てて、俺たちと楽しいところに行こうじゃないか」

「お断りするわ！　さがりなさい!!」

気迫と共に放った言葉は思いの外大きく反響し、一瞬、男たちの動きが止まる。

「ほぅ……癪に障るが、なかなかの覇気じゃないか。弱い者ならば、従いたくなるだろうな」

「ふん。図に乗らせるなよ」

苛立たしげな男がヴィオレットに向け手を伸ばし、捉えようとしてきた。猛然と振り回した農具はことごとく避けられて、一向に壁際から離れられない。退路を探ろうと必死に視線を巡らせても、そんなことは男たちには想定の範囲内らしい。ヴィオレットが一歩踏み出そうとするたびに邪魔をされ、また後ろにさがるしかなくなってしまう。どうにか一定の距離を保つのが精一杯で、実力差は歴然としていた。

「ほらほら、動きが鈍くなってきたんじゃないか？」

「人間は体力がないからなぁ」

「おいおい、そんなことじゃ俺たち全員の相手なんて務まらないぜ？」

「汚らわしい!!」

嫌悪感がヴィオレットから冷静さを奪った。大振りになってしまった一撃が、棚を掠めて鈍い音と共に砕け散る。

「……っ！」

ヴィオレットが摑んでいた柄の部分が真っ二つに折れた。甲高い金属音が床を叩く。破壊された農具は完全にガラクタへ変わってしまい、そこに男たちの嗤い声が重なった。

「残念だなぁ！　遊びはおしまいだ！」

「嫌っ！」

武骨な腕に手首を摑まれたヴィオレットは半ば吊り上げられ、肩に鋭い痛みが走った。せめて自由な足で蹴り上げてやろうとするが、それも易々と封じられてしまう。

「人間は一年中いつでも発情できるのだろう？　一度に孕む人数は少ないらしいが、繁殖率は高い。獣人との間に子をなせば、それはどちらの種族になるのだろうなぁ？　どっちつかずならば、好きに扱っても構わない存在だと思わないか？　人間でも獣人でもないのなら、ただの動物と変わらん。餌にしようが慰み者にしようが、俺たちの自由じゃないか」

「ふざけないで！　人間とか獣人とか、そんなことは関係ないわ！　私に触れていいのは夫だけ……デュミナス様だけよ!!」

肺にある全ての空気を声に換え、ヴィオレットは叫んだ。

怖かった。けれども、デュミナスを喪うかもしれないと感じたときの恐怖とは、比べものにならないほど小さなものだ。

「煩ぇ！　ギャアギャア騒ぐな！」

「きゃあっ」

男の手が払われ、頬に鋭い痛みが走った。パシンという乾いた音が響き、じわじわと熱が広がる。王女として大切に育てられたヴィオレットは、当然不条理な暴力など振るわれたことはない。悪意だけが込められた力の支配は、恐怖で身体を強張らせるのだと初めて知る。それでも、こんな下種な相手へ涙ながらに助けを請うなど、絶対に嫌だった。

「愛してもいない相手と肌を合わせるくらいなら、死んだ方がずっとマシだわ!!」

そのとき、ガァンッという粉砕音と共に分厚い扉が木っ端微塵に弾け飛んだ。それどころか、周囲の壁さえもひび割れ、崩れ落ちる。

「な……っ!?」

先ほどその扉と格闘したばかりのヴィオレットだからこそ、分かる。いくら腐食していたとしても、そう簡単に壊れるような代物ではない。ましてや、腕一本で易々と粉砕できる者は獣人の中でも限られている。

「――そう、思ってくれているのならば、何故言葉にして伝えてくれない」

混乱した雰囲気に不釣り合いな、平板な声がその場に響き渡った。聞き覚えがある声音は、深い怒りを秘めているが故に、むしろ落ち着き払って聞こえる低音。今、ヴィオレットが誰よりも会いたくて、傍にいたいと願う相手。

「……デュミナス様」

影の落ちた場所では、彼の姿は尚更闇に溶けるように馴染んでいた。漆黒を従わせている獣王は、雄々しい王気をもって一瞬で空気を支配する。

「ど、どうして獣王様がここに……あ、あの、これは――」

「放せ」

「は？」

「俺のつがいからその手を放せ!!」

咆哮は、ときに凶器にもなる。鼓膜を麻痺させるかのような大音量が大気を震わせ、その場にいた全員が一瞬聴力を失って首を竦めた。特にヴィオレットを吊し上げていた男は、硬直してその手を緩める。

「きゃ……っ！」

突然放され驚いたが、咄嗟に受け身を取りヴィオレットは床に転がった。そのままジリジリと男たちから距離をとる。

「獣王様、お、俺たちはこの人間に誘われたのです！　多情なこいつらは、平気でつがいを裏切るのですよ！」

「あ、ああ、俺たちはむしろ被害者です！　なぁ、そうだろう⁉」

口々に自己保身に走る男たちは、掌を返してデュミナスの足元へ縋った。靴でも舐めそうな勢いの彼らを、冷めきった黄金の瞳が睨み下ろしている。そしてヴィオレットへと巡らせられたデュミナスの視線は、打たれて赤くなった頬に止まり、見開かれた。

「……俺のつがいを傷つけたのか」

「え、違……っ」

空気が揺れた、とヴィオレットが感じた瞬間には、眼前に立っていたはずの男が消えていた。悲鳴も発せずに、向かいの壁へと叩きつけられる。何が起きたのかと驚愕で固まっていた別の男は、血しぶきをあげながら身体をくの字に曲げ、残る一人は絶叫と共に棚をなぎ倒して動かなくなる。見間違いでないのならば、誰もが石壁に半ばめり込み、腕や足は、ありえない角度に捻じ曲げられていた。その間、僅か数秒。瞬きしている間に、全ては終わっていた。

「……！」

ヴィオレットが震える悲鳴を吐き出したときには、眼の前には赤く染まったデュミナスただ一人が立っていた。全身に浴びた血が彼のものではないのは明白だが、静まり返った室内で、赤い滴が床を叩く音だけが不穏な音色を奏でている。

その中で、デュミナスは息を乱すこともなく、異常に伸びた片手の爪から滴る血を緩慢に振り払った。鉄錆に似た生臭さが、室内の空気を更に澱ませる。

「……デュミナス、様」

絞り出した呼びかけに反応はない。

「デュミナス様……！」

いつまでも背中を向けたままでいる彼の名を大きな声で呼ぶが、一向に返答はなく、まさか再び狂乱に陥ったのかと不安が一気に広がった。

「こちらを向いてください！」

絶叫に近い叫びをあげれば、ピクリと動いた肩が、躊躇いながらもこちらを振り返った。床に座り込んだままのヴィオレットが見上げると、彼は一際大きく感じられる。だから、デュミナスがヴィオレットの前に膝をついてくれたとき、とても安心した。

「……痛むか」

「……！　い、いいえ、大丈夫です」

叩かれた頬を撫でる彼の指先は壊れ物に触れるかのごとく優しく、入念にヴィオレットの肌の様子を観察する。

「……すまない」

ようやく得られた言葉には、落ち着いた響きがあった。そのことに身体中から力が抜け、ヴィオレットは緩く息を吐き出す。だが、真正面から黄金の瞳を覗き込んだ瞬間、背筋には冷たいものが走った。

「……俺のつがいを奪おうとする者は、絶対に許さない」

そこにあったのは、自我を失った狂気ではない。強い意志の下に歪んだ、執着という名の狂気だ。むしろ純粋とさえいえる激情が仄暗く揺れていた。

「……殺してやる……」

「待っ……!!」

すでに動かない者へ加えられるのは、ただの暴力でしかない。倒れ伏した男たちに向かいデュミナスが飛びかかろうとするのを、ヴィオレットは必死にしがみついて止めた。半ば引き摺られながら、その脚に全力で抱きつく。

「私なら、無事です！　落ち着いてください、デュミナス様！」

「原形さえ残らぬほどに、引きちぎってくれる……っ」

突然、摑んでいた脚の感触が変わった。そして見る間にデュミナスの身体が膨らんでゆく。頭髪が伸び、骨格が軋む音がする。前傾姿勢になったと思った直後、大きく裂けた口からは鋭い牙と長い舌が覗いていた。

「……！　駄目っ、駄目ですデュミナス様！　戻ってきてください！　どんな相手でも、殺(あや)めてはいけません!!」

狂乱に陥った獣人は、その手で同胞を殺めた罪悪感から廃人になってしまう者も少なくないと言っていたではないか。どういった理由があっても、そんな苦しみを彼に背負って欲しくはなかった。父親と同じようにはなりたくないと、弱さを垣間見せてくれた彼を絶対に失いたくはない。

ヴィオレットを拒絶するかのように頑なに振り返らない背へ手を伸ばす。普段であれば容易に届くはずの距離なのに、萎えてしまった足ではどうしても背中まで縋り付くことができなかった。

「お願いします！　私のためと思うなら、どうか優しい貴方に戻って!!」

服越しに感じるのは、いつもの筋肉質な身体ではない。毛皮に包まれた屈強な獣のそれだ。獲物を狩り、厳しい自然の中で生き抜く術を身につけた、生粋の野生。

「私、たとえ姿かたちがこのままでも、貴方を愛せます。でも、心まで人でなくなってしまったら、もう同じではいられないわ……!!」

「……ヴィオレット……？」

掠れた声に名を呼ばれ、ヴィオレットは弾かれたように顔をあげた。

「は、はい！　ここにおります!!」

「ヴィオ……レット……」

確認するように噛み締められた後、腕に抱えたデュミナスの脚は急速に萎んでいった。骨格の変わる音がする。彼の姿が馴染み深い人間のものへと変わるまで、ヴィオレットは

決して放そうとはせず指に力を込めた。

どうしてだか、泣きたい。たぶん、デュミナスが悲しんでいる気がするからだ。

――戻ってきて。お願い。私のところに――

……やがて訪れた静寂の中、思いっきり摑んでいた指先を解こうとしたが、手が震えて上手くいかなかった。握り締めた拳は固く、緩める方法を忘れてしまったかのように強張っている。

「あら……？」

ならばと立ち上がろうとしても、下半身にはまったく力が入らずに、床に貼りついたまま動けなかった。

「変ね？　立てないわ」

言葉に出してみて初めて、自分の声が震えていることに気がつく。それどころか、全身に震えが広がりヴィオレットの手足は完全に制御を失った。

「どうして……」

「無理をするな。もう、大丈夫だ」

いつの間にか膝をついたデュミナスが、ヴィオレットを覗き込んでいた。同じ高さになった目線が絡み、縫い止められる。どこまでも静かに凪いだ瞳が、そこにはあった。獣のものではない、見慣れた顔がヴィオレットを見つめていた。

「あ、あの、ありが――」

　ヴィオレットはきちんと喋っているつもりだったが、唇を通過した瞬間にそれは不明瞭な音声に変わってしまった。言い直そうという試みは、ドクドクと張り裂けそうに脈打つ胸に遮られる。

「もう、心配ない。お前を害する者はいない。ゆっくり息を吸って……そう、今度は吐いて。――触れても、いいか？」

　貴方は夫なのだから許可を取る必要などない、と告げたい。それなのに阿呆のようにはくはくと空気を食むだけしかできず、情けなくなってくる。そんなヴィオレットをじっと捉え、デュミナスは苦痛に満ちた目を伏せた。

「……いや、悪かった。怯えているお前に、無理を言った」

　彼の手は相変わらず血にまみれていた。それを見られまいとでもするかのごとく、そっと背後に隠される。

「……恐ろしいだろう？　俺が」

「そ、んな……っ！」

　平気だと訴えたいのに、戦慄く顎が思い通りに動いてくれず、手も足も他人のもののようだ。空回る身体は無様に座り込んだままで、せめて眼で語れないかと見据えても、今度はデュミナスが返してはくれない。

「すまないが、少しの間だけ我慢してくれ」

「……っ！」

首と膝裏に腕を添えられ、抱き上げられた視界の高さに驚いて、ヴィオレットは思わずデュミナスの首へしがみついた。瞬間、彼がビクリと身を強張らせる。けれども、そんな反応が逆にヴィオレットの呪縛を解いてくれた。

「……わ、私は……っ、貴方の妻です。他の男になど……傍に寄られるだけで吐き気がするわ。だから、もっとちゃんと抱き締めてください……！」

彼の首筋に寄せた頬を左右に振り、全身全霊で想いを込めた。可愛らしく愛を請うなど、ヴィオレットにはできない。それでも、可能な限り正直になろうと決めた。恥ずかしくてもみっともなくても、無用な自意識のせいで失いたくないものがある。

「それは――人間なりの愛情表現だと思っていいのか……？」

「私の……っ！　愛情表現です!!」

きっと真っ赤になっていると思う。けれどもそんなものは関係なかった。今、手を放してしまったら、きっともう乗り越えられない壁が生まれる予感がする。

人間も獣人も関係なく、ただお互いに想いを伝え合うことはとても難しい。相手に伝わらなければ無意味だし、ただの自己満足になってしまう。

ヴィオレットは意を決して顔を起こすと、まっすぐ至近距離でデュミナスを見つめた。今度は逸らされないうちに、自分から口づける。たどたどしく啄み、彼が拒まないのに後押しされて、深く舌を差し入れた。

「……ん、ふ」

次第に息があがり始めた頃、そぅっと開いた視界には、欲望を滾らせた獣が更に自分を貪ろうと瞳を輝かせていた。

「……！」

身体の奥底から、じわりと熱が生まれる。煽られ、高められるのは、デュミナスと同じ渇望だ。僅かな隙間が厭わしくて貪欲に身を寄せれば、上回る力で抱き締められる。息苦しいほどの抱擁が、今は恍惚とした喜びをヴィオレットへ与えてくれた。

「ぁ……」

「そんなに、誘うな。今すぐ無理をさせたくなるだろう……っ」

絞り出す声は耳に心地好く、深い酩酊感を連れてくる。理性も常識も押し流されて、原始の欲求に従いたくなってしまう。ヴィオレットは淫らな答えの代わりに、デュミナスの耳をそっと撫でた。

「ヴィオレット……っ!!」

「はいはぁい、そこまでにしてくれますか、お二人さん。まさかとは思いますけど、こんな小汚くて血腥い場所で盛るとか、やめてもらえますか」

白けた声と共に、パンパンと手を叩きながらフレールが入室してきた。その冷めきった声音により、甘ったるく傾きかけていた雰囲気はぶち壊される。

「きゃあ!?」

まさか他に人がいたとは。冷水を浴びせかけられた発情期の獣のように、ヴィオレットは一気に現実に引き戻された。だが考えてみれば、室内には転がった男がすでに三人もいる。その生死のほどは怖いから考えたくはないけれども、一応は動いているようで、胸を撫で下ろした。

「どうも、ヴィオレット様がご無事でよかったです。それにしても、兄さんの嗅覚は流石だね。残り香だけで、ここを突き止めちゃうんだから」

「……つがいの香りを間違うほど、間抜けじゃない」

「そうかもしれないけれど。こんな忘れ去られたようなところまでよく追えたね？　正直黴やら埃やらで空気が澱んでいて、鼻が曲がりそうだよ」

心底嫌そうに顔を顰めたフレールが鼻を覆って呻いた。

「あの……何故、私がここにいるとお分かりになったのですか」

「その話は外に出てからにしよう」

ヴィオレットを抱き上げたまま、デュミナスの足取りには危ういものはない。けれども時折鼻を押しつけてくるから困る。

「……もう大丈夫ですから、下ろしていただいても」

「そのつもりはない」

唸るように返されて、ヴィオレットは大人しく荷物の気分を味わった。そのまま外へと連れ出され、通路を渡って見慣れた区画へ辿り着く。すると思っていた以上に緊張していたのか、ヴィオレットはほっと息を吐いて力を抜いた。敏感にそれを察したデュミナスが背筋を撫でてくれたのが嬉しい。

「あの男たちは……」

「お前が気にする必要はない。だが、もう二度とこんな目には遭わせないと約束する」

力強い言葉は頼もしく、もう少しだけ包み込まれる安心感を存分に味わいたい。甘える心地好さを、初めて知った気がする。

「ああ、ヴィオレット様！　ご無事だったのですね。私がお傍を離れたばかりに……申し訳ありません！」

そのとき号泣しながら走り寄ってきたネルシュは、そのまま床に額を擦りつける勢いで跪いた。そして大きな声で嗚咽を零す。

「お許しくださいとは申しません。いかような罰もお受けいたします。でも、大きなお怪我もなさっていないようで、本当によかった……」

「顔をあげなさい、ネルシュ。そもそも私が一人にして欲しいと言ったのよ。貴女には何の非もないでしょう」

抱き上げられたままでは威厳も何もあったものではないが、いつもの調子のヴィオレットにネルシュは安心したらしい。大粒の涙を流しながらも、ようやく笑みを浮かべた。

「もう絶対にヴィオレット様のお傍を離れませんわ！」

「いや、それは困る」

間髪を容れずに難色を示したデュミナスの言葉は聞かなかった振りをして、ヴィオレットは周囲に視線を走らせた。

「……ヘレンは？」

彼女がヴィオレットにしたことは隠しきれないだろう。複雑な思いもある。けれども、デュミナスが先ほど男たちにした苛烈さを思うと、無事を願わずにはいられなかった。

今、この場にネルシュがいてヘレンがいない――それが意味するところは一つだけだ。

「……お前と話をしようと思って部屋に行ったら、不自然な応対をされた。奇妙に思って問い詰めたが、なかなか口を割らなかったので、お前を捜し出すのに時間がかかってしまった。……すまない」

「……そうではなくて」

敢えて論点をずらされ、より一層不安になる。

「ご心配なく、ヴィオレット様。もうお会いすることはないと思いますが、ちゃんと生きてはいますよ」

「その言い方も、まったく安心できないわ……」

フレールの言葉にどっと疲れが湧いてくる。だがこれ以上問い詰めても、この兄弟は教えてくれないだろうことはヴィオレットにも薄々分かった。どれほど寄り添おうとしても、決して踏み込めない獣の掟。相手を理解するというのは、全てに同調することではない。

「ヘレンをお前につけたのは俺の間違いだった。まさか、こんなことをするとは思わなくて――本当にすまない」

ヴィオレットをその腕に抱いたままなので、デュミナスは頭こそさげなかったが、全力で謝っているのは充分に伝わってくる。許しを請う瞳が、心の奥底まで染み込んで、縮こまっていた心が綻ぶのを感じた。

「……あまり酷いことはしないでください」

「……お前を陥れた相手だぞ」

「それでも――よくしてくれたのは、本当だから……それに彼女の気持ちも分からなくはないの。だからといって、無罪放免とはいかないことも、理解しているわ」

図書室でバネッサに遭遇したのも、おそらくヘレンの手引きだったのだろう。そう思うと、最初の頃から快く思われてはいなかったのだろうと思い知り、憂鬱になってくる。それに、ヘレンならば、デュミナスの求愛行動も分かっていたはずだ。それをヴィオレットに教えてくれていれば、ここまで拗れることもなかったのに。それでも、あの頃は直接的な危害を加えてくることはなかった。何が彼女をここまで追い詰めてしまったのか、自分にも責任があったのだろうと考えずにはいられない。

「――考慮しよう」

「……よかった……」

吐き出した吐息は、安堵か罪悪感からの解放か。どちらにしても、脱力したヴィオレットは急激な眠気と気持ち悪さに襲われた。それでも、これだけは訊いておかなければということがある。

「ヴィオレット？」

「私のことを、信じてくださいますね……？」

「ああ、勿論だ。――疑ってすまなかった」

満足感に包まれたままヴィオレットは、気絶するかのように意識を失った。

＊＊＊

ガクリと腕の中で力尽きたヴィオレットを抱いて、デュミナスは蒼白になった。

「し、しっかりしろっ、ヴィオレット!!」

「落ち着いてよ兄さん、気絶しただけだよ」

「人間は簡単に壊れるんだぞ、ヴィオレットに何かあったら……っ」

室内に転がったままの男たちへ、強い殺意が蘇る。けれども今は、彼女の方が優先だ。

「医師を呼べ！」

待つよりも自ら移動した方が早いと、デュミナスはヴィオレットを抱えたまま医務室へと走った。そして、うたた寝でもしていたのか眠そうな老医師の告げた言葉に固まることになる。

「頬に打撲の痕と、手に擦り傷はありますが、さほど酷いものではありませんので安心してください。ただ……もう少し検査してみなければ確定ではありませんが――ヴィオレット様はご懐妊されていらっしゃるようです」

「……なん、だと？」

未だベッドで意識を失ったままのヴィオレットは、安らかな呼吸を繰り返していた。悪かった顔色も、仄かに朱が差している。穏やかな寝顔には、一つの憂いもなかった。

「……それは本当か？」

「ヴィオレット様にもいくつか確認しなければなりませんが、おそらく」

デュミナスは、止まっていた息を吐き出した。それが真実なら、嬉しい。今すぐ大声で叫びたいほどに歓喜が込みあげてくる。けれども、ヴィオレットはどうだろう？　彼女は喜んでくれるだろうか。

獣人と人間の間に生まれるその子には、きっと苦難の道が待っている。よく思わない者もいるだろう。以前のように反乱を企てる理由にされるかもしれない。自分に力があるうちはいい。けれども、代替わりした後は？

理解していたつもりだが、現実が急激に鋭い刃となってデュミナスへ突き刺さってきた。この世で人間と獣人の血を引くおそらく唯一の存在になる我が子を守れるのは、自分だけだ。できるかどうかではない。やらねばならないのだ。

「ヴィオレット……」

「……ん」

思わず握り締めた彼女の手が、微かに震えた。弱々しくても握り返される指の力が、愛おしくて堪らない。

「デュミナス様……」

うっすら開いた緑の瞳が柔らかに細められ、捉えているのが自分であるという事実が心を安らかにさせる。そのまま握っていたヴィオレットの手を、デュミナスは己の額にあてた。

「どうしましたか……？」

「いや……」

告げてよいものかどうか迷う。もしもヴィオレットの顔が苦悩に歪んだらと思うと、恐ろしくて口に出せなかった。彼女がデュミナスと共に生きることを選んでくれたのは、紛れもなく事実だろう。だが、つがいになるのと家族になるのには、見えない垣根があると感じるのは臆病風に吹かれたせいだろうか。獣人の子は、獣の姿で生まれてくる。人間であるヴィオレットは、それに耐えられるのか。

――いや、そもそも無事に育つかどうかさえ――母体への危険は？　もしも、産みたくないと言われたら……俺は――

「……貴方は、喜んでくださらないのですか？」

「え？」

もう片方の手をそっと腹にあてたヴィオレットが、寂しそうに呟いた。不安そうな視線が、それでも逃げまいとデュミナスに据えられる。

「ぼんやりですが、聞こえました。ここに……貴方の子供がいるかもしれないと」

大切そうに撫でる手つきには、嫌悪や拒絶など欠片もなかった。ただただ、大事な宝物を慈しむように優しく上下する。

「私は……産みたいです」

「勿論、産んで欲しいに決まっている……！」

自分の態度がヴィオレットに誤解を与えたと知って、デュミナスは慌てて首を振った。決して新たな命を厭うたのではないと言いたくて、握ったままの手に口づける。

「ずっと、お前との子が欲しいと思っていた。だが、考えてみればその子は獣人と人間の血を引く、たった一人となってしまう。きっと大変な思いをするだろう。……お前も」

「そんなもの、最初から覚悟して嫁ぎました。今更だわ。それとも、デュミナス様は一緒に支えてくださらないの？」

澄んだ緑の瞳がじっとデュミナスを見つめている。偽りを許さない高潔さが答えを促す。

「……まさか。俺がお前たちを守る。どうか元気な子を産んでくれ」

「当然です。私、身体は丈夫なのです。どうぞお任せください。ですから貴方は安心して父親になればよろしいわ。それに、この子はたった一人になどなりません。これから沢山の家族が増えるんですから」

鮮やかに微笑んだヴィオレットは、目を奪われるほど美しかった。柔和に細められた瞳には、慈愛と強さが満ち溢れている。

「ヴィオレット……！」

「ああ、獣王様。当たり前ですがしばらく房事はお控えくださいね。無事お子様が生まれるまでは」

「え」

感極まってヴィオレットに覆い被さろうとしたデュミナスは、老医師の言葉に凍りついた。そして可哀想なほどに項垂れる。

「そ、それはいつまでの話だ」

「本来なら、あと数か月すれば……というところですが、前例がないですし何があるか分かりません。ご無事にヴィオレット様がご出産されるまでとしましょうか……どれだけ短くても半年以上はかかりますね。人間は出産までに十月を要するといいますし。いかんせん経験がありませんから、もっとかかるかどうかも分かりません」

「な……!?　では次の冬は……」

「絶対安静ですね。それに、お生まれになってすぐも駄目ですよ」

呆然としたデュミナスは「酷い」「あんまりだ」などしばらく何事かを呟いていたが、やがてヴィオレットを柔らかく抱き締めた。

「無理をせず、安心して産むがいい」

その姿は威厳に満ち溢れ、頼ってもよいのだとヴィオレットを安らがせてくれる。ただし彼の顔は涙目だった。

エピローグ

　ヴィオレットが嫁いで、二度目の秋がやってきた。短い夏は駆け足で去り、瞬く間に気温はさがってゆく。すでに冬と呼ばれても不思議はなかったけれども、雪が降らない限りは違うらしい。赤々と暖炉の灯された部屋の中だというのにヴィオレットは連日の寒さにふるりと身を震わせた。

「今からこれでは、真冬を迎えるのが恐ろしいわ……」

「雪が積もって、見渡す限り真っ白な光景になるのは、綺麗じゃないか」

「それは、貴方たちには自前の毛皮があるからではないですか」

　夫婦の寝室の窓から外を見下ろしていたヴィオレットの真後ろにいつの間にか立っていたデュミナスが、両腕を背後から巻きつけてきた。

「お前も言うようになった」

「貴方のつがいですから」

背中に感じる熱が心地よく、ヴィオレットは寒さから強張っていた身体の力を自然に抜いた。

「そろそろ子供たちが城に到着するのかしら」

「ああ。今年は去年よりもずっと数が多そうだ。デューのいい遊び相手になるだろう」

去年、早産で生まれた息子は、まだ人型になることはできない。父親にそっくりの黒い毛並みと、母親と同じ緑色の瞳をもった愛らしい毛玉だ。

「そうね。楽しみだわ」

そう答えつつ、ヴィオレットは一人の女性を思い出していた。白く長い耳に赤い瞳をもった彼女。もしかしたら、彼女を変えてしまったのはこのせいだったのかもしれない。ヴィオレットの妊娠に、薄々気がついていたのではないか。

――確かめる術はないけれど……

ヘレンについて、口にすることはあれから一度もなかった。きっと、これからもその機会は訪れない。

「デューはもう眠ったのか？」

「ネルシュが隣室で寝かしつけてくれたわ」

「そうか、なら……」

デュミナスの手が、明確な目的を持ってヴィオレットの肌を滑る。

「……デュミナス様」

「前にも言ったと思うが、俺たちの発情期は冬だ。去年は、お前の胎の中にデューがいたから、俺がどれだけ我慢したと思っている」

「ご自分の息子を邪魔者のように言わないでくださる!?」

思い出してみれば、確かに去年の彼は身重のヴィオレットを見つめては、物憂げな溜め息ばかりを吐いていた。そしてやたらベタベタと触りたがったので、怒鳴りつけて追い払った記憶がある。昨日までは同じ部屋で、親子三人並んで眠っていたのに、突然今日になって隣の部屋に子供用の寝室を用意し出したから、もしやとは思っていたが。

「勿論息子は可愛い。もっと何人でも産んで欲しいと思っている。だがそれとこれは別問題だ。今夜は俺を構ってくれ」

捨てられた犬のように縋られては、ヴィオレットに彼を振り払うことなど難しい。返答の代わりに、デュミナスの手に己のものを重ねた。

「……明日に影響が出るのは、勘弁してくださいね」

「それはお前の体力次第だ」

――ぶん殴ってやろうかしら。

瞬間湧いた殺意は、すぐに濃厚な口づけで霧散させられた。我が物顔でヴィオレットの口内を蹂躙するデュミナスの舌に搦めとられ、吸い上げられる。息苦しさから唇を開けば、更に深くまで舐め尽くされた。

「ぁ、ふ……」

飲み下せなかった唾液が顎を伝い落ち、それさえもデュミナスに食まれた。ヴィオレットの全ては自分のものだといわんばかりに、あらゆる場所を啄まれる。

「本当は、誰にもお前を会わせたくないし、声も聞かせたくない。ずっとこの部屋で、お前とデューと籠っていられたら、最高なのに」

「そんな……っ、無理に決まっているじゃないですか」

「分かっている。だから今は俺のことだけを考えろ」

軽々と抱き上げられて、ベッドに運ばれた。そして大きな手がヴィオレットの夜着にかかったとき——

「ああ、忘れていた。ヴィオレット、お前に着てもらいたいドレスがあるんだ」

「え？」

急に起き上がったデュミナスは、壁際に置かれたクローゼットをいそいそと開いた。その中から、一枚のドレスを大切そうに取り出す。

「それは……」

「ネルシュが教えてくれた。人間はこれを着て結婚式という儀式を執り行うらしいな」

振り返ったデュミナスの手の中で、純白のウェディングドレスが煌めいていた。国を出て以来、荷物の奥深くにしまっておいていた大切な宝物。眼にすれば、切なくなると分かっていたから、一度も触れずに封印していた。久し振りに眼にしたそれは、変わることなく美しい。

「お前にとても似合いそうだ。着てみてくれ」

「あ……でも」

「今夜見るのは俺だけだが、近いうちに大きな祝いを開こう。そうだな……夏ならお前の家族も呼び寄せられるかもしれない」

ヴィオレットの母が用意してくれたドレスは、絞られた胸の下から身体に添う優美なデザインだった。薄い布地が重なって、絶妙な艶を作っている。まるで花弁のように足を覆い、動くたびに優雅に広がった。合わせたアクセサリーは真珠。海で採れる生きた宝石は、この国では手に入りにくい貴重なものだ。髪は一人で結いあげることができないので、おろしたまま。そこへ繊細なレース編みのヴェールを被せられる。それら全てを身につけて、ヴィオレットは恥じらいながらデュミナスを振り返った。

「……思った通り、とても綺麗だ」

うっとりと目を細めたデュミナスが、上から下まで視線で愛撫する。少ない言葉でも、雄弁な瞳が手放しの賛辞を送ってくれた。

「……あまり、見ないでください」

「そうはいかない」

初めて袖を通したドレスは、しっくりとヴィオレットの肌に馴染んだ。母の気遣いに感謝して、月明かりが差し込む窓の下でデュミナスと向かい合う。やはり嬉しくて、胸が高鳴るのを抑えられない。憧れだった純白のドレスは、見てくれる人、似合うと言ってくれる相手がいて、初めて大きな意味を持っているのだと知った。クルリと回ってみれば上品に円が描かれ、その軌跡が楽しくて、ヴィオレットは笑顔で身を翻した。

「まるで花の精だ。お前は、雪深いこの国に降りた温もりそのものだな」

「いいえ、私は冬の姫よ。だからこそ、この国で生きてゆくの」

今ほど、その呼び名が誇らしいと感じたことはない。まるでこんな幸せな未来を予測していたようにさえ思う。

しばらく見つめ合った後、二人は自然に固く抱き合い、そのままベッドに押し倒された。

「ドレスがしわになってしまいます！」

「だったら、脱げばいい。俺はこのままでも構わないが」

「ふ、ふざけないでくださいっ」

押し返そうと足掻いてみたが、手際よく脱がされて生まれたままの姿にされた。身体中に注がれる熱い視線で、ヴィオレットの奥底から燃えるような羞恥が生まれる。そして潤んだことを知られたくなくて、ころりと横向きに臥して身を隠した。

「いやらしいな。後ろからがいいなら、そう言えばいいのに」

「ち、違……!?」

思惑とは裏腹に腰を摑まれ、背中にデュミナスの重みを感じた。

「わ、私、そのような淫らなこと要求したりいたしません！」

そう言いつつも、期待で胸が高鳴ってしまう。すっかり慣らされたヴィオレットの身体は、震えるような歓喜を覚えた。

首筋を甘噛みされ、耳殻を嬲られる。柔らかに胸を揉まれ、頂が見る間に硬くなってゆく。

「随分、大きくなったな。これがデューのためだというのが、少し不満だが」

「もとが小さくて、悪かったですね……！」

胸のことを言われていると気がついて、首を捩り睨みつける。すると甘く蕩けるキスを贈られた。

「別にどちらでも構わない。お前が俺のものだという事実が変わらなければ」

指先で転がされた胸の飾りから、痺れるような快感が広がった。それが下肢にまで伝わって、渇きに似た欲望が顔を覗かせる。

腰を摩るデュミナスの手が、焦らす動きで中心へと移動してゆく。決定的な快楽が与えられず、もどかしくて仕方ないのに強請る言葉は絶対に吐き出したくなかった。ヴィオレットは眼前のリネンを握り締めて、燻る熱を逃そうと試みる。

ふ、と吐息だけで笑われた気がした。微かな風が晒された項をくすぐり、その感覚にさえ煽られてしまう。

「本当に強情だな。どこまで耐えられるか、見ものだ」

「……や!?」

浮かされた腰の下へ手を差し込まれ、迷うことなく敏感な蕾を捉えられた。軽く表面を突かれただけで、鋭い感覚が走り抜ける。

「相変わらず、ここが弱い」

「言わないで……っ、ぁ、あ」

クルクルと撫でられ、二本の指で擦り合わせられれば、声を抑えることなどできなくなってしまった。武骨なデュミナスの指が、ぬかるみに沈められる。ヴィオレットは喘ぐ喉を敷布に埋めて、髪を振り乱した。小さな痙攣を繰り返しながら、高みへと押しあげられ、弾けるときを待ち望んでしまう。

「ヴィオレット……顔を、見せろ」

あと少しで達せそうなのに、無情にも指が引き抜かれ、ヴィオレットは恨めしげに背後を振り返った。

「この体勢はお前の顔が見られないのが、もったいないな」

絡み合った視線の中で、吸い寄せられるままに唇を重ねた。無理に上体を捻った姿勢は苦しいけれど、それだけで幸福感が増してくる。デュミナスにとってもそれは同じなのか、欲情を滲ませた瞳を柔らかに細めた。

「ふ、んん――――っ」

久し振りに受け入れる屹立は、以前よりも凶悪にヴィオレットの内側を押し広げる。圧迫感にずり上がろうとする身体を強引に引き留め、容赦なく奥まで侵入された。余裕がないのはお互いさまで、性急に繋がろうとするそこは、赤裸々な飢えを訴えている。

「苦し……っ」

「力を抜け……っ」

充分に蜜を零した内壁が、デュミナスを締め付けた。熱く溶け合う場所が一つに戻ろうとうごめき、貪欲に絡みつく。片時も離れたくないという欲求が大きく膨らみ、ヴィオレットはもう一度キスを強請っていた。

「淫らで、誇り高い――俺だけの可愛いつがい」

「……あッ、ぁ……ああっ」

荒々しくなる律動の中、大きく背をのけぞらせる。無意識に押しつけてしまう感じる場所を強く抉られ、ヴィオレットは全身を戦慄かせた。

「あ、ぁああ――ッ」

胎の中、深いところが熱く染めあげられてゆく。飛沫に叩かれ、達したばかりの身体はビクビクと痙攣した。眩い光がいくつも弾けそして砕け散る中、恍惚に身を任せ弛緩する。

「ヴィオレット……」

もう眠らせて欲しいという願いは無残に砕かれ、いつの間にか仰向けでデュミナスを見上げていた。その黄金の瞳には、燃え盛る劣情の炎が揺れている。

「愛している。ヴィオレット」

肉食獣の眼差しに囚われ、命の危険をひしひしと感じる。腹を空かせた獣を止める術など、ヴィオレットにあろうはずがない。あとはもう、大人しく嵐が通り過ぎるのを待つのみだ。それでも、幸せなのには間違いない。

「……私も、お慕いしています」

重い腕を持ち上げ、逞しい首へと回す。近づく褐色の頬へ拙い口づけをした。

この世で一番愛しい、自分だけの獣へ。


人間の国と獣人の国、双方で二つの種族の血を引く子供たちが戯れる光景が見られるようになるのは、十数年後のことになる。

あとがき

はじめましての方も、そうでない方もこんにちは。山野辺りりと申します。

今回は『モフモフお好きですか？』という担当様のお言葉より生まれたお話です。

モフモフ、勿論大好きですよ！　実は犬より猫派ですけどね！　名作『美女と野獣』で野獣が王子様に戻ってガッカリしてしまったくらい、獣好きですよ。

とはいえ、『獣の割合にもよりますけど』のお言葉に冷静さを取り戻した私。

つまり、①基本人型で、任意により獣型になる（デュミナスやフレールはこれですね）②耳や尻尾は獣のまま（ヘレンがこちら）③ずっと獣（いわゆるジュウカ……自主規制）という分け方でしょうか。

個人的には③も美味しくいただけますが、イケメンも見たいです。という訳で、①を選択。結果的に生まれたのは、不器用獣王様とツンデレ王女様のすれ違いラブコメです。獣と人間、異文化故にすれ違いまくるお二人をどうぞお楽しみください。

イラストを描いてくださったｓｈｉｍｕｒａ様、私の妄想以上のキャラクターを生み出してくださり、ありがとうございます。ラフも嘗めまわすほど何度も拝見しました。筋肉の素晴らしさに惚れ惚れです。的確なアドバイスをくださった担当様、見捨てないでくださり、ありがとうございます。最後に、お手に取ってくださった皆様に、最大限の感謝を。

この本を読んでのご意見・ご感想をお待ちしております。

◆ あて先 ◆

〒101-0051
東京都千代田区神田神保町2-4-7 久月神田ビル7階
㈱イースト・プレス　ソーニャ文庫編集部
山野辺りり先生／shimura先生

獣王様（じゅうおうさま）のメインディッシュ

2015年11月8日　第1刷発行

著　　者　山野辺（やまのべ）りり
イラスト　shimura（シムラ）
装　　丁　imagejack.inc
D T P　松井和彌
編集・発行人　安本千恵子
発 行 所　株式会社イースト・プレス
〒101-0051
東京都千代田区神田神保町2-4-7 久月神田ビル8階
TEL 03-5213-4700　FAX 03-5213-4701
印 刷 所　中央精版印刷株式会社

ISBN 978-4-7816-9564-8
定価はカバーに表示してあります。